동화, 영혼의 성장

동화, 영혼의 성장

김혜연

채륜서

일러두기

· 생몰년도를 명기하지 않은 인물은 현재 생존 중이다.

· 이 책에서는 독자의 이해를 돕기 위해 작품을 요약했고 중요한 구절은 일부 발췌했다.

· 참고한 책들의 출처는 본문 이후 '찾아 읽기'에 정리하였고, 동화 제목으로 구별하여 찾아 보기 쉽게 하였다.

어른들에게도
성장을 위한 문학이
필요하다

　전래 동화는 언제나 매혹적이다. 동화 속 세상에서는 마법과 요정이 등장하고 가난한 아이들이 거인을 물리치고 왕좌에 오르며, 꿈꾸는 모든 소원이 이루어질 것만 같다. 누구나 전래 동화를 알고 있고, 동화의 환상적인 이미지를 평생 기억한다. 하지만 전래 동화가 지니고 있는 심층적인 의미가 무엇인지 구체적으로 아는 사람은 찾아보기 힘들다.

　오랫동안 전래 동화는 '아이들이나 보는 유치한 이야기'로 푸대접을 받았다. 어른들에게 동화는 어울리지 않았다. 나이를 먹으면 동화의 환상적인 세계에서 걸어 나와야 했다. 전래 동화의 진정한 가치가 인정받기까지는 몇몇 선구자들의 노력이 있었다. 그중 대표적인 인물 브루노 베텔하임Bruno Bettelheim, 1903~1990은 문학자가 아니라 의사였다. 제2차 세계대전 중 유태인 강제수용소에 수감된 적이 있었던 베텔하임은 자폐아동 치료 전문 의사였다. 1976년 발표한 《옛이야기의 매력The Uses of Enchantment》은 전래 동화와 아이들의 심리적 관계를 분석한 책이다. 베텔하임은 이 책에서 프로이트가 창안한 정신분석학을 기초로 아이들의 마음에 전래 동화가 미치는 영향을 상세히 보여주었다. 《옛이야기의 매력》은 아동 문학, 특히 전래 동화 연구자들에게 매우 중요한 책이며 이 책 또한 《옛이야기의 매력》에 상당히 빚지고 있다.

전래 동화는 아이들의 마음을 제일 잘 이해하는 문학이라는 장점을 지니고 있다. 이러한 특징은 아동 문학에 그대로 이어졌다. 아동 문학은 어른들이 이해하지 못하는 아이들의 삶을 반영하고 그들의 마음과 입장을 대변했다. 그러나 많은 어른들이 아동 문학을 아이들을 가르치기 위한 수단으로 간주했다. 이에 자신의 어린 시절을 기억하는 아동 문학 작가들은 우리가 익히 아는 선구적인 작품으로 맞섰다. 오늘날처럼 어른과 아이가 명확히 구분되는 사회에서 아동 문학은 어른들이 아이들을 훈육하는 도구가 아니라, 어른들이 아이들의 입장을 이해하는 통로가 되어야 한다.

현재 아동 문학은 연령별로 세분화하는 추세이다. 예전 같으면 같이 묶였을 만 세 살부터 다섯 살의 유아와 프리 틴Pre-Teen이라고 불리는 만 일곱 살에서 열두 살에 이르는 연령대는 현재 놀라운 성장 차이를 보인다. 같은 틴에이저라 해도 중학생과 고등학생의 고민은 완전히 다르다. 대학 1학년도 성장기에 넣어야 한다는 의견도 있다. 수명이 점점 길어지는 만큼 세상의 변화도 점점 빨라지고 있다. 이러한 시대에 인간의 성장기는 인생 전체로 확장되고 있다. 그렇다면 어른들에게도 새로운 교육이 필요하지 않을까? 무럭무럭 자라나는 아이들에게 아동 문학이 필요하듯이, 어른들에게도 성장을 위한 문학이 필요한 게 아닐까?

대부분의 어른들은 자신도 한때 어린 아이였다는 사실을 까맣게 잊는다. 마치 태어나면서부터 똑똑하고 잘났다는 듯이 행동하기도 한다. 그러나 세상에 완벽하게 태어나는 사람은 없다. 누구나 힘들고 고통스러운 성장 과정을 거친다. 이 사실을 기억하는 어른들에게 전래 동화와 아동 문학은 영혼의 성장 호르몬이 되어줄 것이라고 생각한다.

외국과 달리 한국에서는 아직까지 아동 문학을 대수롭지 않게 여긴다. 어른이 아동 문학을 읽거나, 학자가 연구하는 경우도 드물다. 이런 사회 분위기에서 필자에게 아동 문학의 의미와 가치를 가르쳐 주신 분은 한국 아동 문학 연구의 선구자 중한 분인 김서정 선생님이시다. 이 자리를 빌어 선생님께 감사드린다. 책을 함께 기획하고, 초고 일부의 작성과 전반적인 교정·교열을 맡아준 남편에게도 고맙다는 말을 전하고 싶다. 이 책의 여러 부분에서 인류학 용어와 사례들이 나오는데, 그것은 문화인류학자인 남편과의 토론 덕분이다.

책 내용의 일부는 필자가 경기도외국인인권지원센터의 연구위원으로서 2013년 도내 십여 개 지역의 도서관을 순회하며 진행한 '동화와 함께하는 다문화 인권 이야기'를 통해 대중들에게 강연한 것이기도 하다. 당시 강의를 통해서 팍팍한 세상을 살아가는 어른들에게 아동 문학이 한줄기 빛이 되리라는 확신이 생겼다. 강의 기회를 마련해 준 센터 오경석 소장님께도 감사 드린다.

전반적으로 도서 시장이 어려운 상황임에도 선뜻 출판을 결정해 주신 서채윤 사장님과 허수룩한 초고 때문에 엄청난 초교와 재교 작업을 하게 된 오세진 씨, 그리고 이처럼 훌륭한 출판사를 소개해 주신 국문학계의 원로 정현기 교수님께도 역시 감사 드린다. 이 책의 잘못된 부분은 모두 필자의 탓이고, 잘 된 부분은 앞서 아동 문학을 개척한 선배 학자들의 공로이다. 독자들이 주변 아이들을 잘 이해하고 자신의 어린 시절과 화해할 수 있다면, 그래서 우리 아이들을 더 행복하게 감싸 안을 수 있다면 그보다 기쁜 일이 없을 것 같다.

차례

다섯 번째 이야기,
미래 사회와 그 적들

여섯 번째 이야기,
내 짝꿍은 어디에

일곱 번째 이야기,
함께 사는 세상

여덟 번째 이야기,
다문화 시대의 아이들

아홉 번째 이야기,
태도에 숨겨진 비밀

열 번째 이야기,
아이가 되고픈 어른들

첫 번째 이야기,

동화는 어떻게 태어났을까

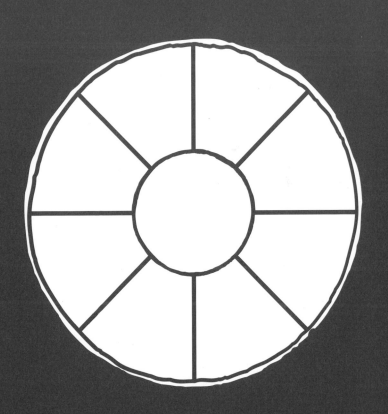

이야기는 여행을 떠난다

우리가 사는 세상에는 수많은 이야기가 있다. 사람들은 이야기를 지어내고, 전해주고, 전해들은 이야기에 살을 붙여 새로운 이야기를 만든다. 이야기는 사람들이 세계를 이해하고 기억을 남기는 최상의 방법이다.

우리는 이야기를 전문적으로 지어내는 사람을 작가나 이야기꾼이라고 부른다. 작가들은 이야기를 짓고 퍼뜨린다. 하지만 세상에는 아주 오래된 나머지 작가를 알 수 없는 이야기도 많다. 오랜 시간이 흐르면 그런 이야기는 대부분 잊히고 만다. 그러나 그중에서 살아남은 이야기는 사람들에게 계속 사랑받으며 입에 오른다. 일부는 신화와 전설, 민담 등 인류의 고전이 되었으며 과학이 발달한 지금까지 인간의 영혼을 울리는 이야기로 전해 내려왔다. 누가 그 이야기들을 지어냈는지는 알 수 없다. 다만 아주 오랜 옛날부터 입에서 입으로 전해진 것만은 확실하다.

사람들의 살림살이가 변하듯 이야기도 끊임없이 변화했다. 입에서 입으로 전해지던 이야기는 운율과 가락이 붙어 노래가 되었다. 시간이 지나면 줄거리를 가진 서사시가 되기도 하고 무대에 올리는 연극이 되었다. 비슷한 이야기들이 한데 합쳐져 하나의 이야기가 되거나, 한 이야기 중 인기 있는 부분이 따로 떨어져 나와 새로운 이야기가 되기도 했다. 인기 있는 이야기는 한 장소에 머물지 않았다. 여행하는 사람들을 따라 이야기도 멀리멀리 떠나갔다. 새로운 장소에 도착한 이야기는 지역의 입맛에 맞게 배경이나 주인공이 바뀌기도 하였다. 여기서 새

옷을 갈아입고 인기를 얻은 이야기는 다시 사람들을 만나러 길을 떠났다.

인류 역사에서 이야기는 물처럼 끊임없이 흘러 다녔다. 하늘에서 소낙비처럼 내리기도 했고 오랫동안 땅 속에 묻힌 채 태양 아래로 나갈 날을 기다리기도 했다. 오랜 세월에 걸쳐 서로 다른 지역의 이야기가 쉴 새 없이 합쳐지고 나누어지며 새로운 이야기를 낳았다. 신화와 전설, 민담은 산업혁명을 거치면서 동화와 소설, 희곡의 모태를 제공했다. 교통의 발전으로 바깥 사회와 단절되어 있던 지역의 이야기들이 세상 밖으로 흘러나오기도 했다.

오늘날의 이야기는 문학과 영화, 텔레비전 드라마 등 디지털 부호가 되어 전 세계를 날아다닌다. 지금도 인터넷에는 끊임없이 새로운 이야기가 태어나고 있다. 빗물이 강물로 합쳐지고 바다에 이르듯이 지금 세상을 떠도는 수천만 가지의 이야기도 언젠가 합쳐지고 몸집을 불리며 거대한 신화로 진화해 갈 것이다. 만약 세상의 종말이 온다면 이제까지의 인류의 역사는 단 한 편의 이야기로 남게 될 것이다. 그리고 아마도 그 이야기는 동화와 무척 닮아 있지 않을까.

내 인생의 첫 번째 이야기

아이들이 글자를 배울 나이가 되면 대부분 그림책을 통해 전래 동화를 읽게 된다. 전래 동화책을 펼치면 알록달록한 그림들이 아이들의 흥미를 돋운다. 낯선 글자를 하나씩 읽어낼 때

마다 어른들에게 칭찬을 받고, 한 권을 다 읽으면 새로운 그림
책을 선물로 받는다. 전래 동화 그림책은 아이들이 태어나서
최초로 갖게 되는 자신만의 물건이자, 인류의 거대한 지혜가
모여 있는 이야기의 세계로 들어서는 첫 번째 관문이다.

　전래 동화는 한 인간이 태어나서 처음으로 읽게 되는 이야기
이다. 대부분의 아이들은 동화를 통해 글자로 적힌 이야기를
처음 접한다. 동화를 통해 이야기의 기초적인 구성을 이해하고
좀 더 복잡한 구조의 이야기도 알아들을 수 있게 된다. 아이들
은 전래 동화를 통해 이야기라는 의사소통 도구의 사용법을 배
우게 된다. 동화에는 인물, 사건, 배경, 줄거리, 인과 관계, 상
징, 은유, 환유 등 이야기를 이루는 모든 요소가 압축되어 있기
때문이다.

　오랜 세월에 걸쳐 다듬어진 전래 동화는 아이들을 위한 문
학, 즉 아동 문학의 뿌리가 되었다. 전래 동화를 읽고 자라난
아이들은 아동 문학과 함께 아동기와 청소년기를 무사히 통과
했다. 아이들은 전래 동화와 아동 문학을 통해 이제껏 인류를
이끌어온 이야기의 세계에 들어섰던 것이다. 그러나 안타깝게
도 한국에서 전래 동화와 아동 문학은 아직까지 제대로 대접을
받지 못하고 있다. 동화는 아이들이나 읽는 유치한 이야깃거리
로 여겨진다. 아동 문학을 체계적으로 가르치는 대학이나 교육
기관도 찾아보기 힘들다. 다행히 아동 문학을 읽는 어른들의
모임들이 조금씩 늘어나고 있지만, 한국에서 아직도 아동 문학
이란 '어리고 유치한' 아이들의 영역으로 치부되고 있다.

　아동 문학에 대한 이러한 평가는 매우 억울할 뿐만 아니라
후진적이기도 하다. 서구 아동 문학 시장에서 어른들은 동화의

적극적인 소비자이다. 많은 사람들이 여가 시간을 어린이 도서관에서 보낸다. 가까운 나라 일본만 하더라도 어린이 책은 어른 독자가 함께 읽도록 쓰인다. 《해리 포터》 시리즈는 어린이용 소설로 쓰였지만 수많은 어른들이 기꺼이 《해리 포터》의 팬을 자처한다.

이에 비해 한국에서는 아동 문학은 물론 어린이용 책조차 아직 갈 길이 멀다. 예전보다 많이 좋아졌지만 내용이 제멋대로 편집되거나 오역 투성이인 책도 적지 않다. 왜 한국에서 아동 문학은 이처럼 무시를 당하는 것일까? 왜 어른용 책보다 어린이용 책이 부실하게 만들어지는 것일까? 아이들은 어리기에 불만이 있더라도 출판사에 항의하기가 쉽지 않다. 안타깝게도 아이들은 어른들이 주는 대로 읽어야만 한다. 하지만 어른들도 아동 문학을 사랑하고 어린이용 책을 같이 읽는다면 책의 질부터 달라질 것이다.

전래 동화는 인생 최초의 이야기이다. 어른들뿐만이 아니라 이 시대를 살아가는 아이들도, 그 아이들의 아이들도 전래 동화를 통해 인류의 심원한 지혜가 모여 있는 이야기의 세계에 첫발을 내딛을 것이다. 세상에 재미있는 이야기만큼 사람들의 흥미를 끄는 것도 없다. 태어나서 처음으로 읽는 이야기라면 인생 최초로 사들이는 집이나 자동차에 쏟는 관심의 십분의 일만이라도 기울일 가치가 있지 않을까? 이러한 전래 동화는 한순간에 만들어지지 않았다. 전래 동화는 사람들이 길바닥과 시장통에서 입에서 입으로 전해주던 수도 없이 많은 이야기들 틈바구니에서 태어났다. 거칠고 무서운 이야기부터 아름답고 환상적인 이야기, 권력자를 속여먹는 통쾌한 이야기 등 수없이 많은 이야기들이 사람들의 말솜씨를 타고 흘러 다녔다. 신화나 전설과도 약간은 다르고 사람들을 즐겁게 해주며 돌아다니다가 문득 사라지기도 했던 잡다한 이야기들을 일컬어 민담이라고 한다.

전래 동화의 뿌리, 민담

인터넷도 텔레비전도 없던 시절로 돌아가 보자. 낮에는 농사 짓고 고기 잡다가 밤에는 등불을 켜고 바느질을 하던 시대 말이다. 그 당시 사람들은 어떻게 이야기를 즐겼을까? 당시 책은 매우 귀한 물건이었고 읽고 쓸 줄 아는 사람도 드물었다. 유명한 왕이나 귀족들도 문맹이 많았다. 하지만 재미있는 이야기는 누구나 좋아했다. 그래서 궁정에는 음유 시인들이 살면서 노래를 곁들인 이야기를 늘상 들려주었다.

가난한 농민들은 귀족들의 사치를 흉내내는 대신 서로에게 재미있는 이야기를 들려주었다. 자기가 아는 신기한 이야기를 들려주고 싶은 욕망은 누구에게나 있었다. 농민들이 늘어놓는 이야기의 소재는 호랑이 담배 먹던 시절의 아주 오래된 이야기부터 최근에 열린 시장의 거래 정보에 이르기까지 매우 광대했다. 이들은 옆집에 도둑이 든 이야기, 시장에서 사기당할 뻔한 이야기, 개울 너머 마을에 나타난 곰 이야기 등등을 하다가 잠이 들었다.

이야기 들려주기에는 여러 가지 효과가 있었다. 사람들은 이야기를 통해 대화를 나누면서 친목을 다지고 생활에 유용한 정보를 교환했다. 하루 일과를 정리하고 내일을 준비하는 의미도 있었다. 마치 현대인들이 일을 끝내고 집에서 텔레비전을 보며 휴식을 취하는 것과 비슷했다. 텔레비전을 보면서 같이 웃거나, "뭐 저런 이상한 사람이 다 있어?", 혹은 "저거 참 위험하구나, 우리 조심하자" 등의 대화를 나누듯 말이다. 농사를 지으며 살았던 옛날 사람들도 마찬가지였다.

텔레비전 프로가 인기를 얻으면 거기서 끝나지 않는다. 사람들은 그 프로에 대해 이야기를 나누고 재방송을 보거나 인터넷에서 줄거리를 읽어본다. 인기가 높아지면 드라마, 영화, 소설, 만화 등으로 다시 만들어지기도 한다. 민담도 마찬가지였다. 재미있는 이야기는 반복되어 입에서 입으로 전해졌다. 전해지는 과정에서 민담은 새롭게 다듬어졌다. 이렇게 흘러 다니던 민담들 중 유독 인기를 끄는 이야기들이 추려지고, 다시 시간이 흘러 고정된 스토리를 지니게 되었다. 그중에는 위대한 신과 영웅이 등장하는 이야기도 있었지만 평범한 농민이나 고아들이 주인공인 것도 적지 않았다.

텔레비전 프로그램에는 시청 등급이 있지만 민담에는 그런 것이 없었다. 민담이란 어른 아이 구별 없이 온 가족이 주고받는 이야기였다. 현대의 시각에서 보면 민담에는 아이들에게 부적절한 내용이 제법 있었다. 어둡고 허무하거나 폭력의 수위가 제법 높은 이야기도 있었다. 지금 우리가 읽는 전래 동화는 수많은 민담 중 적당한 이야기를 골라 대폭 다듬은 결과이다. 이 과정에서 아이들에게 읽히기 힘든 부분은 삭제되거나 우회적으로 표현이 바뀌었으며 생생한 설명과 아름다운 묘사가 덧붙여졌다.

유럽에서 민담이 전래 동화로 환골탈태하는 과정은 농경 사회가 산업 사회로 바뀌는 과정과 거의 일치한다. 농사를 지어 먹고 살던 농민들은 약 백여 년에 걸쳐 공장 노동자, 하인, 혹은 영세 상인으로 전환되었다. 개중에는 사업을 일으켜 일확천금을 쥐는 사람도 있었지만 극소수였다. 대부분의 농민들은 땅을 버리고 공장에서 일하거나 도시 가정의 하인이 되었다. 이 과정은 매우 혹독하고 눈물 나는 여정이었다. 농민들은 새로운 환경에 적응하려 애썼지만 때로 참지 못하고 혁명을 일으키기도 했다. 프랑스 작가 빅토르 위고Victor Marie Hugo, 1802~1885의 《레 미제라블Les Miserable》과 영국 작가 찰스 디킨스Charles John Huffam Dickens, 1812~1870의 《올리버 트위스트Oliver Twist》 등은 이러한 시대를 배경으로 삼았다.

산업 혁명 이전의 농경 사회에서 어른과 아이의 구별은 크게 중요하지 않았다. 아이들은 태어나서 만 세 살 정도만 되어도 집 안일을 돕거나 농사일을 하러 나갔다. 농경 사회에서 일과 아동 교육은 하나였다. 아이들은 일을 하는 동시에 농사에 필요한 교육을 받을 수 있었다. 하지만 공장 기계를 돌리거나 물건을 파는 등의 직업을 가지려면 학교에 가야 했다. 왜냐하면 산업 사회에서 살아가기 위해서는 일반 가정에서 배울 수 없는 기술을 익혀야 했기 때문이었다. 아이들에 대한 사회적 인식도 완전히 바뀌었다. 아이들은 이제 근대적인 교육을 통해 산업 경제를 일으키고 국가를 지킬 병사로 키워지게 되었다.

수만 명의 아이들을 적어도 삼 년에서 육 년 동안 가르치려면 제일 먼저 아이들 수준에 맞는 책이 필요했다. 어른들이 읽는 책을 덜렁 들이대고 가르칠 수는 없기 때문이었다. 아이들이 좋아하고 기꺼이 공부하게 만들 책이 필요했다. 당시 독일의 언어학자 그림 형제Jacob Grimm, 1785~1863, Wihelm Grimm, 1786~1859는 바로 민담에 주목했다. 민담을 이용하면 아이들에게 읽기와 쓰기를 손쉽게 가르칠 수 있었다. 민담은 원래 가정에서 들려줬기 때문에 아이들도 이미 친숙했다. 부적절한 내용만 들어낸다면 충분히 교훈적이고 재미도 있었다. 그림 형제는 당시 농민들 사이에서 떠돌아다니던 민담을 수집하여 편집을 한 다음 《어린이와 가정을 위한 이야기Kinder und Hausmärchen》(1812)를 세상에 내놓았다. 그림 형제 이전에도 민담을 수집하고 정리한 사람은 드물게나마 있었다. 하지만 《어린이와 가정을 위한 이야기》에 이르러서야 비로소 우리가 알고 있는 유럽의 전래 동화가 태어나게 된 것이다.

성장의 길잡이가 된 전래 동화

아이들은 글자를 배우는 첫 단계에서 전래 동화를 읽게 된다. 아이들은 전래 동화를 통해 글자와 문장 구성뿐만 아니라 이야기 구조, 다양한 상징, 은유, 암시 등을 배우게 된다. 그림 형제는 민담을 편집하는 데 그치지 않고 아름다운 묘사와 환상적인 요소를 덧붙였다. 그림 형제의 《어린이와 가정을 위한 이야기》는 아동 교육의 필요성에 발맞추어 빠른 속도로 인기를 끌었다. 어른들도 전래 동화를 좋아했다. 어른들이 보기에 전래 동화는 근면과 성실, 참을성 등 아이들에게 유익한 교훈을 담고 있었기 때문이었다.

Kinder

und

Haus-Märchen

Lith u Druck bei H Delius

그러나 아이들은 전혀 다른 이유로 전래 동화에 열광했다. 전래 동화의 교육적 효과는 어른들의 예상을 훨씬 넘어섰다. 전래 동화는 아이들이 품고 있는 불안과 공포를 극복하고 내면적으로 성장하도록 도와주었다. 어른들이 소설이나 영화를 보면서 자신이 처한 문제의 해결책을 찾듯이 아이들도 전래 동화를 통해 고민의 해결책을 찾아냈다.

무엇보다도 전래 동화는 아이들의 수준에 딱 맞추어져 있었다. 현실 세계에서 어른과 아이는 권력 차이가 너무나도 크기 때문에 아이들은 어른이 하는 말을 이해하지 못해도 그냥 다 옳겠거니 하고 받아들이는 경향이 있다. 그러나 전래 동화는 인생과 세상에 대한 아이들의 궁금증을 상징과 은유를 빌어 손쉽게 풀어주었다. 어른들이 터무니없다고 웃어넘기는 아이들의 고민도 진지하게 들어주었다. 전래 동화는 아이들의 불안을 가라앉혀 주고 희망을 북돋는 성장의 길잡이였다.

오랫동안 전래 동화는 아이들만의 전유물로 여겨졌다. 그러나 사회가 발전하면서 아동 교육의 관심이 높아졌고, 아이와 어른 간의 친밀한 관계가 중요해지면서 전래 동화는 진지한 학문적 대상으로 떠올랐다. 브루노 베텔하임은 전래 동화가 아이들의 내면적 성장에 매우 중요한 역할을 수행한다고 보았다. 영문학자 잭 자이프스Jack Zipes도 동화에는 아이들이 어른이 된 후에도 영향을 미치는 이데올로기가 숨어 있다고 생각한다. 모든 어른은 한때 어린이였다. 어릴 적 받은 영향이 평생 간다면, 어찌 전래 동화를 가벼이 여길 수 있겠는가?

영혼도 성장 호르몬이 필요하다

인간의 수명은 점점 늘어나고 있다. 백 세 장수라는 말이 나온 지도 오래다. 현대 문명의 발달은 인간의 평균 수명을 네 배 가까이 늘리는 데 성공했다. 그러나 늘어난 수명이 삶의 질까지 보장해 주지는 않는다. 또 십여 년간의 공부로 평생 동안 삶을 꾸려가던 시대는 지나가고 있다. 더구나 세상이 변화하는 속도도 점점 빨라지고 있다. 현재 백 살 노인이 살아 오며 겪었던 세상의 변화는 우리 시대 서른 살 어른이 겪은 변화와 맞먹을 것이다. 늘어난 수명과 급속한 세상 변화가 맞물려 인간의 성장기도 인생 전체로 확대되고 있다. 아동 청소년기에 마친 학업만으로 세상을 살아가기란 이제 불가능하다.

이제 인간은 죽을 때까지 성장하고 여행하며 미지의 세계를 탐험하는 존재가 되었다. 하지만 지금 우리가 여행하는 세상은 그리 밝지 않다. 오히려 세상은 점점 동화를 닮아가고 있다. 하지만 동화 속 세상조차 더 이상 아름답지 않다. 거인과 마녀는 아이들을 잡아먹으려 호시탐탐 노리고 아이들을 보호해주어야 할 엄마 아빠는 마법에 걸려 돼지로 변해버리고 만다. 동화 속 아이들은 외로워도 슬퍼도 꾹 참고 잔혹한 세상을 맨주먹으로 헤쳐 나가야 한다. 이들에게 닥치는 고난은 하루하루가 불안하고 언제 재앙이 닥칠지 모르는 지금의 세상과 너무나 비슷하다.

그래도 우리의 동화 속 주인공은 춥고 배고파도 친구를 구하기 위해 가시밭길을 마다하지 않는다. 착한 마음으로 단단히 무장한다면 무서운 괴물은 왕자로 돌아올 것이고 행복이 찾아올 것이다. 아무리 힘들어도 포기하지 않는다면 언젠가 따뜻한 날이 찾아올 것이라는 믿음은 전래 동화의 세계를 지켜준다. 동화가 주는 이러한 메시지야말로 가혹한 세상을 살아가는 사람들에게 반드시 필요한 위로이다.

하지만 전래 동화가 단순한 위로에 불과하다면 지금 어른들이 그림책을 펴들 이유는 없다. 분명 동화는 우리를 위로한다. 그러나 달콤한 위로만이 동화의 모든 것은 아니다. 동화는 성장하는 아이들에게 필요한 힘과 지혜를 품고 있다. 동화가 주는 충고는 때로 너무나 실용적이고, 현실의 어두운 면을 꿰뚫어 보여주기도 한다. 동화는 아이들로 하여금 현재에 안주하여서는 안 되며, 무섭고 싫더라도 한 걸음씩 내딛어야 한다고 가르친다. 답답한 현실에 덤비고 싶더라도 힘을 기를 때까지 기다려야 한다고도 일러준다. 사실 이러한 충고는 어른들에게도 꼭 필요한 것이다.

민담이 전래 동화로 변하던 시대는 정치와 경제에 있어 거대한 문명사적 전환기였다. 지금 우리가 사는 세상은 또 한 번의 문명사적 전환을 맞이하고 있다. 인류 사회는 다시 한 번 성장이라는 도정 앞에 서 있다. 이번에 이루어야 할 성장은 기관차 같은 폭주가 아니다. 오랫동안 지속되어 온 깊고 넓은 내면의 물음에 귀 기울이는 것이다. 전래 동화는 그 물음에 대한 환상적인 대답이다.

두 번째 이야기,

성장의 불안과 희망

빨간 모자   잭과 콩나무

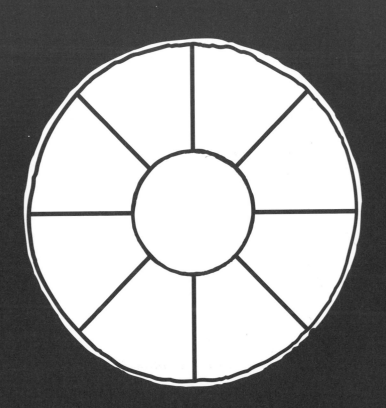

아이들은 두렵다

어릴 적 기억을 떠올리는 것은 아이들의 마음을 이해하는 가장 좋은 방법 중 하나이다. 하지만 어른이 되면 어렸을 때 품었던 생각들을 까맣게 잊기 마련이다. 왜냐하면 그 생각들이 너무나도 엉뚱했기 때문이다. 내일 해가 안 뜨면 어떡하지? 밤중에 늑대가 창문을 넘어 들어오면 어떡하지? 학교에서는 지구가 돈다고 배웠는데 만약에 우주 바깥으로 튕겨 나가면 어떡하지? 으악, 무서워!

물론 시간이 지나면 이런 생각들은 눈 녹듯 사라진다. 그리고 이런 생각을 했다는 사실조차 부끄러워 말하지 않게 된다. 무엇보다도 이러한 걱정들은 또 다른 걱정들로 바뀌게 된다. 어린 아이들의 터무니없는 생각은 시간이 흐르면 성적과 외모에 대한 불안으로 바뀐다. 시간이 더 흐르면 돈과 일과 가정에 대한 것이 된다. 사실 세상을 살아가는 이상 아예 불안을 피할수는 없다. 어른이건 아이건 불안을 품고 살아가게 마련이다.

불안에 대해 이야기하기 위해 인간이 태어날 때부터 시작해 보자. 갓난아기는 아무것도 할 수 없는 무력한 존재이다. 먹고 마시는 등 생명 유지에 필요한 활동을 양육자에게 의존해야만 한다. 두세 시간만 보살피지 않아도 갓난아기는 생명의 위험에 처한다. 아기가 보살핌으로부터 어느 정도 독립하려면 최소한 삼 년이라는 시간이 필요하다.

만 세 살이 된 아이는 비로소 자기 몸을 원하는 대로 가누고 어느 정도 말도 할 수 있게 된다. 누구보다도 제일 먼저 아이 스스로 자신의 성장을 느끼게 된다. 신체가 발육하면서 활동이 자유로워지면 근육이 붙어 더욱 활발해진다. 말수도 급격히 늘어난다. 이 시기가 되면 한국에서는 어린이집이라고 부르는 보육 과정이 시작된다. 이후 유치원과 초등학교 등의 기초적인 단체 생활을 하게 된다. 글자 읽기와 숫자 셈하기 공부도 시작해야 한다.

아이가 이만큼 자랄 때까지 부모는 자신의 에너지를 완전히 투자한다. 그러다 아이가 만 세 살[1] 정도 되면 부모는 보살핌을 줄이기 시작한다. 이 시기 아이는 자신이 부모에게 완전히 의존하고 있다는 사실을 잘 알고 있다. 그러나 이제 부모의 관심이 조금씩 줄어들고 있으며, 혼자 해야 하는 일이 늘어난다는 사실도 알게 된다. 만약 동생이 태어나면 졸지에 부모의 관심을 통째로 빼앗기게 된다. 매일 자신의 변화를 느끼는 아이는 불안과 희망, 기대와 공포를 오가는 불안정한 심리 상태에 놓이게 된다. 아이의 심리 상태는 입시나 취업을 준비하는 상황과 비슷하다. 겉으로는 평화로워 보이는 아이들의 조그만 가슴속에는 저마다 폭풍이 불고 있는 것이다.

이 시기 아이들은 자기가 살고 있는 세상이 상상 이상으로 거대하다는 사실을 알게 된다. 부모 또한 아이의 성장이 기쁘지만 동시에 불안을 느낀다. 자라나는 아이가 장차 활동할 세상에는 위험이 많기 때문이다. 세상에는 엄연히 나쁜 사람들도 많고 여러 위험도 도사리고 있다. 이 사실을 어떻게 아이에게 알려주어야 할까? 그렇다고 신문을 펴놓고 사건사고란을 짚어가며 흉악범죄 현황을 읊어줄 수도 없는 노릇이다. 세상의 어두운 면을 잘못 전달했다가는 아이들이 필요 이상으로 세상을 두려워할 수도 있기 때문이다. 극단적인 경우 세상살이를 아예 포기하는 경우도 있다.[2] 아이들이 겁먹지 않고 세상에 존재하는 위험을 이해할 수 있는 방법은 무엇일까? 이러한 고민은 부모라면 누구나 한 번쯤 겪어보았을 것이다.

집 밖에 늑대가 있어요

아이들을 키우다 보면 있는 그대로 설명해주기엔 참으로 어려운 주제들이 많다. 성과 죽음이 대표적인 경우이다.[3] 살아가면서 자연스럽게 깨닫게 되는 사실을 말로 풀어서 설명하는 것은 어렵다. 어떻게 설명을 해줘야 하나 고심을 하다 보면 아이들은 웃으면서 이렇게 말한다. "에이, 어른인데 그것도 몰라?" 아이들의 말이 맞다. 어른들도 모르는 것투성이다.

이 시기 아이들은 폭풍처럼 질문을 쏟아낸다. 궁금한 것도 많거니와 대화하는 능력을 어른에게 써먹어 보고 싶기 때문이다. 인간의 언어 능력은 의외로 느리게 발달한다. 기초적인 의사소통 능력은 만 다섯 살 전후로 완성되지만 복잡한 사실 관계를 전달하거나, 미묘한 감정을 표현하는 등 고차원적인 언어 능력이 완성되려면 이십 년 가까운 세월이 걸린다. 아이들이 어른과 무리 없이 소통하려면 적어도 중학교는 졸업해야 된다고 생각하는 교사들도 있다. 언어 능력 발달은 단지 나이 문제만은 아니다. 사회가 점점 복잡하고 거대해질수록 사람들의 의사소통도 복잡하고 정교해지기 때문이다.

처음으로 말을 배우기 시작하는 아이들은 불안하거나 억제하기 힘든 감정이 끓어올라도 잘 표현하지 못한다. 자신의 감정을 타인이 이해할 수 있도록 차근차근 설명하기란 어른도 쉽지 않다. 자신의 감정에 거리를 두고 냉정하게 살펴보아야 하기 때문이다. 아이들은 자신의 감정을 말하기 힘들어지면 원초적인 은유를 빌리기도 한다. "크고 까만 게 날 먹으러 쫓아와", "큰 멍멍이 시켜서 (화나게 하는 대상을) 물 거야" 등의 표현이 동원되기도 한다.

아이들의 정신은 한창 형성되는 과정에 놓여 있다. 이 시기 큰 상처를 입게 되면 평생 영향을 받는다는 사실도 널리 알려져 있다. 세상에 대한 진실을 알려주는 것은 중요하지만 아이들의 마음이나 처해 있는 상황에 대한 고려 없이 어른들의 생각을 있는 그대로 들려주는 것은 조심해야 한다. 직접적인 설명보다 이야기를 통해 들려주는 것이 아이들에게 적합하다. 전래 동화 〈빨간 모자〉는 우회적이고 상징적인 이야기 구조를 빌어 세상에 존재하는 위험과, 거기서 벗어나는 방법을 아이들에게 알려준다. 여기서 〈빨간 모자〉가 아이들에게 던져주는 메시지를 알아보기 전에, 현재 우리가 알고 있는 〈빨간 모자〉가 어떠한 과정을 통해 형성되었는지 알아보자.

〈빨간 모자〉와 민담 〈할머니 이야기〉

유럽의 대표적인 전래 동화 〈빨간 모자Le Petit Chaperon rouge〉는 가장 유명한 전래 동화 중 하나이다. 이 작품은 17세기 프랑스의 법률가이자 궁정 관료였던 샤를 페로Charles Perrault, 1628~1703 작품집 《엄마 거위 이야기Les Contes de ma mère l'Oye》

(1697)[4]에 실려 있다.

예순이 넘어 은퇴한 페로는 아직 어렸던 자기 아이들에게 읽어줄 이야기를 쓰기로 마음먹었다. 페로가 아이들을 위해 쓴 《엄마 거위 이야기》에는 〈빨간 모자〉뿐만 아니라 〈잠자는 숲속의 미녀〉, 〈장화 신은 고양이〉, 〈신데렐라〉, 〈푸른 수염〉, 〈엄지 동자〉 등 유명한 동화들이 실려 있다.

페로는 이 동화들을 직접 창작한 것이 아니라 하층 농민들 사이에 떠도는 민담들을 골라 각색했다. 당시 이러한 민담들은 왕족이나 귀족들도 잘 알고 있었다. 상류층 자녀들을 돌보기 위해 고용된 유모나 하녀들이 이야기를 들려줬기 때문이었다. 페로는 그 이야기들을 각색하면서 거칠고 무섭고 지저분한 부분을 과감히 빼버리고 매혹적이고 환상적인 분위기를 대폭 가미했다. 하층민들 사이에 떠돌던 민담들은 귀족들의 입맛에 맞게 각색되어 궁정으로 들어가게 되었다. 이 과정에서 '높으신 분들'이 듣기 불편한 부분도 대폭 삭제되고 도덕적 교훈이 그 자리를 메웠다.[5] 〈빨간 모자〉의 원작은 민담 〈할머니 이야기〉였다. 가난한 농민들이 난롯가에 둘러앉아 듣던 〈할머니 이야기〉는 페로의 손을 거쳐 동화 〈빨간 모자〉로 변모했다. 여기서 〈빨간 모자〉와 〈할머니 이야기〉를 비교해보는 것도 재미있겠다.

　한 소녀가 살고 있었다. 할머니가 선물해준 빨간 모자를 늘 쓰고 다녔기 때문에 사람들은 소녀를 빨간 모자라고 불렀다. 하루는 어머니가 빨간 모자에게 빵을 넣은 바구니를 주면서 할머니에게 전해 주라는 심부름을 시켰다.

"다른 데 한눈팔지 말고 곧장 할머니 댁으로 가야 한다."

빨간 모자는 바구니를 들고 숲 속으로 들어갔다. 숲 속의 늑대가 빨간 모자를 보고 잡아먹고 싶어져 입맛을 다셨다. 늑대는 숲에서 튀어나와 빨간 모자 앞을 막아섰다. 하지만 태어나서 처음으로 늑대를 보는 빨간 모자는 전혀 무섭지 않았다.

"얘야, 어디에 가는 중이니?"

"할머니 댁에 가요."

"할머니 댁이 어딘데?"

"숲 속의 떡갈나무 밑에 있어요."

이 말을 들은 늑대는 할머니와 빨간 모자 둘 다 잡아먹기로 했다.

"아주 착하구나. 얘야, 저기로 가면 꽃이 피어 있단다. 꽃을 꺾어다 드리면 할머니가 좋아하실 거야."

빨간 모자는 한눈팔지 말라는 어머니의 말을 깜박 잊어버리고 꽃을 꺾으러 갔다. 그동안 늑대는 할머니 집으로 앞질러갔다. 할머니 집에 도착한 늑대는 할머니부터 잡아먹고 옷을 훔쳐 입은 다음 침대에 누웠다. 아무것도 모르는 빨간 모자는 집으로 들어가 할머니로 변장한 늑대 옆으로 갔다.

"할머니, 왜 귀가 쫑긋해요?"

"네 말을 더 잘 듣기 위해서란다."

"눈이 왜 그렇게 크나요?"

"너를 더 잘 보려고 그러지."

"할머니, 손이 왜 그렇게 크나요?"

"너를 잡아먹기 위해서지."

늑대는 더 이상 참지 못하고 빨간 모자를 냉큼 삼켜버렸다. 할머니와 빨간 모자를 모두 잡아먹고 배가 터질 듯 불러진 늑대는 풀밭에 드러누워 잠이 들었다.

마침 지나가던 사냥꾼이 늑대를 발견했다. 사냥꾼은 뱃가죽을 가위로 잘라내어 할머니와 빨간 모자를 끄집어냈다. 늑대는 배가 너무 부른 나머지 여전히 쿨쿨 자고 있었다. 빨간 모자와 사냥꾼은 늑대 뱃속에 돌멩이를 가득 채워 강물에 던져버렸다. 빨간 모자는 다시는 어머니 말씀을 어기지 않기로 다짐했다.

익히 알려진 〈빨간 모자〉의 내용이다. 그렇다면 〈빨간 모자〉의 원형이 된 〈할머니 이야기〉는 어떤 내용이었을까.

한 소녀가 어머니의 심부름으로 할머니에게 빵과 우유를 가져가고 있었다. 숲 속에서 늑대가 나타나 어디에 가느냐고 물었다. 소녀가 대답했다.

"할머니 집으로요."

늑대가 다시 물었다.

"어떤 길로 가느냐? 핀의 길이냐, 바늘의 길이냐?"

"바늘의 길이요."

늑대는 핀의 길을 따라 할머니 집에 먼저 도착했다. 늑대는 할머니를 죽여 피를 병에 담고 살을 썰어 접시에 담았다. 그리고 할머니 옷을 입고 침대에 누웠다.

소녀가 할머니 집에 도착하자 늑대는 소녀에게 할머니의 피와 고기를 먹게 했다. 그러자 작은 고양이가 말했다.

"더러운 년! 할머니의 살을 먹고 피를 마시다니!"

늑대가 소녀에게 말했다.

"옷을 벗고 내 옆으로 들어오렴."

"앞치마는 어디에 둘까요?"

"불 속에 넣어라. 더 이상 필요하지 않을 테니."

코르셋, 치마, 페티코트, 스타킹을 벗을 때마다 소녀는 같은 질문을 했고, 늑대는 그때마다 옷을 모두 불 속에 넣으라고 시켰다. 옷을 모두 벗은 소녀는 침대에 눕고서야 늑대의 털과 넓은 어깨, 커다란 손톱과 이빨을 알아보았지만 도망치지 못하고 잡혀 먹히고 말았다.

〈할머니 이야기〉에서 소녀는 구출되지 못하고 잡아 먹히고 만다. 다른 판본에서는 침대에 들어간 소녀가 화장실에 가서 똥을 눈다는 핑계를 대고 도망친다. 기다리던 늑대는 "한 무더기 누고 있니?"라고 외치며 쫓아 나가다가 지나가던 사냥꾼을 만나 죽임을 당한다. 하지만 〈할머니 이야기〉가 〈빨간 모자〉로 변하는 과정에서 소녀가 할머니의 고기와 피를 먹고 마시는 부분과 똥을 누는 부분이 삭제되었다. "핀의 길이냐? 바늘의 길이냐?"라는 질문도 없어졌다. 대신 소녀가 쓰고 다니는 빨간 모자라는 시각적인 이미지가 부각되었다. 결말도 사냥꾼의 도움을 받아 할머니와 빨간 모자는 무사히 구출되고 늑대는 죽임을 당하도록 바뀐다.[6] 이 이야기에서 옷을 벗어 던지는 소녀는 아무리 보아도 어린 아이라기보단 잠자리에 들어가는 여인에 가깝다. 그렇다면 늑대는 누구일까? 잠자리에 들어오는 여인을 '먹어 치우려는' 남자가 아닐까.

역사학자 로버트 단턴Robert Darnton은 〈할머니 이야기〉가 여성들 간의 경쟁을 다루고 있으며, 이야기 속 할머니는 성숙한 여성, 소녀는 어리고 미숙한 여성을 상징한다고 보았다. 바늘과 핀 모두 여성들이 바느질[7]할 때 사용하는 물건이기 때문이다. 소녀는 경솔하게 할머니의 집을 알려 주었다가 늑대, 즉 이기적이고 무자비한 남성의 희생물이 된다. 이야기에서 소녀는 변을 보러 간다며 빠져나오는데, 아무 때나 가리지 않고 배설을 하는 것은 유아들이 하는 행동이다. 배설 행위를 핑계 삼아 빠져나오는 행동은 소녀의 미성숙을 암시한다. 이렇듯 소녀가 늑대의 침대에 들어갔다가 잡아 먹힐 위기에 놓이는 민담 〈할머니 이야기〉는 세상 물정에 어두운 젊은 여자가 남자를 조심해야 한다는 이야기이기도 하다.

대개 '여자'가 '남자'를 조심해야 한다는 메시지에는 '남자'는 본질적으로 여성을 압도한다는 가부장적인 전제가 깔려 있다. 이러한 메시지는 결과적으로 어린 소녀들의 적극성을 제약하고 수동적이며 무책임한 인격을 형성한다. 한눈팔지 말라는 어머니의 충고를 깜박 잊은 빨간 모자는 늑대의 습격을 받아 죽을 고비를 넘길 뿐만 아니라 사냥꾼이 도우러 올 때까지 무력하기 짝이 없다. 어린(젊은) 여성이 늑대처럼 무자비한 남성에게 잡아먹히지 않으려면 어른의 충고를 받아들이고 얌전히 앉아 사냥꾼, 즉 또 다른 남성의 도움을 기다려야 한다는 전근대적인 교훈이 담겨 있는 것이다.[8]

많은 학자들은 페로가 각색 과정에 덧붙인 빨간 모자를 월경의 상징으로 받아들이기도 한다. 이 해석대로라면 빨간 모자는 어린 소녀가 아니라 젊은 여성인 셈이다. 그러나 젊은 여성이 늑대, 즉 무자비한 남성에게 잡혀 먹힌다는 줄거리는 그대로 유지되고 있다. 그래서 〈빨간 모자〉도 〈할머니 이야기〉와 동일한 주제인 "여자는 남자를 조심해야 한다"는 메시지를 갖게 된다. 많은 학자들은 꾸준히 전래 동화 〈빨간 모자〉의 가부장적 이데올로기를 비판해왔다. 〈빨간 모자〉에 대한 연구를 따로 모은 책이 나올 정도로 이 동화는 오랫동안 논쟁적이었다.

세월이 흘렀어도 〈빨간 모자〉의 내용은 거의 변함없이 전해지고 있다. 그러나 이제 이 동화의 애독자는 젊은 여성이 아니라 막 글자를 배우기 시작하는 어린아이들이다. 여성의 자유 의지를 덮어놓고 말살하던 시대도 어느 정도 지나갔다. 우리는 이 동화를 접하는 아이들의 마음속이 좀 더 궁금하다. 〈빨간 모자〉를 읽는 아이들이 어떻게 이 동화를 받아들이는지 본격적으로 들여다보자.

아이들의 분별력

〈빨간 모자〉의 독자들은 대개 만 세 살에서 다섯 살 가량의 어린 아이들이다. 이 시기 아이들은 자유롭게 말하고 몸을 움직일 수 있는 자신의 능력에 놀라워한다. 예전에는 일일이 부모의 손을 빌려야 했지만 지금은 그렇지 않다. 직접 물건을 쥘 수도 있고 원하는 장소로 걸어갈 수도 있다. 어른들이 새 물건을 사면 자꾸 써 보고 싶어 하듯이 아이들도 새로워진 자기의 몸을 시험해보고 싶어 한다. 그래서 아이들은 쉴새없이 뛰어다니고 소리 내어 말하고 시끄럽게 고함도 질러 보는 것이다.[9]

이 시기 아이들의 특징 중 하나는 거짓말을 배운다는 것이다. 거짓말을 배운다고 해서 도덕적으로 타락한다든가 악에 물든다는 의미가 아니다. 이 시기 아이들이 하는 거짓말은 주로 야단맞기 무서워서 하는 게 대부분이다. "너 아까 사탕 먹었지?" "아니요, 안 먹었어요." 혼나기 싫은 아이들은 거짓말로 상황을 피하려 한다. 하지만 어른도 한때 아이였기에 아이들의 거짓말 정도는 쉽게 간파해낸다.

평소에 어른들은 아이들에게 거짓말을 해서는 안 된다고 가르친다. 겉으로 보면 별로 새겨듣지 않는 것 같지만 어른의 말은 절대적인 의미를 갖고 아이들의 무의식 속에 깊숙이 스며든다. 특히 부모의 말은 특별한 권위를 갖고 결정적인 순간에 힘을 발휘한다. 일반적인 부모라면 아이에게 거짓말을 해서는 안 된다고 가르친다. 그런데 만약 〈빨간 모자〉에 나오는 늑대처럼 나쁜 어른이 아이에게 이렇게 협박한다고 치자. "아가야, 너희 집에 지금 누가 있지? 문을 열려면 어떻게 해야 하지? 어른에게 거짓말하면 안 돼. 너의 부모님도 거짓말하지 말라고 말씀하셨지?"

이러한 상황에 처한 아이들은 윤리적인 딜레마에 빠진다. 분명히 엄마 아빠에게 거짓말을 하면 안 된다고 배웠지만 이 상황에서 진실을 말하는 것은 아무래도 위험하게 느껴진다. 진실을 그대로 말했다가 큰일이 날지도 모른다. 그런데 상대는 나보다 훨씬 힘센 어른이다. 바른대로 말하지 않으면 무서운 일을 당할지도 모른다. 나쁜 어른에게 잡혀가 고생하는 것이야말로 아이들이 가장 두려워하는 것 중 하나이기 때문이다.

안타깝게도 세상을 살다 보면 부득이하게 거짓말을 해야 하는 경우가 있다. 위기를 넘기기 위해 거짓말을 하거나 상대를 기분 좋게 해주려고 하기도 한다. 급한 상황에서는 일단 거짓 말로 둘러댔다가 나중에 밝힐 수도 있다. 이러한 거짓과 진실 의 미묘한 관계는 아이들에게 구구단 외우듯 가르칠 수 있는 것이 아니다. 경험을 통해 판단하고 직접 살아보면서 깨우쳐야 한다. 이러한 문제는 정해진 공식이 없기 때문에, 이야기를 통 해 일어날 법한 상황을 구체적으로 들려주고 판단력을 길러 주 어야 한다.

〈빨간 모자〉의 거짓과 진실

시중에 유통되는 그림책 〈빨간 모자〉의 주인공은 대개 조그 맣고 귀여운 여자 아이로 그려져 있다. 이러한 빨간 모자의 모 습은 보기에도 예쁘지만 책을 읽는 아이들에게 빨간 모자가 어린 아이라는 사실을 알려 주기 위한 것이기도 하다. 아이들 은 빨간 모자가 자기와 같은 어린 아이라는 사실을 눈치 채고, 〈빨간 모자〉 이야기가 바로 자신을 위해 쓰였음을 바로 알아차 린다.

이 동화는 빨간 모자가 어머니의 심부름을 하러 홀로 숲 속 으로[10] 들어가는 장면으로 시작된다. 어머니는 한눈팔지 말고 곧장 할머니 댁으로 가라고 지시한다. 숲으로 들어간 빨간 모 자는 늑대를 만나게 된다.

늑대는 빨간 모자에게 물었다.

"애야, 어디에 가는 중이니?"

태어나서 처음으로 늑대를 보는 빨간 모자는 전혀 무섭지 않았다.[11]

어린 빨간 모자는 세상에 존재하는 위험에 대해 알지 못한다. 그래서 늑대를 만나도 공포를 느끼지 않는다. 그뿐만 아니라 빨간 모자는 진실과 거짓을 아직 구분하지 못한다. 누군가 자기에게 거짓말을 해서 이득을 취한다는 상상을 하지 못하기 때문이다. 늑대는 이렇게 순진한 빨간 모자를 거짓말로 속여 넘긴다. 꽃을 꺾어다 드리면 할머니가 기뻐하실 것이라는 늑대의 달콤한 말에 빨간 모자는 어머니의 당부를 잊어버리고 만다. 거짓과 진실을 구분하지 못하는 빨간 모자는 결과적으로 할머니와 자신을 위험에 빠뜨린 것이다.

먼저 도착한 늑대는 할머니를 잡아먹은 뒤 변장을 하고 침대에 누워 빨간 모자를 기다린다. 아무것도 모르는 빨간 모자는 늑대와 대화를 나눈다.

"할머니, 왜 귀가 쫑긋해요?"

"네 말을 더 잘 듣기 위해서란다."

"눈이 왜 그렇게 크나요?"

"너를 더 잘 보려고 그러지."

"할머니, 손이 왜 그렇게 크나요?"

"너를 잡아먹기 위해서지."

빨간 모자는 쫑긋한 귀, 커다란 눈과 손을 보며 할머니와 늑대의 차이점을 하나씩 찾아낸다. 그러나 침대에 누운 할머니가 진짜 할머니가 아니라 늑대라는 사실까지 알아차리지는 못한다. 빨간 모자는 개별적인 차이점을 발견할 만큼 관찰력을 가지고 있다. 하지만 관찰한 결과를 하나로 모아 새로운 결론을 도출시킬 정도까지 이르지 못한다. 거짓과 진실을 가려내기 위해서는 여러 가지 특징들을 하나로 모아 통합하는 능력이 필요하다. '귀도 눈도 손도 할머니보다 훨씬 크구나. 그래, 저건 할머니가 아니라 늑대야!' 이러한 사고 과정은 논리적이고 통합적인 지적 능력이 필요하다. 〈빨간 모자〉를 읽는 아이들은 관찰한 결과를 모아 거짓과 진실을 구분하는 논리적 연습을 하게 된다.

빨간 모자는 늑대에게 잡아 먹히지만 다행히 사냥꾼의 도움을 받아 살아난다. 구출된 빨간 모자는 할머니로 변장한 늑대가 가짜였다는 사실을 알게 되고, 앞으로 어머니의 말씀을 잘 듣겠다고 다짐한다. 〈빨간 모자〉는 아이들이 가장 걱정하는 상황을 보여주어 공감을 얻고, 세상에는 위험이 존재한다는 사실을 자연스럽게 가르쳐준다. 그리고 빨간 모자의 대처를 통해 자기의 상황과 비교하고 위험에 대비할 수 있도록 한다. 몇 백년에 걸쳐 〈빨간 모자〉가 아이들에게 읽히는 이유는 바로 이것이다.

아이들뿐만 아니라 어른들에게도 공포와 불안은 의외로 일상적인 감정이다. 아이들의 공포가 〈빨간 모자〉 속 늑대로 은유된다면 어른들의 공포는 좀 다른 모습으로 나타난다. 국가 안보, 경제 위기, 핵무기, 환경오염, 외국인 등등. 아이들이 위험을 막연하게 느낀다면 어른들의 불안은 보다 구체적이다. 그러나 이 무서운 것들이 모두 사라진다면 어떻게 될까? 안전한 사회가 찾아올까? 그렇지는 않을 것이다. 아마 또 다른 위험이 나타날 가능성이 높다. 세상일이란 아무리 철저히 준비해도 위험의 가능성을 완벽하게 없앨 수는 없기 때문이다.

아이들은 어른들 생각보다 빨리 자란다. 만 일곱 살에서 여덟 살 정도만 되어도 〈빨간 모자〉는 시시한 이야기가 되어버린다. 아이들도 어린이집 등을 다니면서 나름 세상에 익숙해지기 때문이다. 또래 친구를 사귀면서 재미도 느끼고, 선생님을 통해 엄마 아빠 말고도 자기를 보호해주는 어른의 존재도 알게된다. 그렇다고 아이들이 세상에 대한 불안에서 완전히 벗어나는 것은 아니다. 일부는 공포가 고착되어 어른이 된 후에도 고통 받기도 한다. 다행히도 아이들 대부분은 언젠가 자신도 세상에 맞설 수 있을 만큼 성장하리라고 확신한다. 그러다 보면 〈빨간 모자〉는 '애기들이나 보는 시시한 이야기'가 되어 마음 속에 봉인될 것이다.

우리 집에 거인이 살고 있어요

어느 날 평화로운 저녁. 하루 종일 엄마와 단 둘이 지낸 아이는 창문에 비친 황금빛 노을을 바라보고 있다. 엄마는 더할 나위 없이 아이를 사랑해주고 아이도 엄마와 보내는 시간이 행복하기 그지없다. 부엌에서는 엄마가 식사 준비 중인지 그릇을 달그락대는 소리가 들린다.

어느덧 해가 지고 어둠이 번지고 있다. 그런데 갑자기 문이 덜컹대면서 홱 열리더니, 쿵쿵거리는 발소리와 커다란 목소리가 들린다.

"아, 정말 배가 고프군. 어디서 이렇게 맛있는 냄새가 나지? 못 참겠다, 이 귀여운 녀석이라도 잡아먹을 테다!"

놀란 아이는 비명을 지른다.

"악, 사람을 잡아먹는 거인이다!"

집에 돌아온 아빠는 아이를 간지럽히며 천장이 떠나갈 듯 웃음을 터뜨린다.

평범한 가정에서 일어나는 풍경이다. 아이는 하루 종일 엄마와 단 둘이 시간을 보낸다. 아이는 자신만을 사랑해주는 엄마와 지내는 시간이 너무나 행복하다. 그런데 매일 저녁이 되면 갑자기 낯선 존재가 출현한다. 다름 아닌 덩치도 크고 힘도 센 거인이다. 거인은 엄마가 만든 맛있는 음식을 냠냠 먹어치우고 아이가 엄두도 못 낼 신기하고 어려운 일을 척척 해낸다. 밤이 되면 거인은 세상에서 제일 사랑하는 엄마의 옆자리에서 쿨쿨 잠이 든다. 아이는 엄마를 빼앗겨서 분이 나지만 자기보다 훨씬 강한 거인을 그저 바라만 볼 수밖에 없다.

아이는 도대체 무슨 생각을 할까? '거인이 할 수 있는 일을 나도 하고 싶어. 거인은 분명히 마법을 부리는 신기한 보물을 잔뜩 갖고 있을 거야. 거인이 쿨쿨 자는 동안 그걸 훔쳐와야지! 그 보물로 엄마랑 행복하게 살 거야!' 아이가 이런 생각을 하든지 말든지 아빠는 엄마 옆에서 코를 골며 자고 있다.[12]

전래 동화 중 국적이 확실히 알려진 작품은 많지 않다. 이야기도 국경을 넘어 다니며 이리저리 뒤섞이기 때문이다. 잉글랜드 지방의 동화 〈잭과 콩나무Jack and the Beanstalk〉[13]는 국적이 확실히 알려져 있는 몇 안 되는 작품 중 하나이다.[14] 〈잭과 콩나무〉는 반복되는 상승과 하강의 이미지, 역동적인 신체 움직임과 서스펜스가 빛나는 매력적인 작품이다. 대략적인 줄거리는 다음과 같다.

　잭이라는 어린 소년은 홀어머니와 같이 살고 있었다. 잭은 하루 종일 침대에 누워 빈둥빈둥 놀았고 어머니가 모든 생계를 책임지고 있었다. 하루는 어머니가 잭을 불러 소를 팔아 오라는 심부름을 시켰다.

　"이제 집에 남은 것이 소 한 마리밖에 없구나. 네가 가서 소를 팔아 돈으로 바꿔 오너라."

　잭은 어머니가 시키는 대로 소를 끌고 장에 갔다. 장에 가는 길에 한 노인이 말을 걸었다.

　"어딜 가는 중인가?"

　"소를 팔러 가는 길인데요."

　"소를 판다고? 내가 돈보다 훨씬 좋은 것을 줄 테니 나한테 팔게."

　노인은 이렇게 말하며 마법의 콩을 보여 주었다. 마법의 콩을 보자마자 잭은 마음을 빼앗기고 말았다. 잭은 노인에게 콩을 받고 소를 넘겨주었다. 집으로 돌아오자 어머니가 말했다.

　"그래, 얼마나 받았니?"

　잭은 어머니에게 돈 대신 콩을 보여주었다. 그러자 어머니는 크게 화를 내며 콩을 창 밖으로 던져버렸다.

다음날 아침이 되자 잭은 창밖으로 하늘을 찌를 듯 높이 솟아 있는 콩나무를 발견했다. 잭은 어머니의 만류를 뿌리치고 콩나무를 타고 올라갔다. 콩나무 꼭대기에는 거인이 사는 집이 있었다. 거인의 집에 들어간 잭은 거인 아내의 도움을 받아 금화 자루와 황금 계란을 낳는 암탉, 그리고 저절로 울리는 하프를 훔쳐냈다.

분노한 거인이 쫓아오자 잭은 콩나무를 타고 내려가 어머니에게 도끼를 가져오라고 부탁한다. 잭이 어머니가 가져온 도끼로 콩나무를 찍어 넘기자 거인은 땅에 떨어져 죽었다. 잭은 거인에게 훔친 보물로 어머니와 행복하게 살았다.

동화에는 용과 마법사, 마녀와 난쟁이 등 수많은 괴물이 등장한다. 이러한 괴물들은 과학적 세계관이 도래하면서 중세인의 과도한 상상력이 빚어낸 산물로 치부되었다. 그러나 문학적 해석의 렌즈로 들여다보면 오랜 세월에 걸쳐 연마된 은유와 이미지가 정교하게 얽혀 있는 결이 드러난다. 이러한 은유는 재미삼아 만들어진 것이 아니다. 은유는 과학이 발견하지 못하는 세상의 진실을 이미지로 드러내 보인다. 과학적이고 합리적인 시각만으로는 세상을 모두 해석하지 못하기 때문이다.

거인은 〈잭과 콩나무〉뿐만 아니라 수많은 신화와 전설에 단골로 등장한다. 그리스 로마 신화에서 거인족Titan은 올림포스 신들이 나타나기 전 세상을 다스렸다. 제우스가 아버지 크로노스에게 반기를 들고 일어나면서 거인족과 올림포스 신들은 전쟁을 벌였다. 이 전쟁은 티타노마키아Titanomachy, '거인족의 전쟁'이라고 불렸다. 승리를 거둔 제우스는 거인들을 지하 세계에 집어넣고 영원히 가두어버렸다. 신화 속에서 거인은 신이나 왕 못지않게 강하며 권위에 도전하는 존재이다. 마법을 사용하고 어느 정도 지혜도 갖고 있기 때문에 속이거나 회유하여 같은 편으로 삼는 것도 쉽지 않다. 거인과 벌이는 전쟁에서 타협이나 화해는 있을 수 없다. 반드시 정면으로 맞서 없애야만 한다.

성장이라는 관점에서 보면 동화 속 거인은 일종의 역할 모델이기도 하다. 역할 모델은 아이들이 모방하고 배울 것이 무엇인지 보여주고 목표를 제시한다. 아이는 거인을 보면서 자신도 언젠가 덩치가 커지고 마법도 배울 수 있으리라 기대한다. 여기서 마법이란 별 것이 아니다. 어른은 할 수 있지만 아이는 할 수 없는 일, 가령 돈벌이 같은 일을 의미한다. 이러한 관점에서 마법을 보면 해리 포터가 다니는 학교 호그와트란 어른이 되는 비밀을 배우는 장소로 볼 수 있다.

〈잭과 콩나무〉는 거인들이 등장하는 신화와 전설의 영향을 받은 흔적이 역력하다. 그래도 이 동화에 대한 의문은 여전히 많다. 왜 수많은 동물 중에서 소가 등장할까? 왜 콩나무는 하늘을 향해 쑥쑥 자라나는 것일까? 왜 거인의 아내는 잭을 번번이 도와주는 것일까? 이러한 의문들을 하나씩 파고들어 보자.

소가 콩으로 바뀐 이유

잭은 게으른 소년이다. 하루 종일 드러누워 빈둥대면서 어머니가 가져오는 밥만 축낸다. 언뜻 보면 잭은 불효자처럼 보인다. 하지만 잭만 그렇지는 않다. 세상의 모든 아이는 태어나서 최소한 일 년 정도 드러누워 밥을 받아먹어야만 하기 때문이다.

어른의 보살핌만 받던 아이는 편안하고 안락한 생활을 누리지만 때가 되면 자기 힘으로 일어나 세상을 누벼야 한다. 자기 인생을 스스로 결정하고 적극적으로 움직이는 등 정신적인 독립도 해야 한다. 〈잭과 콩나무〉뿐만 아니라 전설이나 민담에는 오랫동안 누워만 지내던 아이가 갑자기 벌떡 일어나 모험을 하러 가는 이야기가 제법 많다. 부모의 보살핌은 영원히 지속되지 않는다. 언젠가 혼자 힘으로 세상에 나아가 인생을 개척해야 한다.

독립적인 인생을 시작하기 위해서는 이제까지 제공되던 부모의 안락한 보호를 떨쳐내야 한다. 부모도 때가 되면 아이를 슬슬 독립시킬 준비를 해야 한다. 그래서 잭의 어머니는 잭이 뒹굴고 있는 방으로 와서 이렇게 말한다.

> "이제 집에 남은 것이 소 한 마리밖에 없구나. 네가 가서 소를 팔아 돈으로 바꿔 오너라."

소의 의미는 여러 가지로 해석된다. 동양적인 전통에서 소는 지혜와 성스러움을 상징하는 동물이다. 동시에 소는 농경사회에서 노동력을 제공하며 근면함도 상징한다. 힌두교 신자들은 소를 죽이거나 해치지 않으며 쇠고기도 절대 먹지 않는다. 특히 암소는 생명과 수확 등 대지가 인간에게 제공하는 풍요로움을 상징한다. 갓난아기가 어머니의 품에 안겨 따뜻함과 모유를 제공받듯이 인간도 대지의 품에서 삶에 필요한 양식을 얻는다. 실제로 아이들은 암소에서 짜낸 우유를 마시고 자란다.[15] 그렇기에 잭이 소를 팔아 치우는 것은 아이가 어느 정도 자라서 한 사람 몫의 지혜와 힘을 제공하는 어른이 됨을 뜻하며, 나아가 이제까지 모성에 의존하여 살아온 삶을 끝낸다는 의미로 해석할 수 있다.

소를 팔러 간 잭은 마법의 콩을 얻는다. 그런데 수없이 많은 곡식 종류 중 왜 하필이면 콩일까? 더구나 콩은 나무가 아니라 풀이다. 이야기 속에서 콩은 단 하룻밤 만에 하늘을 뚫고 자란다. 이 대목은 터무니없이 비현실적이지만, 동시에 왠지 모를 통쾌함과 스릴이 느껴진다.

실제로 아이들은 잭의 콩나무가 자라듯 빠르게 자란다. 일단 키가 크기 시작하면 몰라볼 정도로 쑥쑥 자라난다. 마치 비 온 뒤 솟아나는 죽순 같다. 쑥쑥 자라는 아이들은 어린 나무 같기도 하고 키 큰 잡초 같기도 하다. 자라는 아이들은 쑥쑥 크는 나무나 풀을 보면서 커가는 자기의 몸과 비슷하다고 느낀다. 하룻밤 새 하늘까지 솟아난 콩줄기는 바로 아이들의 빠른 성장을 의미한다. 하지만 아이들이 갑자기 키가 크면 살이 빠지고 야위어 보인다. 키만 컸지 아직 내실을 갖추지 못하는 것이다. 그런 모습은 나무처럼 단단하지 않고 바람만 불면 흔들리는 풀처럼 부실해 보인다. 마법의 콩줄기는 바로 그런 모습을 상징한다.

잭은 하늘까지 올라간 콩줄기를 보자마자 묻지도 따지지도 않고 닥치는 대로 올라간다. 만약 아이가 아니라 어른이라면 잭처럼 덤비지는 않을 것이다. 올라가다가 떨어지면 어떡할지,

그 위에 위험이 있으면 어떻게 다시 내려올지 등등 한참 고민하다가 결국 올라가길 그만둘 것이다. 나이가 들면 경험이 쌓이고 자연스럽게 위험 가능성을 피하게 된다. 삶의 안전은 보장되지만 대신 새로운 것을 접하거나 모험을 겪을 가능성은 줄어든다. 하지만 아이들은 따지지 않는다. 경험이 없기 때문이다. 늑대를 보아도 두려움을 느끼지 않는 빨간 모자처럼 잭도 덮어놓고 콩줄기를 기어 올라간다.

이러한 잭의 행동은 아이들의 공감을 불러일으킨다. 아이들은 높은 곳으로 기어 올라가기를 좋아하기 때문이다. 아이를 키워 본 사람이라면 어린 아이가 서랍을 하나씩 빼서 계단처럼 딛고 올라가다 사고를 당할 뻔한 경험이 있을 것이다. 서랍장뿐만 아니라 아이들은 세탁기건 식탁이건 높은 곳이라면 올라가보고 싶어 한다. 심지어 엄마 아빠의 다리를 붙잡고 기어 올라가려고 애쓰기도 한다. 하긴 어른들도 높은 곳에 올라가서 아래를 내려다보며 뽐내길 좋아한다. 그래서 비싼 아웃도어 브랜드 옷 사 입고 하루 종일 힘들여 등산을 하는 게 아니겠는가.

묻지도 따지지도 않는 무조건적인 모성은 소로 상징되고, 그 소는 흔들흔들 자라는 콩줄기로 바뀌어 나타났다. 모성에 의존하던 아이는 아직 자라야 하지만 그래도 모험을 할 준비가 되어 있다. 자, 이제 하늘로 올라가야 한다. 올라가서 거인의 보물을 빼앗아 와야 한다.

거인이 사는 세상

콩줄기를 타고 하늘로 올라간 잭은 거인의 집으로 들어간다. 마침 거인은 외출하고 거인의 아내가 요리를 하고 있다. 안으로 들어간 잭을 본 거인의 아내는 깜짝 놀라지만 먹을 것을 준다. 얼마 후 거인이 돌아오자 거인의 아내는 아궁이[16] 속에 잭을 숨겨 준다.

아궁이는 중요한 상징이다. 아궁이는 여성의 생산력과 자궁, 탄생을 의미한다. 아궁이는 둥그런 모양을 띠고 있고 그 안에는 열기를 내뿜는 불이 타오르고 있다. 매일 주부가 아궁이에 불을 지펴야 밥을 끓이고 음식을 만들 수 있으며 집 안 식구들의 생명과 건강을 유지할 수 있다. 그래서 동서양 모두 아궁이에는 집 안을 지켜 주는 신이 살고 있다고 믿었다. 그리스 로마 신화에서는 헤스티아Hestia라는 여신이 아궁이를 지키는 신이었고, 중국과 한국에는 그와 유사한 부뚜막신(조왕신)이 있다.

잭이 거인을 피해 아궁이 속으로 들어가는 것은 아직 완전히 모성과 분리되지 않았다는 의미이다. 침대에 누워 빈둥거리는 생활을 청산하고 우유를 짜내는 암소도 팔아치웠지만, 바람에 흔들거리는 콩줄기처럼 주인공 잭은 아직 나약하다. 그래서 거인이 집에 들어올 때마다 잭은 어머니 뱃속처럼 따뜻한 아궁이 속으로 도망쳐 들어가야만 한다.

집 안에 들어온 거인은 금화를 세어 확인하고 주문을 외워 암탉이 황금 달걀을 낳게 한다. 그리고 저절로 울리는 하프를 들으며 잠이 든다. 이 동화를 읽는 아이들은 여기서 거인의 소유물을 하나씩 확인한다. 거인은 막대한 돈을 갖고 있으며, 그

돈이 샘물처럼 흘러나오는 원천도 갖고 있다. 게다가 대단히 아름답고 세련된 물건도 갖고 있다. 잭은 거인을 훔쳐보면서 보물을 하나도 남김없이 빼앗겠다고 다짐한다.

거인의 세 가지 보물 모두 잭이 갖지 못한 것이며, 현실에서 아이들이 갖고 싶어 하는 것이기도 하다. 현대 사회의 아이들은 어른들의 보살핌 아래 부족한 것이 없어 보인다. 힘든 일을 할 필요도 없고 돈만 있으면 갖고 놀 장난감도 무궁무진하다. 하지만 아이들은 어느 정도 알고 있다. 부모는 자기보다 훨씬 힘이 세고 돈도 많으며 아는 것도 많다. 자신이 지금 꿈도 못 꾸는 일도 척척 해낼 만큼 힘도 세다. 지금 세상에서 자신이 혼자 할 수 있는 일은 아무것도 없으며 부모에게 버려지거나 보호받지 못한다면 생명을 유지하는 것조차 힘들다. 즉 아이에게 부모의 신비한 능력은 바로 거인의 세 가지 보물과 같다.

지금 우리가 살아가는 현대 사회에서 아이는 무능력한 존재가 될 수밖에 없다. 원래 아이가 무능해서가 아니다. 사회 구조가 어른 중심으로 짜맞추어져 있기 때문이다. 제 몸 가눌 나이만 되어도 물을 길어오고 아궁이에 불을 지펴 밥을 지을 수 있었던 농경 사회와 다르다. 아파트에 갇혀 사는 아이들은 물 한 잔 마시려고 해도 의자를 딛고 올라가거나 무거운 냉장고 문을 열어야 한다. 가스레인지 스위치는 아예 아이 손에 닿지도 않는다. 전등을 켜는 스위치조차 어른 키에 맞추어져 있다. 어른의 손을 빌리지 못하면 어린 아이는 끼니는커녕 따뜻한 물 한 잔 마시기도 힘들다.[17]

자존심이 있다면 매사를 다른 사람에게 의존하는 것은 힘든 일이다. 제대로 된 인간이라면 자신이 쓸모 있다는 사실을 확인할 때마다 기쁨을 느낀다. 아이들도 마찬가지이다. 엄마의 심부름을 완수하고 칭찬을 받을 때마다 아이들의 얼굴은 환하게 빛이 난다. 그러나 요즘은 아이들에게 심부름 값을 들려 밖에 내보내기도 겁나는 세상이 되어버렸다.

현재 한국 사회의 아이들은 아파트에 갇혀 꽁꽁 싸 매인 채 보호만 받고 있다. 그래서 아이들은 매순간 자신이 무능하고 쓸모없다고 느끼면서 살아간다. 이렇게 보호만 받으며 살다가 세상에 나아가면 잘 할 수 있을지도 겁이 난다. 빙빙 돌아가는 세상에 비해 자신이 너무 작고 나약하고 바람만 불어도 흔들리는 풀줄기처럼 느껴진다. 그렇기에 〈잭과 콩나무〉의 거인은 말 그대로의 거인이 아니다. 거대하고 무시무시한 세상 전체를 의미하기도 한다.

그럼에도 불구하고 언젠가는 이 거인 같은 무서운 세상과 맞서야 한다. 어느 순간 어머니의 따뜻한 보호를 뒤로 하고 과감히 콩줄기를 타고 올라가는 용기가 필요하다. 그래야 금화도, 암탉도, 하프도 모조리 빼앗아 올 수 있기 때문이다.

요행과 속임수

거인이 무시무시한 힘을 지니고 있음에도 불구하고 잭은 거인의 보물을 모두 훔치기로 마음먹는다. 세 차례에 걸쳐 잭은 콩줄기를 타고 거인의 집으로 올라가서 금화와 황금 달걀을 낳는 암탉, 저절로 울리는 하프를 훔쳐온다. 이 과정에서 잭은 원숭이처럼 콩줄기를 오르고, 아궁이로 뛰어 들어가고, 슬며시 빠져나와 보물을 훔쳐 미친 듯이 달리다가 콩줄기를 타고 집으로 내려온다. 역동적인 잭의 모습은 마치 그림책 속에서 펼쳐지는 한 편의 액션영화 같다.

이 동화를 읽는 아이들도 잭처럼 쉴새없이 뛰어다니기 좋아한다. 얼핏 보면 아이들이 아무 생각 없이 우르르 달리는 것 같지만 자세히 관찰하면 나름대로의 의미가 있다. 부엌은 마녀의 집, 서재는 보물을 숨겨놓은 창고, 안방은 괴물이 사는 동굴 하는 식으로. 어른들은 아무 생각 없이 부엌을 지나 안방으로 들어갔다가 서재로 가지만, 아이들은 마녀의 집에서 빠져나와 괴물이 사는 동굴을 피해 보물을 가지러 창고로 들어가는 것이다. 그렇게 뛰어노는 아이들 세계를 이해하지 못하는 '멍청한' 어른이 부엌에서 물이라도 마시려 들면 아이들은 이렇게 외친다. "안 돼! 그 물에는 마녀가 탄 독이 들어 있어!" 평범하고 재미없는 현실 세계에 상상을 덧칠하는 아이들에게 〈잭과 콩나무〉는 환상적인 모험을 제공한다.

〈잭과 콩나무〉에서 잭은 노력하지 않고 요행과 속임수에 의해 성공하는 것처럼 보인다. 마법의 콩을 얻는 과정도 우연이고 콩줄기가 돋아난 것도 우연에 가깝다. 잭이 숨어 있는 동안 거인은 사람 냄새가 난다며 집을 뒤지지만, 매번 아궁이만 빼놓고 들여다보지 않는다. 게다가 거인의 아내는 잭을 볼 때마다 아무 이유 없이 도움을 준다. 잭은 순전히 행운만으로 엄청난 보물을 얻는 셈이다. 〈잭과 콩나무〉뿐만 아니다. 동화 속 주인공은 늘 행운이 뒤따른다. 현실적인 시각에 비추어 도무지 앞뒤가 맞지 않는다. 이러한 동화의 비현실적인 특징 때문에 아이들에게 동화를 선뜻 권하기 망설이는 부모들도 많다. 왜 동화에는 이러한 엄청난 행운과 보물 등 비현실적인 요소가 가득한 것일까?

이러한 비현실적인 요소는 대개 두 가지로 해석된다. 자이프스는 동화가 터무니없이 비현실적인 이유는 가혹한 생존 투쟁을 벌여야 했던 민중들이 잠시나마 위로를 얻기 위해서라고 주장했다.[18] 민담은 현대 사회의 대중들이 보는 텔레비전 드라마와 같은 오락거리였기 때문이다. 가난하고 맘씨 좋은 여성이 재벌가의 며느리가 되는 벼락출세 드라마가 늘 인기를 끌 듯이, 시골 마을의 바보가 공주와 결혼하고 왕이 되는 이야기[19]는 민중들의 마음을 사로잡았다. 민중들은 이러한 환상적인 이야기를 들으며 고단한 현실을 잠시나마 잊을 수 있었던 것이다.

베텔하임은 조금 다른 시각에서 동화의 비현실성을 분석했다. 동화의 비현실적 성취는 아이들의 미래에 대한 불안을 반영한다. 아이들은 어른이 되면 험한 세상을 과연 성공적으로 살아나갈 수 있을지 불안해 한다. 어른들은 말 잘 듣고 열심히 공부하면 성공할 수 있다고 말하지만, 이러한 말이 아이들을 완전히 안심시켜 주는 것은 아니다. 열심히 일하고 공부한 결과로 적절한 보상을 받는 이야기는 어른들을 만족시켜 주겠지만(주로 위인전이 그렇다) 아이들은 그런 이야기에 지레 겁부터 집어먹기 마련이다. 대개 이러한 이야기에는 낮에는 일하고 밤에는 공부하여 장학금을 받거나, 병에 걸린 부모님을 위해 신체 일부를 떼어 주었다는 등 영웅적인 스토리가 많다. 아이들은 이러한 이야기를 보면서 의욕보다는 현실의 높은 벽을 느끼고 오히려 좌절하기 마련이라는 게 베텔하임의 주장이다.

동화 속 주인공은 아무것도 하지 않거나, 혹은 할머니의 집을 들어주는 등 작은 일을 하고도 막대한 보상을 받는다. 이러한 스토리는 아이들에게 노력하지 않아도 된다는 메시지를 전달하는 것이 아니다. 전래 동화는 아이들에게 당장 지금부터 미래에 대해 지나치게 걱정하지 않아도 되고, 전전긍긍하며 불안해 할 필요도 없다고 이야기 해준다. 벌써 지금부터 어른이 된 후의 삶을 걱정할 필요는 없다. 열심히, 착하게 살다 보면 저절로 행복해질 것이라고 아이를 위로해 준다.

동화가 독자에게 위안을 준다는 면에서 자이프스와 베텔하임은 의견을 같이 한다. 다만 동화가 선사하는 위안이 고통스러운 현실을 견디기 위한 마취제인지, 아니면 밝은 미래를 맞이하기 위해 건너야 할 다리인지에 대해서는 의견 차이를 보인다. 그러나 두 사람 모두 인간의 정신세계에서 환상은 매우 중요한 역할을 차지하며, 환상 없이 내면의 성장이 이루어질 수 없다는 것에 의견을 같이한다.

어떻게 부모가 될 것인가

〈잭과 콩나무〉의 잭은 어머니의 말씀을 잘 듣지 않는다. 소를 팔아 돈을 가져오라더니 아무 짝에도 쓸모없는 콩알로 바꿔오고, 올라가지 말라는 콩줄기도 기어이 올라가고 만다. 잭이 세 번이나 콩줄기를 기어 올라가는 동안 어머니는 얼마나 속이 탔을까? 그런 면에서 잭을 효자라고 보긴 어려울 것 같다.

〈잭과 콩나무〉를 부모의 입장에서 보면 품 안의 자식이 말을 듣지 않고 제멋대로 행동하다가 위험을 겪는 이야기로 해석된다. 아이를 키우다 보면 영원히 품에 안고 놔주고 싶지 않은 기분이 든다. 그렇다고 어른이 되어서도 독립시키지 않는 것은 자식에게 결코 좋은 일이 아니다. 자기 스스로 일어나지 않는다면 부모가 등을 떠밀어야 할 수도 있다. 빈둥대던 잭에게 소를 팔아 오라는 어머니의 명령이 바로 이러한 의미이다.

거칠고 무서운 세상에 자식을 내보내는 것은 쉬운 일이 아니다. 더구나 부모는 자신이 겪을 대로 겪어본 세상이기에 더욱 잘 안다. 하지만 자식이 뛰쳐나가겠다고 고집을 부릴 때 말려서는 안 된다. 용기는 한 번 꺾이면 다시 솟아나기 어렵기 때문이다. 잭은 어머니의 만류를 뿌리치고 콩줄기를 타고 올라간다. 잭이 만약 어머니를 걱정시키기 싫은 나머지 올라가지 않았다면 이야기는 달라졌을 것이다.

이야기의 마지막에서 거인이 쫓아 내려오자 잭은 어머니에게 도끼를 가져오라고 부탁한다. 절체절명의 위기에서 잭은 어머니가 가져온 도끼로 콩줄기를 찍어 거인을 죽인다. 이제까지 잭은 요행과 속임수로 거인과의 싸움에서 이겼지만 정면대결에서는 불리하다. 이 때 어머니가 도끼를 가져오고, 잭은 최후의 싸움에서 승리한다. 이렇듯 부모란 평소에는 물러나 있더라도 자식이 큰 고비를 맞게 되면 도움을 주어야 한다. 부모뿐만 아니라 온 가족들이 똘똘 뭉쳐 아이를 도와주어야 고비를 잘 넘길 수 있다. 나서지 말라고 옷깃을 붙잡다가 큰일이 벌어지면 모르겠다고 물러서는 건 최악이다.

성장은 힘들다. 성장을 옆에서 지켜보는 것도 힘들다. 아이가 제대로 성장하려면 많은 노력이 필요하듯이 현명한 부모가 되려면 힘든 도정을 거쳐야 한다. 다행히 최근에는 좋은 부모

되기에 대한 관심이 높아지고 있다. 많은 상담가와 심리학자가 조언을 주고 있지만 전래 동화가 부모에게 주는 지혜는 아직 주목받지 못하는 것 같다. 전래 동화의 세계 속에서 자라나야 할 존재는 아이뿐만이 아니다. 부모도 자식이 태어나면서 새로운 존재로 재탄생하고, 아이와 함께 따라서 성장하게 된다. 아이가 자신이 부족한 게 아닌가 불안을 느끼듯이 부모도 스스로를 돌아보고 혹시 내가 나쁜 부모가 아닌가 하고 의심하게 되는 순간이 찾아오게 마련이다. 하지만 그런 힘든 순간에 대해서도 동화는 지혜를 제공해줄 것이다.

이야기 속 이야기

1 전근대 사회에서는 대략 아동이 예닐곱 살 정도 되면 인생 초년의 한 단계를 지난 것으로 파악했다. 일단 스스로 무리없이 걷고 기본적인 의사소통이 가능해지며 친구들과 협동을 통해 어려움을 헤쳐나갈 수 있기 때문이다. 이 무렵이 되면 대개 젖니가 빠지고 영구치가 나기 시작하며, 부모의 관심은 동생들에게로 옮겨가게 된다. 아이들은 이 무렵부터 집안일을 돕기 시작하며 성관념이나 자기 정체성을 갖기 시작한다. "미운 일곱 살"이나 "남녀칠세부동석", "칠수매", "도모", "무복지상", "구오사미", "초춘" 등과 같은 말에서 보듯이 '일곱 살'은 아이에서 어른으로 가는 몇 가지 단계의 첫 단계로서 중요한 문화적 의미를 갖는다. 산업화 이후 많은 나라에서 취학 연령을 대개 그쯤으로 잡는 것과도 관련이 있을 것이다.

2 히키코모리와 자폐, 대인 기피가 늘어나는 근본적인 이유는 경쟁이 너무 치열하기 때문이다. 최근 일본에는 정신적으로 아무 문제없는 사람들이 등교나 출근을 거부하는 현상이 벌어지고 있다. 2016년 4월 일본의 출판 기업이 인터넷으로 공부와 졸업이 가능한 N고등학교를 설립했다. 모든 수업은 인터넷 강의가 기본이고 소풍이나 동아리 활동을 모두 인터넷으로 할 수 있다. 입학생들은 1,500여 명으로 나이대는 다양하다고 한다.

3 다섯 살 손녀를 둔 한 할머니가 필자에게 들려준 이야기다. 하루는 아이가 아주 심각한 표정을 하더니 여자만 아기를 낳는 것인지, 아기를 낳을 때 많이 아픈지 물었다고 한다. 할머니가 고개를 끄덕이자 아이는 심각한 표정을 짓고 이렇게 대답했다. "그럼 난 여자 되기 싫어." 만 세 살에서 예닐곱 살에 걸친 기간은 삶과 죽음, 성과 탄생 등 인생의 본질에 대해 물음을 갖는 시기이기도 하다. 인간이란 선천적으로 자신의 존재에 대한 물음을 갖고 태어나기에, 언어를 구사할 수 있게 되면서 제일 먼저 그 물음들이 터져 나오는 것이리라.

4 원래 제목은《교훈이 담긴 옛 이야기들(Histories ou Contes du temps passé)》이지만 부제인《엄마 거위 이야기》가 훨씬 유명하다. 엄마 거위가 아기 거위들을 품고 도란도란 들려주는 이미지가 훨씬 동화적이기 때문일까.

5 지금도 인터넷에서 동화에 대해 검색하면 유명한 동화들이 원래는 무섭고 잔혹한 이야기들이었다는 글들이 떠오른다. 어렸을 때 들었던 환상적인 이야기들이 실은 무서운 이야기라는 주장에는 학문적 근거가 분명하다. 하지만 네티즌들이 그 사실에 주목하는 데에는 그와는 별개로 아이 적 알았던 세상은 순수하지만 어른이 되고 보니 그렇지 않더라는 깨달음이 반영되어 있다고 볼 수 있다.

6 역사학자 로버트 단턴(Robert Darnton)은 《고양이 대학살(The Great Cat Massacre and Other Episodes in French Cultural History)》(1984)에서 이 변화 과정을 상세하게 다룬다.

7 신화 속에서 바느질은 단순한 가사 노동이 아니라 생명에 관계된 운명을 상징한다. 바느질에 관련된 물건인 물레와 베틀도 같은 의미이다. 그리스 로마 신화의 운명의 여신들은 실을 잣고 베를 짜는 모습으로 그려진다. 실을 끊는 행위는 목숨이 끝난다는 의미이기도 하다.

8 딸을 성폭행한 범인을 찾아 복수하는 엄마의 이야기를 다룬 영화 〈공정사회〉는 이 동화에 숨은 은유를 활용한다. 범인은 사악한 늑대이고 딸은 순진한 빨간 모자 소녀이다. 경찰(사냥꾼)의 무관심에 분노한 엄마는 혼자 힘으로 범인을 찾아내 벌을 준다.

9 신체 능력과 언어 능력이 동시에 발달하는 것은 우연이 아니다. 생애 최초의 언어 능력은 신체 발육이 뒷받침되어야 한다. 성대와 후두, 입술과 혀 등 발성 기관이 제 역할을 할 수 있을 만큼 충분히 발달되어야 하기 때문이다. 발성 기관이 성장할수록 보다 정확한 발음과 긴 문장을 소화해낼 수 있게 된다.

10 숲은 미지와 위험의 세계를 상징한다. 숲 안에 무엇이 있는지는 아무도 모른다. 늑대와 같은 위험이 있는가 하면 보물이나 요정이 숨어 있을 수도 있다. 숲으로 들어간 주인공의 행동에 따라 찾아내는 대상도 달라진다. 정신분석학적으로 풀이하면 숲은 우리 자신의 무의식이다.

11 베텔하임은 전래 동화를 분석하면서 반드시 원작 그대로 읽어야 한다고 강조했다. 오랫동안 전승되어 온 전래 동화의 정수를 맛보기 위해서는 페로와 그림 형제가 확립한 플롯과 스토리가 유지되어야 한다는 것이다. 그러나 지금 시중의 전래 동화 그림책은 원작이 전달하는 메시지를 훼손한 제멋대로의 작품도 많다. 아이들의 독서에 관심이 많은 어른들이 읽도록 만들어진 《엄마 거위 이야기》도 있으니 한 번쯤 읽어두는 게 좋을 듯하다.

12 이 상황은 아빠는 집 밖에서 일을 하고 엄마는 집 안의 가사노동을 하며 아이도 전적으로 엄마의 보살핌을 받는 가족제도를 전제로 하고 있다. 이러한 역할 분담은 근현대 사회의 전형적인 모습이다. 그러나 현실의 모든 가정이 이렇지는 않다. 아빠가 집 안 살림을 하고 엄마가 바깥일을 하거나, 둘 다 일을 하고 아이는 보모의 보살핌을 받는 등 여러 가지 유형의 가정들이 있다. 그렇기에 엄마는 아이의 생존에 필요한 보살핌을 제공하는 양육자를 상징하고, 아빠는 아이와 양육자 모두 긴밀한 관계에 놓인 어른을 상징한다고 이해하기 바란다.

13 영어 원제를 그대로 번역하면 '잭과 콩줄기'라는 뜻이다.

14 영국은 잉글랜드·스코틀랜드·웨일스·북아일랜드 네 나라가 잉글랜드 왕의 통치 하에 연합한 나라이다. 하지만 웨일스와 스코틀랜드, 북아일랜드 사람들은 엄연히 자신들이 잉글랜드와 다르다고 생각하고 있으며, 월드컵 등 국제 스포츠 대회에 따로 출전하기도 한다.

15 전통적인 중국 문화에서는 아이들에게 우유를 잘 먹이지 않았다. 그럼에도 불구하고 중국에서도 암소는 지모신(地母神)을 상징한다. 문화적·역사적 차이가 있지만 대략 비슷한 상징들이 사용되는 것이다. 그래서 학자들은 상징을 통해 인간의 보편적 감수성을 밝혀낼 수 있다고 생각한다.

16 동화책에 따라 잭을 오븐에 숨겨 준다고 쓰여 있기도 하다. 영어로 oven은 솥이나 화덕을 의미한다. 하지만 한글로 오븐이라고 쓰면 아궁이라는 상징의 느낌이 잘 살아나지 않는다. 화덕이나 아궁이라고 적어야 심층적인 의미가 전달될 수 있다.

17 효율과 성장을 중요시하는 현대 사회는 아이뿐만 아니라 다양한 종류의 예외적 특징을 지닌 인간을 배제하는 특성을 지니고 있다. 지하철에 놓인 수백 개의 계단은 장애인과 노인에게 넘기 힘든 장애물이다. 가위처럼 손잡이가 달린 대부분의 물건은 오른손잡이용으로 만들어진다. 아파트에 설치된 싱크대는 남성이 아니라 여성의 평균 키에 맞추어져 있다. 사회는 끊임없이 인간의 표준을 만들어내고 그에 맞추어 개인을 뜯어 고치려 한다. 식스 팩과 47킬로그램, 쌍꺼풀과 오똑한 코, 가지런한 치열과 신장 178센티미터 등등. 여기에 미달하면 '루저' 취급 받기 일쑤이다.

18 잭 자이프스, 《동화의 정체》, 김정아, 문학동네, 2008.

19 '그런데 그 일이 실제로 일어났습니다'라는 인터넷 유행어처럼 유럽이 근대 여명기를 맞이하면서 이러한 동화 속 벼락출세 이야기는 현실에서 일어나기 시작했다. 일개 포병 장교에서 황제가 된 나폴레옹이 그 좋은 예다. 뿐만 아니라 맨주먹에서 시작해 거부가 된 사업가가 속출했다. 동화 속 신데렐라가 현실로 걸어 나온 셈이다. 이러한 신데렐라 스토리는 지금도 현실에서 영화배우로, 사업가로, 모델로 끊임없이 재생산된다.

세 번째 이야기,

새엄마와 마녀

신데렐라 아셴푸텔 콩쥐 팥쥐 장화홍련전

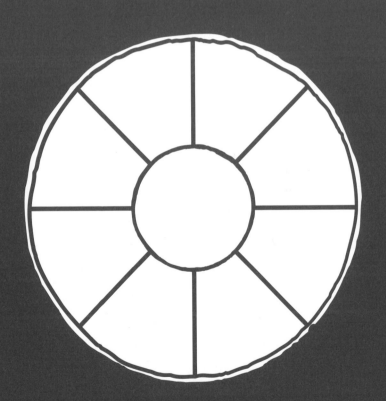

가장 동화다운, 가장 미움받는

수많은 동화 중 〈신데렐라〉는 제일 유명하고 인기 있지만, 동시에 비판과 논쟁도 불러일으키는 작품이다. 〈신데렐라〉는 오랫동안 많은 사람들을 매혹시켜 왔지만 동시에 현실 도피적이고 터무니없는 환상을 유포시킨다는 공격을 받아왔다. 여성이 남성의 보호에 의존하는 성 역할을 고착시키는 '나쁜 동화'라는 비판도 받아왔다. 부유하고 강한 남성에게 종속된 삶을 꿈꾸는 여성들의 의존 심리를 가리키는 '신데렐라 콤플렉스'라는 용어도 이 동화에서 나왔다.

자유롭게 삶을 개척하는 씩씩한 딸을 바라는 부모들은 〈신데렐라〉가 영 마음에 들지 않을 것이다. 〈신데렐라〉뿐만이 아니다. 수동적이고 희생적인 여성이 등장하는 전래 동화는 많은 여성들을 불편하게 한다. 왜 동화 속 여자 주인공은 가만히 앉아 왕자를 기다리기만 하는 것일까. 한마디로 〈신데렐라〉는 자립적인 딸을 원하는 부모들이라면 책장에서 슬그머니 감춰놓고 싶은 책이다.

그럼에도 불구하고 지금도 수많은 아이들이 〈신데렐라〉에 매혹된다. 어른들도 〈신데렐라〉에서 헤어 나오지 못한다. 텔레비전에서는 신데렐라 스토리를 변형한 드라마들이 끊임없이 방송되고, 대개는 히트를 친다. 재벌 3세와 '알바녀'의 로맨스가 매일 브라운관을 장식한다. 진부하다는 비판도 이제 진부하게 들릴 정도이다. 왜 이렇게 어른 아이 막론하고 신데렐라 이야기에 심취하는 것일까? 동화 이야기를 하기 전에 현대 사회에 퍼져 있는 '신데렐라 현상'에 대해 잠시 짚고 넘어가 보자.

신데렐라가 되고 싶은 딸에게

페기 오렌스타인 Peggy Orenstein은 미국의 기자이자 데이지라는 딸아이의 엄마이다. 오렌스타인은 미국 대중문화에서의 성性과 소녀 문화를 관찰하여 친근한 입담으로 풀어냈다. 다소 선정적인 제목의 책《신데렐라가 내 딸을 잡아먹었다Cinderella Ate My Daughter》(에쎄, 2013)는 활동적인 기자이자 고민이 많은 평범한 엄마의 관점으로 쓰였다. 이 책에서 말하는 소녀란 십대가 아니라 다섯 살부터 열두 살에 이르는 아이들이다.

미국 아동용품 시장은 한국보다 훨씬 거대하고 디즈니에 장악되어 있다. 디즈니는 영화와 애니메이션보다도 '굿즈goods'라고 불리는 컨셉트 상품(캐릭터 상품)으로 훨씬 더 많은 돈을 벌어들인다고 한다. 신데렐라, 백설공주 등의 공주 드레스와 핑크색 전화기, 핑크색 어린이용 가구, 핑크색 시계와 휴대폰, 어린이용 화장품은 물론이고 어른들이 상상할 수 없는 수천 가지 상품들을 판매하는 것이다. 물론 지갑을 여는 사람은 부모이다. 얼마 전 한국에서 열광적인 반응을 일으킨 〈겨울 왕국〉 상품을 사주느라 진땀을 뺀 부모라면 이해가 빠를 것이다.

여자 아이라면 당연히 여성스러운 핑크색 물건만 써야 한다고 밀어붙이는 마케팅 전략에 부모들은 피곤하기 그지없다. 강하고 독립적인 페미니스트인 오렌스타인은 왜 자기의 딸이 드레스와 티아라—머리에 쓰는 조그만 왕관—에 홀리는지 도저히 이해하지 못한다. 물론 딸이 행복하다면 부모들이야 괜찮지만, 커서 되고 싶은 게 정치가, 의사, 과학자가 아니라 '예쁘고 섹시한 마일리 사이러스'[1]라면 누구라도 머뭇거릴 것이다.

한숨과 고민을 거듭하던 오렌스타인은 어린이 미인 대회에서 조금이나마 이러한 소녀 문화를 이해할 단초를 잡는다. 책에는 미국에서 성행하는 어린이 미인 대회가 자세히 묘사되어 있는데 꽤 재미있다. 어린이 미인 대회의 참가자들은 겨우 다섯 살에서 열 살 먹은 여자 아이들이다. 이 아이들은 푸른 아이섀도와 빨간 립스틱을 칠하고 화려한 드레스를 입고 무대에 오른다. 어른들이 무대 아래에서 박수를 치면 배운 대로 모델처럼 종종걸음을 치고 눈웃음을 날린다. 일곱 살짜리에게 마스카라와 속눈썹이라니 상상만 해도 낯설다. 하지만 미국에서 이러한 대회들은 참가비와 상품 판매로 상당한 이윤을 남기고 있다. 대회에 참가하는 부모들은 딸들에게 행복한 추억을 만들어주기 위해 기꺼이 삼만 달러(2015년 대한민국 1인당 GNP보다 조금 더 많은!)를 아끼지 않는다.

오렌스타인은 언론인답게 중립적인 태도를 유지하려 애쓰면서 공주 마케팅에 어린 소녀들이 열광하는 이유를 하나씩 찾아낸다. 그중 하나는 아이들이 '영원하다'는 말의 의미를 잘 이해하지 못한다는 것이다. 미래를 생각하는 개념은 뇌에서 가장 늦게 발달한다. 예를 들어 반려동물이 죽으면 아이들은 강아지가 영원히 사라졌다는 사실을 이해하지 못한다. 부모가 다시는 살아나지 못한다고 말해주어도 아이들은 언젠가 살아날지도 모른다고 생각하고 이것저것 되살릴 방법을 시험해 보기도 한다. 성별도 마찬가지다. 트랜스젠더를 제외한 대부분의 사람들은 태어날 때 정해진 성별로 죽을 때까지 살아간다. 그러나 영원성의 의미를 아직 이해하지 못하는 아이들은 어쩌면 자기의 성별이 바뀔지도 모른다고 생각한다. 그래서 아이들은 자신의 성별이 바뀌지 않도록 열심히 노력하기도 한다. 여자 아이들이 핑크색 드레스를 입거나 남자아이들이 거친 놀이에 몰두하는 것은 바로 이 때문이라는 것이다.[2]

위의 주장이 사실이라면 아동용품 회사들이 같은 물건이라도 남녀를 반드시 구분해서 만드는 것도 이해가 간다. 사실 옷이나 학용품, 운동기구 등 아이들에게 필요한 물건은 성별 구분 없이 거의 똑같다. 하지만 성별에 따라 좋아하는 색깔이 다르다면 남자아이와 여자아이가 같은 물건을 함께 쓰지 못할 것이다. 기업의 입장에서는 새로운 시장이 열리는 것이다. 어린 딸이 핑크색 물건이 아니면 죽어도 집어 들지 않는다면 절반은 마케팅의 농간이라고 봐도 좋을 것 같다.

장난감 매대 앞에서 고집피우고 울고불고 기절까지 하는 아이들을 보면 어떨 땐 동화 속 마법에라도 걸린 것 같다. 그만큼 마케팅은 무섭다. 그렇다면, 전래 동화 〈신데렐라〉도 아예 읽히면 안 되는 것일까? 〈신데렐라〉를 읽고 자란 여자 아이들의 장래 희망이 여성스러움을 극도로 상품화한 섹시 걸 그룹이라면 정말 문제가 아닌가. 고민 많은 엄마 오렌스타인은 큰맘 먹고 어린 딸에게 식인과 살상이 난무하는 그림 동화를 읽어 주었다. 의외로 딸은 별 반응이 없었다. 그뿐만 아니라 재미있어 하면서 더 읽어달라고 조르기도 했다. 오렌스타인은 다음과 같은 결론을 내렸다.

아무리 소름끼치는 이야기에도 딸아이는 꿈쩍도 하지 않았다. 그런 끔찍한 이야기를 듣고도, 딸아이는 영화로 만들어진 〈치티치티 뱅뱅Chitty chitty bang bang〉[3]을 봤을 때나 다름

없이 악몽에 시달리는 일이 없었다. 베텔하임 박사의 1승이었다. (페기 오렌스타인, 《신데렐라가 내 딸을 잡아먹었다》, 김현정, 에쎄, 2013, 173쪽.)

베텔하임은 아이들이 전래 동화를 무서워하지 않고 좋아할 거라고 주장했는데, 그의 통찰은 정확했다. 《옛이야기의 매력》은 육십여 년 전에 쓰였지만 지금도 전래 동화를 수상쩍어하는 엄마들에게 설득력이 있다. 오렌스타인의 어린 딸은 왜 전래 동화를 자연스럽게 받아들였을까? 이에 대해 베텔하임의 생각을 그대로 인용한다.

오늘날 젊은이들 중에는 갑자기 약물에 의한 몽환의 세계에 빠져들거나, 도인의 문하생으로 들어가거나, 점성술을 믿거나, "흑마술"의 실행에 참여하거나, 아니면 또 이와는 다르게 자신의 삶이 갑자기 멋지게 바뀌어지는 마법적인 사건이 생길 거라는 현실 도피적인 백일몽에 빠져 있는 경우가 꽤 많다. 이런 젊은이들 중에는 어린 시절 너무 일찍 어른들의 조숙한 시각으로 현실을 보게끔 억압을 받았던 경우가 많다. 그런 식의 현실도피 성향 이면에는 초기 성장과정에서 현실적인 방법으로 삶을 극복할 수 있다는 확신이 자라지 못하게 한 어떤 원천적인 경험들이 있기 마련이다. (브루노 베텔하임, 《옛이야기의 매력》, 김옥순, 주옥, 시공주니어, 1998, 86쪽.)

거리에 나서면 옷자락을 붙잡으며 "도를 아십니까?"라고 말

을 거는 사람들, 무협지에 나오는 내공을 수련한다며 입산수도
하는 사람들, 불로초나 초능력자를 찾아 헤매며 현실을 초월하
는 엄청난 그 무엇인가를 갈구하는 사람들은 의외로 많다. 이
들은 기인이라고 불리며 텔레비전에 나와 눈길을 끌지만 금세
세간의 관심에서 멀어진다. 하지만 이들을 직접 취재해본 피디
들은 그들이 세상에서 가장 진지한 사람들이라는 후기를 덧붙
이기도 한다. 그 사람들은 대체 왜 그러는 것일까? 이런 종류
의 사람들은 합리적 사고가 깊이 뿌리내린 서구 사회에도 의외
로 많다. 미국에는 엘비스 프레슬리가 살아 있다고 믿거나 외
계인에게 납치됐다고 주장하는 사람들이 몇십 만 명에 달한다.

베텔하임의 가설대로 생각하면 이러한 사람들은 어렸을 적
충분히 환상의 세계를 즐기지 못했기 때문이다. 인간의 정신세
계에서 환상은 빼놓을 수 없다. 특히 성장하는 아이들에게 환
상은 반드시 필요하다. 어린 시절 마음 놓고 환상에 몰두하는
시기를 가진 후 비로소 합리적 지성과 현실에 대한 의지를 발
달시킬 수 있다. 어릴 때에는 그야말로 터무니없는 걱정을 할
때가 있다. 오늘밤 늑대 인간이 쳐들어오지나 않을지 걱정에
밤새우는 아이들에게 필요한 이야기는 생물학이 아니라 〈빨간
모자〉 같은 이해하기 쉬운 이야기이다.

〈신데렐라〉도 마찬가지이다. 사실 〈신데렐라〉가 주는 환상
은 매우 강력해서 어른들도 평생 잊지 못할 정도이다. 미래에
대한 막연한 불안에 빠진 아이들이 〈신데렐라〉에서 받는 위로
는 어른들의 상상을 초월한다. 힘들어도 꾹 참고 지내면 언젠
가 좋은 날이 찾아오리라는 위로만큼 현실을 견디게 하는 힘이
있을까? 아이들은 〈신데렐라〉를 보며 매일매일 '외로워도 슬

퍼도' 울지 않고 버틴다.

페로와 그림 형제의 '재투성이' 이야기

페로 동화집과 그림 형제의 《어린이와 가정을 위한 이야기》
에는 서로 비슷한 이야기가 많다. 페로의 가장 유명한 동화인
〈신데렐라 혹은 작은 유리 구두〉는 그림 형제의 〈아셴푸텔 이
야기〉와 비슷하다. '신데렐라'와 '아셴푸텔'은 둘 다 재투성이
라는 뜻이다. 매일 집 안일을 하고 화덕 옆 잿구덩이에서 잠을
자기 때문에 재투성이라고 불렸던 것이다. 페로의 〈신데렐라〉
의 내용은 다음과 같다.

옛날 어느 귀족이 살았다. 어린 딸을 두고 아내를 잃은 귀
족은 두 딸을 둔 한 여자와 재혼했다. 계모는 귀족의 딸을
하녀로 부리면서 자신의 딸들을 공주처럼 길렀다. 계모의
딸들은 귀족의 딸을 비웃으면서 신데렐라(재투성이)라고 불
렀다. 그러나 신데렐라는 새 아내에게 사로잡힌 아버지가
오히려 야단칠까봐 구박을 입밖에 내지 못했다.

어느 날 왕자가 무도회를 개최한다는 소식이 들려왔다.
신데렐라의 언니들은 왕자를 만날 희망에 부풀어 옷과 머리
를 손질했다.

"난 영국풍의 빨간색 벨벳 드레스를 입겠어."

"황금 술과 다이아몬드로 장식하면 모두들 나만 쳐다보
겠지."

　신데렐라는 언니들이 치장하고 무도회로 가 버리자 울음을 터뜨렸다. 그러자 요정 대모가 나타났다. 대모는 호박을 황금 마차로, 쥐를 백마와 마부로 바꾸었다. 신데렐라가 도마뱀을 잡아 오자 하인으로 변신시켰다. 마지막으로 신데렐라가 걸친 누더기를 황금빛 드레스와 유리 구두로 바꾸었다.

　"열두 시가 넘기 전에는 반드시 돌아와야 한다. 자정이 넘으면 마법이 풀려 전부 원래대로 돌아오게 된단다."

　무도회장에 간 신데렐라의 아름다움에 모든 사람들이 홀딱 반했다. 왕자는 신데렐라에게 눈길을 떼지 못했다. 하지만 신데렐라는 대모의 말을 잊지 않고 제시간에 돌아왔다.

　그 다음날도 무도회가 열렸고 신데렐라는 마법의 힘으로 한결 아름답게 꾸미고 나타났다. 하지만 신데렐라는 왕자와 이야기를 나누다가 자정을 알리는 종소리를 듣고 급히 빠져나와야 했다. 뛰어가던 신데렐라는 깜박 유리구두 한 짝을 무도회장에 떨어뜨렸다.

　왕자는 신데렐라가 떨어뜨린 유리 구두의 주인과 결혼하겠노라 선포했다. 공주와 귀족은 물론 온 나라의 모든 여인들을 불러 구두를 신겨 보았지만 맞지 않았다. 신데렐라의 언니들도 구두를 신어 보았지만 발이 들어가지 않았다. 마지막으로 신데렐라가 구두를 신어 보였다. 구두가 꼭 맞자 왕자는 그녀와 결혼했다. 착한 신데렐라는 이복 언니들에게 벌을 주는 대신 궁정으로 데려와 귀족들과 결혼시켰다.

1950년, 디즈니는 페로의 〈신데렐라〉를 애니메이션으로 제

작했다. 페로 동화집이 1697년에 출간되었으니 두 작품 사이
에는 250년이 넘는 시간차가 있다. 하지만 디즈니는 페로의 원
작 줄거리를 거의 그대로 영상으로 만들었다. 그러므로 현재
우리가 갖고 있는 신데렐라의 이미지는 페로와 디즈니의 합작
품인 셈이다. 디즈니는 신데렐라를 금발과 파란 눈을 가진 미
국적인 미인으로 만들었는데, 그 결과 흰 피부에 금발과 파란
눈동자를 가진 불평 없고 순종적이며 조그마한 발을 가진 여성
이 20세기 서구의 이상적인 미인상이 되었다.[4]

베텔하임은 페로의 〈신데렐라〉보다 그림 형제의 〈아셴푸텔〉
을 훨씬 더 높게 평가한다. 왜냐하면 〈아셴푸텔〉은 〈신데렐라〉
보다 체계적이고 아이들이 겪는 갈등과 성장을 잘 반영하기 때
문이다. 〈아셴푸텔〉의 줄거리는 다음과 같다.

> 한 부자의 아내가 병이 들어 세상을 떠났다. 부자는 딸
> 하나를 데리고 재혼했다. 새 아내는 두 딸을 데려왔다. 새
> 언니들은 이복동생에게 누더기를 입히고 하녀처럼 부려먹
> 었다. 그리고 원래 이름 대신 아셴푸텔(재투성이)이라고 불
> 렀다.
>
> 하루는 부자가 여행을 떠나면서 딸들에게 선물을 사다주
> 기로 했다. 첫째 딸은 예쁜 옷을, 둘째 딸은 진주와 보석을
> 원했다. 아셴푸텔은 돌아오는 길에 모자에 걸리는 첫 번째
> 나뭇가지를 꺾어다 달라고 부탁했다. 부자가 모자에 걸린
> 개암나무 가지를 꺾어다 주자 아셴푸텔은 그것을 어머니의
> 무덤에 심었다. 그리고 어머니를 위해 매일 기도하며 눈물
> 로 가지를 적셨다. 나뭇가지는 점점 자라 나무가 되었고 하

얀 새가 날아와 나뭇가지에 앉았다. 하얀 새는 아셴푸텔이 찾아갈 때마다 필요한 것을 떨어뜨려 주었다.

어느 날 왕자의 신부를 고르는 무도회가 열렸다. 아셴푸텔이 무도회에 가기를 청하자 계모가 말했다.

"불콩 한 접시를 잿더미 속에 뿌려 놓을 테니 두 시간 안에 골라 놓으면 가도 좋아."

아셴푸텔은 정원으로 나가 비둘기들에게 도움을 청했다. 순식간에 새들이 날아와 콩을 단지에 담아 주었다. 계모가 다시 불콩 두 단지를 잿더미에 뿌렸고, 비둘기들이 이번에도 도와주었다. 그러나 계모와 언니들은 아셴푸텔이 입을 옷이 없다며 자기네들끼리 가 버렸다. 아셴푸텔이 개암나무 아래 가서 도움을 청하자 하얀 새가 날아와 금실과 은실로 짠 드레스와 가죽 구두를 떨어뜨려 주었다.

아셴푸텔은 드레스로 갈아입고 무도회에 갔다. 왕자는 아셴푸텔의 손을 꼭 잡고 놓지 않았다. 왕자가 집에 가지 못하게 하자 아셴푸텔은 도망쳐서 비둘기 집 속에 숨었다. 왕자가 쫓아오자 아셴푸텔의 아버지는 비둘기 집을 도끼로 쪼개 보았다. 하지만 그 안에는 아무도 없었다. 아셴푸텔은 드레스를 어머니의 무덤 위에 놓아두고 부엌의 잿더미 위로 돌아갔다.

다음날 두 번째 무도회가 시작되자 아셴푸텔은 개암나무 아래 가서 옷을 청했다. 전날보다 더 아름다운 드레스를 입은 아셴푸텔은 다시 왕자와 만났다. 어두워지자 아셴푸텔은 도망쳐서 집 안 배나무 위로 올라갔다. 아버지가 배나무를 도끼로 찍어내자 아셴푸텔은 부엌의 잿더미로 돌아갔다.

그 다음날도 무도회가 계속되었다. 아셴푸텔은 이제까지 보지 못한 호화찬란한 드레스를 입고 무도회에 갔다. 이번에는 왕자가 꾀를 썼다. 계단에 역청을 발라 신발이 달라붙게 한 것이다. 도망치던 아셴푸텔은 가죽 구두 한 짝을 잃어버렸다.

왕자는 구두를 들고 아셴푸텔의 집으로 갔다. 먼저 큰 언니가 신발을 신어 보았다. 구두가 너무 작아 엄지발가락이 들어가지 않자 계모가 칼을 주며 말했다.

"엄지를 잘라내라. 왕비가 되면 걸을 필요가 없으니까."

큰딸은 엄지를 자르고 신발을 신었다. 신발이 꼭 맞자 왕자는 큰딸을 말에 태워서 데려갔다. 그러나 아셴푸텔 어머니의 무덤 옆을 지나자 개암나무에 앉아 있던 비둘기가 외쳤다.

신발에서 피가 나요. 신발이 너무 작아요.

진짜 신부는 아직 집에 있어요.

왕자가 큰딸의 발을 보니 피가 나고 있었다. 왕자는 돌아가서 다른 딸에게 구두를 신어 보라고 말했다. 둘째 딸이 구두를 신어 보자 뒤꿈치가 들어가지 않았다. 계모가 칼을 주면서 말했다.

"뒤꿈치를 베어 내렴. 왕비가 되면 걸을 필요가 없으니까."

둘째 딸은 구두를 신고 왕자와 함께 말을 타고 떠났다. 역시 같은 자리를 지나자 비둘기가 또 외쳤다.

신발에서 피가 나요. 신발이 너무 작아요.

진짜 신부는 아직 집에 있어요.

왕자는 다시 집으로 돌아가서 부자에게 물었다.

"다른 딸이 더 있소?"

"그 아이는 아직 작고 덜 자라서 신붓감이 못 됩니다."

계모가 말했다.

"안 돼요. 그 아인 너무 더러워서 보여드릴 수가 없어요."

그래도 왕자는 아셴푸텔을 보고 싶어 했다. 누더기를 입은 아셴푸텔은 왕자 앞에 나타나 구두를 신어 보였다. 구두는 꼭 맞았다.

아셴푸텔과 왕자가 결혼하는 날 맏언니와 둘째 언니는 각각 오른쪽과 왼쪽에 섰다. 그러자 비둘기가 날아와 각각 한쪽 눈을 쪼았다. 교회에서 나오는 길에 맏언니는 왼쪽에, 둘째 언니는 오른쪽에 섰다. 그러자 비둘기들이 다른 쪽 눈을 쪼았다. 두 언니들은 평생 장님으로 지냈다.

두 이야기는 동일한 구조를 갖고 있지만 세부적인 차이가 많다. 신데렐라의 요정 대모는 호박과 쥐를 마차와 백마로 바꾸어준다. 이에 비해 아셴푸텔은 하얀 새와 비둘기들의 도움을 받는다. 두 언니가 구두[5]를 차례로 신어보는 것은 똑같다. 그러나 신데렐라의 언니들은 귀족과 결혼하고 아셴푸텔의 언니들은 발이 잘리고 눈이 쪼이는 혹독한 벌을 받는다.

페로의 〈신데렐라〉가 어딘가 귀족적인 분위기라면 〈아셴푸텔〉은 서민적인 냄새가 물씬 풍긴다. 〈아셴푸텔〉에는 콩, 무덤,

비둘기, 모자, 개암나무 등 민속적인 상징들이 잔뜩 나오기 때문이다. 분위기는 다르지만 이야기가 비슷한 이유는 프랑스와 독일이 국경을 맞대고 있기 때문이다. 사람들이 국경을 넘어 다니며 자기네 고향의 민담을 전해주고, 또 새로운 이야기를 들으면서 비슷한 이야기가 만들어졌음이 분명하다.[6]

아셴푸텔이 작은 동물들의 도움을 받는 이야기는 〈콩쥐 팥쥐〉와 비슷한 느낌을 준다. 콩쥐도 개구리와 새의 도움을 받아 계모의 구박에서 벗어난다. 학계 연구에 의하면 신데렐라 유형 이야기는 전 세계적으로 약 345가지에 이른다고 한다. 한국의 대표적인 전래 동화 〈콩쥐 팥쥐〉도 물론 이 유형에 속한다.

신데렐라 유형 이야기의 가장 큰 특징은 구박하는 계모의 존재이다. 아버지는 별 도움을 주지 않으며, 주인공 소녀는 모든 고난을 혼자 힘으로 헤쳐 나가야 한다. 친어머니는 신령이나 요정, 새, 나무, 쥐 등으로 나타나 주인공을 도와준다. 홀로 고난을 참고 견딘 소녀는 왕자와의 결혼으로 보상받는다. 이러한 신데렐라 유형 이야기는 전 세계에서 널리 발견된다. 수많은 사람들이 이러한 종류의 환상에 빠져 있는 셈이다. 아주 오래되고 낯익은 환상, 사람이라면 누구나 생각해 낼 법한 원형적인 이야기, 우리는 이것을 신화myth라고 부른다.

화덕과 아궁이의 여신

신데렐라와 아셴푸텔은 둘 다 '재투성이'라고 불린다. 부엌의 화덕 옆 잿구덩이에서 잠을 자기 때문이다. 매일 아침 여인들은 자리에서 일어나 제일 먼저 화덕에 불을 지피고 가족들의 생명을 유지하기 위한 음식을 만들었다. 부엌은 가정의 중심이고 화덕은 부엌의 중심이었다. 그러므로 화덕에는 그 집을 지켜주는 신이 살고 있었다. 여신 헤스티아Hestia는 화덕 안에 도사리고 앉아 가정을 수호하고 여성의 생산력을 북돋았다. 즉 화덕 옆에서 잠을 자는 신데렐라와 아셴푸텔은 가정의 여신이 인간 여자의 모습으로 화한 것이다.

로마 시대가 되면서 헤스티아 여신은 베스타Vesta 여신과 동일시되었다. 베스타 신전의 무녀들은 사회적으로 상당히 높은 위치를 차지하고 있었다. 베텔하임도 베스타 신전의 성화지기에 대해 이야기하고 있다. 그에 따르면 여섯 살에서 열 살 먹은 여자아이들이 베스타 신전의 성화지기를 맡았는데 바로 〈신데렐라〉를 읽는 나이와 일치한다. 약 오 년 동안 성화지기를 역임한 소녀들은 부유하고 신분 높은 남자와 결혼할 수 있었다고 하는데, 바로 작품 속 신데렐라와 비슷한 나이였던 것이다.

한국에서도 부엌의 신을 모셨다. 부뚜막에는 조왕신이 살며 집 안의 평안을 지켜 준다. 화덕도 아궁이도 둥그런 모양으로 여성의 모습과 비슷하다. 여성의 몸을 통해 새로운 생명이 탄생하고 화덕과 아궁이를 통해 가족을 먹여 살리는 음식이 만들어진다. 화덕과 아궁이는 생명과 온기를 상징한다. 그러니 화덕 옆에 잠자는 소녀 신데렐라와 아셴푸텔은 벼락결혼을 한 것이 아니다. 집 안을 지켜주는 여신 격이니 왕자(왕이 될 남자)와 결혼하는 게 격에 맞는 셈이다.

기독교 시대로 접어들면서 이전까지 숭배되던 신들은 우상으로 격하되었다. 여신들은 권위를 빼앗기고 화덕의 신성함도 땅에 떨어졌다. 중세 내내 기독교는 고대의 신들을 내쫓기 위해 다양한 상징 투쟁을 벌였다. 고대 신을 모시는 축제들을 기독교 성인 축일로 대체하고 곰이나 고양이 등 신성하게 여겨지던 동물들을 학살했다. 하지만 몇천 년 동안 전해 내려온 믿음을 완전히 없애기란 불가능했다. 고대 신들은 기독교의 탄압을 피해 숲과 땅 밑으로 숨어 들어갔다. 화덕을 지키는 신데렐라와 아셴푸텔도 잿가루를 뒤집어쓴 비천한 하녀가 되었다.

그러나 몇백 년이 지나 영상과 이미지가 지배하는 현대 사회가 도래하자 신데렐라는 화려하게 부활했다. 신데렐라는 출세의 대명사가 되어 책과 만화, 영화와 드라마의 주인공이 되었다. 신데렐라의 성공담은 언젠가 자리를 박차고 날아올라 꿈을 이루리라 마음먹은 모든 사람들을 매혹시킨다. 호박이 황금마차가 되고 누더기가 아름다운 드레스가 되듯이!

신데렐라, 미운 다섯 살

〈신데렐라〉를 읽는 아이들의 나이는 대개 다섯 살에서 열두 살까지이다. 이 시기 아이들은 본격적으로 말과 글을 배우고 주관이 형성된다. 이 때 아이들은 나름대로 미래에 대한 걱정을 하기 시작한다. 죽을 때까지 평생 갖게 될 성격과 세계관, 가치관도 만들어진다.

어른들 눈에야 한창 귀엽고 예쁠 때이지만, 정작 아이 본인은 마냥 행복하지만은 않다. 이 시기 아이들은 이제까지 부모가 해 주던 일들을 자기 손으로 해내야 하기 때문이다. 옷도 혼자 입어야 하고 화장실도 혼자 가야 한다. 이제까지 부모가 떠먹여 주던 숟가락을 손에 쥐고 스스로 밥을 먹어야 한다. 소리를 지르거나 장난을 심하게 쳐도 안 된다. 밤이 되면 잠이 안 와도 눈을 감아야 한다. 장난감을 사달라고 조르면 야단맞기 일쑤고 동생에게 부모의 사랑을 양보해야 한다.

그 뿐만이 아니다. 이 시기 아이들은 집단생활을 최초로 경험한다. 아이들은 세상은 자신과 똑같은 욕망을 가진 사람으로 가득 차 있다는 사실을 비로소 깨닫게 된다. 왕자와 공주로 떠받들어지며 자라던 갓난아기 시절은 끝났다. 부모에게 보살핌을 받으며 걱정 없이 사는 시간과는 이제 작별하고, 어른이 된 후의 삶에 대해서 본격적으로 생각할 시간이 온 것이다.

아이들은 더 이상 자신이 갓난아기가 아니라는 사실까지는 알고 있지만, 어떤 어른이 되어야 하는지 아직은 잘 모른다. 어디에 살며 무슨 일을 하고 있을지 감조차 잡을 수 없다. 그러나 단 한 가지는 분명하다. 누군가와 사랑에 빠지고 결혼을 하게 된다는 것이다. 동화에서 결혼 이야기가 지겨울 정도로 많이 나오는 이유는 바로 이것이다.

아이의 입장에서는 자신이 어른이 되면 어떤 모습일지 예측하기가 매우 힘들다. 부모가 제시하는 의사나 과학자 등의 미래상도 아이의 이해 능력을 초월한다. 하지만 아이들은 언젠가 사랑하는 사람을 만나서 결혼할 것만은 알고 있다. 그래서 아이들은 결혼에 관심을 보이고 동화 속 결혼 이야기에 흠뻑 빠져든다. 결혼을 통해서만 미래에 어른이 된 자기 모습을 그려 볼 수 있기 때문이다.[7]

이제까지 부모에게 온갖 사랑을 받고 자라 온 아이들은 그야말로 왕자와 공주이다. 그러나 때가 되면 부모의 품을 떠나 자기 인생을 살아야 한다. 수많은 동화에서 어린 아이는 스스로, 혹은 쫓겨서 아슬아슬한 모험을 시작한다. 이러한 시련은 진짜 시련이 아니라 성장을 위한 전 단계이다. 동화 속 결혼도 현실에 있는 진짜 결혼이 아니라 사랑하는 사람을 만나 진정한 내면의 행복을 성취한다는 의미이다. 베텔하임은 아이들이 의외로 죽음을 상당히 두려워하며,[8] 그 반대급부로 사랑과 결혼을 갈구한다는 사실을 지적한다. 진정 사랑하는 사람들이라면 죽은 뒤에도 영혼끼리 함께할 것이다. 사랑은 죽음을 극복하는 유일한 방법이다. 동화는 이러한 철학적이고 심오한 내용을 아주 쉽고 간단한 은유로 아이들에게 가르쳐 준다. 그러니 어찌 아이들이 동화에 빠져들지 않겠는가.

아이들은 좌절과 고립감, 희망, 현실에 대한 부담과 죽음에 대한 공포 등 여러 가지 극단적인 감정을 경험한다. 자신도 성장하면 언젠가 부모와 비슷한 역할을 수행해야 한다는 사실을 자각한다. 이러한 자각은 엄청난 부담이기도 하다. 원래 어른의 능력이란 아이의 상상을 초월하기도 하지만 치열한 경쟁이 벌어지는 현대 사회에서 성공하기가 점점 어려워지기 때문이다. 가엾게도 우리 아이들은 이 사실을 너무나 잘 안다.

한없이 귀여운 아이가 미운 다섯 살로 돌변하는 것은 누구의 잘못도 아니다. 아이가 성장했다는 증거이고 그만큼 부모도 성숙해야 한다는 신호이다. 아이와 부모의 관계도 변화할 시간이 되었다. 성장은 아이와 부모 둘 다 겪어내야 할 과제이기 때문이다. 하지만 성장에는 늘 고통이 따른다. 더구나 아이들은 매사 자신을 야단치는 부모에게 마음의 상처를 입지 않을 수 없다. 내 편인 줄 알았던 엄마 아빠가 나를 이렇게 심하게 대하다니! 아이들은 현실이 고통스러운 나머지 환상 속으로 도피하지 않을 수 없다. 정신분석학에서는 이러한 환상을 '가족 로맨스'라고 부른다.

가족 로맨스

정신분석학에서는 부부 중심 핵가족 가정의 아이라면 대부분 가족 로맨스라는 심리 상태를 겪는다고 본다. 가족 로맨스란 어린 아이가 "지금 있는 내 엄마 아빠는 진짜 엄마 아빠가 아니야. 진짜 엄마 아빠는 어디엔가 멀리 계셔. 아주아주 잘 살고 계시고 나를 애타게 찾고 있어."라고 생각하는 심리 상태를 가리킨다. 이러한 심리는 친척 어른이 진짜 엄마 아빠였으면 좋겠다고 생각하는 정도에서 끝나기도 하지만 때로는 진짜 엄마 아빠를 찾으러 나서는 소동을 일으키기도 한다. 아이들은 야단을 맞아 실망한 나머지 자기가 친자식이 아니라 어디선가 주워 온 아이라는 생각을 하기도 한다.

가끔씩 아이는 이렇게 물어본다.

"나는 어떻게 태어났어?"

부모는 짓궂은 표정을 지으며 이렇게 대답한다.

"다리 밑에서 주워왔지."

아이는 무척 실망한다. 사실 그 다리는 사람의 다리인데 말이다. 중의적인 어른들의 말장난을 아이들은 이해하지 못한다. 오히려 '진짜 부모'가 아니라는 의심만 커진다.

도대체 아이가 왜 이런 생각을 할까? 아이 입장에서 보면 이제까지 아무것도 요구하지 않던 부모가 갑자기 이것저것 시키면서 자신의 모든 것이 마음에 들지 않는다는 투로 대한다. 가끔 심하게 야단을 치거나 심지어 체벌을 가하기도 한다. 이제까지와 달리 장난감을 사달라고 조른다는 이유로 야단을 치기도 한다.

이때 아이는 큰 상처를 받는다. 아이 눈에 부모는 수시로 변하는 것처럼 보인다. 흠뻑 귀여워해 주다가도 어느 순간 돌변하여 야단을 친다. 아직 부모의 마음을 모르는 아이는 야단맞는 이유를 바로 이해하지 못한다. 다만 자신을 사랑해 주는 부모가 화를 낸다는 사실만 보인다. 야단칠 때마다 이유를 꾸준히 반복적으로 설명하고 아이가 지적으로 성숙하는 과정이 병행되어야 비로소 아이는 부모가 화를 내는 이유를 이해할 수 있다. 다 큰 어른들도 부모가 어릴 적 자신에게 왜 그랬는지, 한참이 지나고서야 이해하는 경우가 종종 있기 때문이다.

이렇듯 수시로 변하는 '부모'는 아이 입장에서는 그야말로 알 수 없는 존재다. 아이는 사랑하는 부모가 자신에게 진심으로 분노한다는 사실을 믿을 수 없다. 그래서 아이는 귀여워해 주는 부모와 야단치는 부모를 머릿속에서 분리하고, 서로 다른 사람일 것이라고 무의식적인 방어막을 친다. 그러지 않으면 정신적인 충격을 이겨내기 힘들다. 부모의 사랑은 아이에게 세상의 전부이기 때문이다.

사랑하는 부모와 무서운 부모는 아이의 내면에서 두 가지 인격으로 분리된다. 무서운 부모는 동화 속에서 계모(가짜 엄마), 마녀, 괴물 등으로 나타난다.[9] 이러한 동화 속의 무서운 존재들은 아이의 공포를 형상화한 것으로, 분노하는 부모의 모습이 투영되어 있다. 아이는 야단맞을 때마다 진짜 자기 부모가 아니라 동화 속의 무서운 존재가 나타났다고 상상함으로써 자신의 상처를 최소화한다. 부모가 혼을 내는 이유를 완전히 이해하려면 아이가 최소한 사춘기가 지나야 한다. 더구나 현대 한국의 자녀 양육 문화는 이러한 상황을 조리 있게 설명해 주지도 않을뿐더러, 아이를 독립된 인격체로 대접하지도 않기에 서구보다 문제가 심각해질 수 있다.

〈신데렐라〉는 바로 이러한 상황에 처한 아이의 심리를 그대로 보여준다. 야단맞는 아이는 부모에 대한 실망과 분노를 다른 곳으로 돌리기 위해 친부모가 따로 있거나, 사실 친엄마가 아닌 새엄마라는 등의 상상을 동원한다. 현실은 아이의 사회적 성숙을 위해 야단치는 것이다. 그러나 반복적으로 야단맞으면서 자신이 바보 같다고 느끼는 아이에게 이러한 상황은 매우 위험한 것이다. 그래서 아이는 계모에게 구박받고 아버지에게 버림받는 신데렐라야말로 자신의 상황과 똑같다고 느낀다.[10] 나와 똑같은 곤경에 처한 동화 주인공은 과연 어떻게 헤쳐 나갈까?

신데렐라가 학대를 꿋꿋이 참고 견디는 것은 여성주의자들이 걱정하듯 순종적인 여성상을 보여주는 것만은 아니다. 부모가 자신에게 화내는 이유를 제대로 이해하지 못하는 아이는 부모의 가르침을 학대로 오인하기 쉽다. 그러나 동화는 아이에게 그러한 현실에 저항하지 말고 일단 참고 견디라고 권유한다. 신데렐라가 참고 견디다가 왕자와 결혼하듯이 동화를 읽는 아이에게도 언젠가 좋은 날이 찾아올 것이다. 아무리 조리 있는 설명도 이 동화가 들려주는 이야기보다 아이의 마음을 파고들지 못한다.

〈아셴푸텔〉은 친모가 죽고 홀로 된 아셴푸텔의 상황을 좀더 자세하게 다룬다. 아셴푸텔은 아버지가 꺾어다 준 개암나무 가지를 어머니의 무덤에 심고 눈물을 흘린다. 일단 눈물을 흘리는 행위는 죽은 친어머니에 대한 애도이지만, 어머니에게 의존하는 갓난아기 시절과 작별하는 의미를 갖고 있다.

아셴푸텔이 흘린 눈물로 자란 개암나무[11]에는 하얀 새가 날아와 앉는다. 하얀 새는 친어머니의 영혼을 상징한다. 하얀 새는 필요한 물건을 갖다 주는 등 아셴푸텔을 보살펴 주는데, 이는 새로운 모성을 의미한다. 갓난아기 시절처럼 무조건 응석을 받아주는 것은 아이의 성장을 방해한다. 그렇다고 아이와 모성의 관계를 갑자기 단절해서는 안 된다. 인간은 누구나 거친 현실에서 좌절을 경험하면 도망쳐서 의지할 무엇인가를 필요로하기 때문이다. 필요할 때마다 날아와 보살펴 주는 하얀 새는 아이의 성장에 따라 변화하는 모성을 상징한다.

아셴푸텔은 세 번에 걸쳐 왕자를 만나지만 바로 마음을 허락하지 않는다. 왕자와의 결혼은 여성의 종속이기도 하지만, 부모로부터의 정신적인 독립을 상징한다. 그러나 아직 그녀는 독립할 준비가 되지 않았다. 그렇기에 왕자를 피해 비둘기 집에 숨거나 배나무에 올라가 모습을 감춘다. 모성 속으로 도피하는 것이다. 그럴 때마다 아셴푸텔의 아버지가 나서서 비둘기 집과 배나무를 도끼로 부순다. 아버지의 행동은 맹목적인 모성 속에 안주하고 싶어 하는 딸을 세상 밖으로 끌어내는 것으로 해석할 수 있다.

마지막으로 아셴푸텔은 드레스가 아닌 누더기를 입은 진짜
모습을 왕자에게 보여준다. 아셴푸텔이 구두를 신기 전에 아버
지는 이렇게 말한다. "그 아이는 아직 어려서 결혼할 수 없습
니다." 나이가 어릴수록 발이 작은 건 당연하다. 그러므로 발
이 가장 작다는 것은 제일 어리다는 의미도 된다. 자기가 제일
어리고 약하다고 생각하는 아이는 이 동화를 읽으면서 마음 속
깊이 공감하게 된다. 바로 자기 자신의 이야기이기 때문이다.
아셴푸텔은 왕자와의 결혼으로 그동안의 눈물과 기도의 보상
을 받는다. 이 이야기를 읽는 아이들도 모성에 맹목적으로 의
존하려는 유혹을 버리고 정신적으로 독립할 것이다.

환상이 자라는 나무

결과적으로 신데렐라 유형 이야기는 아이가 성장하기 위해
서는 무조건적인 애정을 쏟는 '친모'와 이런저런 요구를 퍼부
으며 괴롭히는 '계모' 둘 다 필요하다고 이야기해 준다. 신데렐
라는 분노와 굴욕을 참고 견디면서 계모와 언니들의 요구를 묵
묵히 수행한다. 이러한 신데렐라의 모습은 아이에게 부모의 이
런저런 요구에 짓눌린 자신을 연상시킨다. 지금은 힘들지만 언
젠가 백마 탄 왕자가 나타나리라 믿고 현실을 인내하며 희망을
키워야 한다. 아이의 입장에서 이러한 신데렐라의 대응은 참을
성을 길러 자기 내면의 주도권을 쥐는 과정이다. 이러한 아이
의 심리는 결과적으로 사회 질서에 아이를 적응시키려는 부모
의 노력과 맞아 떨어진다.[12]

아이가 고민을 해결하는 방법은 어른과 다르다. 아이는 현실과 허구를 명확히 구분하지 않으며, 허구 속 세상에서 일어난 사건이라면 현실에서도 비슷한 일이 생길 수 있다고 믿는다. 부모의 요구와 자신의 욕망 사이에서 갈등하는 아이는 〈신데렐라〉를 읽으면서 분노와 적대감을 가라앉히고 죄책감을 해소한다. 신데렐라가 왕자와 결혼하여 행복하게 사는 모습을 보며 자신도 앞으로 행복하게 살게 되리라는 희망을 품는다. 수많은 비난과 비판에도 불구하고 이러한 신데렐라 유형 동화가 살아남은 이유는 바로 이것이다.

정작 신데렐라 이야기의 문제는 따로 있다. 일정한 시기가 지나고 나서도 이 동화가 주는 환상에서 벗어나지 못할 때 문제가 발생한다. 베텔하임도 자신이 치료한 케이스를 예로 들고 있다. 그가 치료했던 여성은 어릴 적 불우한 환경에서 자라났는데, 힘든 일이 닥칠 때마다 아버지에게 〈신데렐라〉 이야기를 반복적으로 들었다고 한다. 그 정도가 지나친 모양인지 그녀는 어른이 되고 나서도 모든 소망이 아무런 노력 없이 이루어지리라는 환상을 품게 되었다고 한다.

〈신데렐라〉의 환상은 인생에서 일정한 시기가 지나면 내려놓아야 하는 심리적 도피이다. 적절한 시기에 유아적인 환상과 작별하지 못한 성인은 어떤 형태로든 내적 갈등을 안고 있기 마련이다. 겉으로는 성숙하고 완벽한 어른으로 보이지만 내적으로는 이러한 환상을 갖고 있는 사람들이 의외로 많다. 그러나 잠재된 내적 갈등은 인간관계, 특히 배우자나 자녀 등 밀착된 가족 관계에서 드라마틱하게 표출되기도 한다.

아이들처럼 어른들도 완벽하지 않다. 인간은 죽을 때까지 성장하는 존재이기 때문이다. 아이가 품고 있는 〈신데렐라〉의 환상은 어른이 되면 또 다른 환상으로 대치되어야 한다. 마치 아이가 동화를 읽다가 자라서 소설을 읽듯이 성장할수록 새롭고 고차원적인 환상이 필요하다.[13] 환상은 현실이 아니라 현실을 보다 수준 높고 정교하게 반영한 새로운 환상으로만 대치될 수 있기 때문이다.

〈콩쥐 팥쥐〉와 〈장화홍련전〉

　베텔하임은 신데렐라 이야기를 크게 세 가지 유형으로 나눈다. 첫 번째 유형은 계모에게 학대받는 여주인공이 마법을 통해 고귀한 신분으로 상승하는 것이다. 우리가 잘 알고 있는 페로의 〈신데렐라〉가 바로 이 유형이다. 두 번째 유형은 딸을 사랑한 나머지 강제로 결혼하려는 아버지가 등장한다. 딸은 아버지에서 도망쳐 고생하다가 신분에 맞는 신랑을 만나 결혼한다. 페로 동화집에 실려 있는 〈당나귀 공주〉가 대표적인 작품이다. 세 번째 유형은 아버지로부터 내쫓긴 딸이 고생하는 것이다. 셰익스피어의 〈리어 왕〉에서 리어 왕은 막내 공주 코델리아의 "마땅히 부모가 받을 자격이 있는 만큼 사랑할 뿐 그 이상은 아니다"라는 말에 격분하여 그녀를 쫓아내 버린다. 이후 코델리아는 언니들과 전쟁을 벌이다 포로로 잡혀 굶어 죽는 형벌을 받는다.

　한국의 대표적인 신데렐라 이야기인 〈콩쥐 팥쥐〉는 첫 번째 유형에 속한다고 볼 수 있다.[14] 〈콩쥐 팥쥐〉의 독특한 점은 콩쥐가 원님과 결혼하여 고귀한 신분이 된 후에도 이야기가 전개 되는 것이다. 콩쥐는 시집간 뒤 계모와 팥쥐의 음모에 걸려 불 타 죽고, 팥쥐는 콩쥐의 옷을 입고 원님의 아내 행세를 한다. 몇 번에 걸친 죽음과 부활을 겪고 나서야 겨우 콩쥐는 악행에 서 벗어난다.

> 팥쥐와 계모는 콩쥐를 죽여 연못에 버렸다. 그러나 콩쥐 는 연꽃으로 환생했다. 원님이 팥쥐와 밥을 먹는데 연못에 서 은은하게 "부인 바뀐 것을 모르시나요?"라는 소리가 들 렸다. 팥쥐는 연꽃을 뽑아 아궁이에 넣고 태워버렸다. 연꽃 이 불탄 자리에 오색 구슬이 남았다. 부인이 바뀐 사실을 안 원님이 콩쥐의 시신 대신 구슬을 거두어 장례를 치르려 하 자 구슬에서 콩쥐가 되살아났다. 원님은 팥쥐를 죽여 젓갈 로 담가서 계모에게 보냈다. 영문 모르고 젓갈을 먹은 계모 는 충격을 받아 죽었다.

콩쥐의 죽음과 부활 과정에는 〈신데렐라〉 이야기에서 볼 수 없는 동아시아 역사에 흐르는 음양오행의 세계관이 반영되어 있다. 음양오행설은 세계가 음양의 기운을 나누어 가진 다섯 가지 원소인 물, 나무, 불, 흙, 쇠로 이루어져 있다고 본다. 콩 쥐는 죽음과 부활 과정에서 이 다섯 가지 원소를 거친다. 처음 에는 물이 가득한 연못에 던져졌다가 진흙 속에 피는 연꽃이 되고 아궁이에 던져져 불탄 뒤에는 오색 구슬로 화한다. 이 과 정을 모두 거치고 나서 콩쥐는 진정한 행복을 찾고 팥쥐와 계 모는 벌을 받는다.

콩쥐의 부활 과정에 비해 팥쥐와 계모는 과도하다 싶을 정도
로 참혹한 벌을 받는다. 그래서 어린이용 도서에는 팥쥐와 계
모의 말로가 대부분 없다. 원래 팥쥐와 계모의 말로가 참혹한
이유는 두 가지로 생각해 볼 수 있다. 첫째, 〈콩쥐 팥쥐〉도 원
래 민담이었기에 듣는 사람들이 통쾌함을 느낄 만한 합당한 처
벌 장치가 필요했을 것이다. 둘째, 시신을 수습하기 불가능할
정도로 잔혹한 형벌은 단지 신체를 파괴하기 위해서만이 아니
라, 형벌을 받는 사람에 대한 기억 자체를 지우는 것을 목적으
로 삼는다. 살아남은 사람들은 그 무시무시한 형벌은 물론 엄
청난 죄를 지은 사람의 존재 자체를 입에 올리지 못한다.

〈콩쥐 팥쥐〉에서 팥쥐와 계모가 가혹한 형벌을 받는 이유는
그들이 완전히 잊혀야만 하기 때문이다. 〈콩쥐 팥쥐〉를 읽는
아이들은 구박받는 자신을 콩쥐로 생각하고 자신에게 주어진
고난이 언젠가 지나갈 것이라고 희망을 품는다. 시간이 흐르
면 아이들이 성장하여 부모가 자신을 야단치고 혼낸 이유를 자
연스럽게 이해하게 된다. 그때가 되면 아이들은 그동안 품었던
상처와 분노를 완전히 잊어버리게 된다. 마치 팥쥐와 계모가
산산조각 나서 처음부터 존재하지도 않았던 사람이 되듯이 부
모에게 상처받은 어린 아이도 더불어 사라질 것이다. 대신 그
자리에는 부모가 모르는 사이에, 다섯 번이나 환생을 거듭한
콩쥐가 새로운 인생을 준비하고 있을 것이다.

꿈은 신데렐라, 현실은 장화홍련

한편 계모가 등장하는 또 다른 대표적인 이야기 〈장화홍련전〉은 조선 시대 평안도 철산에서 벌어진 실화를 바탕으로 쓰인 이야기이다. 배 좌수, 장화, 홍련, 허씨 등 등장인물의 이름도 비교적 명확하게 전해진다. 원귀가 나타나는 것을 제외하면 비현실적인 요소도 거의 없다. 대신 애정과 상속을 둘러싼 가족 간의 질투와 갈등이 극명하게 드러난다. 그야말로 한국형 막장 드라마의 원조인 셈이다.

철산에서 좌수 벼슬을 지내던 배무룡은 부인 장씨로부터 두 딸 장화와 홍련을 얻었다. 장씨가 일찍 죽자 배 좌수는 허씨를 두 번째 부인으로 맞이했다. 허씨는 전 부인과 비교할 수 없는 박색이었지만 아들 삼형제를 낳았다. 그러나 배 좌수는 허씨를 거들떠보지도 않고 매일 장화와 홍련의 방에 들어가 죽은 장씨를 애도하며 같이 울었다. 허씨는 점점 불안해져 의붓딸들을 학대하기 시작했다. 그러자 배 좌수는 허씨를 꾸짖었다.

"우리는 지금 장화 홍련 어미가 가져온 재산으로 풍족하게 살고 있으니 아이들을 구박하지 말라."

더욱 질투가 난 허씨는 흉계를 꾸미기로 결심했다. 허씨는 쥐를 잡아 껍질을 벗겨 장화의 이부자리에 넣고 낙태한 흔적이라고 배 좌수에게 고한다. 배 좌수는 놀라고 당황하여 허씨와 의논한다. 허씨는 장화를 외삼촌 댁에 보내는 척하면서 밖으로 내보낸 뒤 연못에 빠뜨려 죽이자고 제안한다. 흉계에 넘어간 배 좌수는 장쇠를 불러 장화를 죽일 계획을 지시한다. 불안해진 장화가 가기 싫어하자 배 좌수와 허씨는 억지로 떠밀어 보낸다. 허씨의 아들 장쇠는 애원하는 장화를 연못에 빠뜨려 죽이고 만다. 돌아오는 길에 장쇠는 분노한 산 속 호랑이에게 습격당해 한쪽 팔을 물어 뜯긴다.

홍련은 장쇠로부터 장화가 죽었다는 사실을 전해 듣고 절망하여 같은 연못에 뛰어들어 죽는다. 둘은 원귀가 되어 철산 부사에게 억울함을 호소하러 간다. 하지만 놀란 부사들이 사연을 듣기도 전에 연이어 죽고 만다.

한 대담한 선비가 철산 부사직을 자원하고, 사연을 전해 들은 다음 허씨와 장쇠를 처벌하고 자매의 시신을 거두어 묻었다. 배 좌수는 세 번째 부인 윤씨를 맞아들이는데 꿈에 장화 홍련이 나타나 "못 다한 부녀의 인연을 다하겠다"고 말한다. 윤 씨가 쌍둥이 자매를 낳자 배 좌수는 장화와 홍련이라 이름 짓고 평양부자 이연호의 쌍둥이 형제에게 시집보낸다.

만약 베텔하임이 〈장화홍련전〉을 읽었다면 아마 이렇게 말하지 않았을까. "〈신데렐라〉가 꼭꼭 숨겨놓은 어두운 욕망과 콤플렉스가 분노에 찬 방식으로 모두 분출되어 있다"고. 사실 〈장화홍련전〉은 이해되지 않는 부분들이 많다. 허씨는 시집보내 버리면 그만인 의붓딸들을 왜 그리 구박했을까? 굳이 죽여야만 하는 이유는 무엇일까? 배 좌수는 후처가 딸들을 구박할 때 왜 아무것도 하지 않았을까? 장화 홍련이 배 좌수의 꿈속에 나타나 "부녀의 인연을 다하겠다"는 말은 무슨 의미일까.

원문을 읽어보면 허씨가 장화 홍련을 구박한 이유는 주로 두 가지로 보인다. 배 좌수는 외출하여 들어오면 늘 딸의 침실로 들어가 눈물을 흘리며 전처를 그리워했다. 이러한 배 좌수가 허씨를 아낄 리 없었을 것이다. 허씨를 맞아들인 이유는 그저 두 딸을 기르고 아들을 낳기 위해서였다.

가장 큰 문제는 상속이었다. 조선 후기에도 딸은 아들과 평등하게 상속받는 경우가 많았다. 게다가 배 좌수 집의 재산은 첫 번째 부인 장씨가 가져온 것이었다. 당연히 상속할 때 자매의 몫이 커질 수밖에 없다. 홍련도 귀신이 되어 철산부사에게 호소할 때 재산 문제를 분명히 지적한다. 허씨는 자기 아들들이 상속받을 몫이 적어질 것을 우려해 전처 딸들을 죽인 것이다.

허씨는 장화 홍련 자매를 죽이기 위해 쥐를 잡아 껍질을 벗기고 낙태한 흔적을 만든다. 이것을 본 배 좌수는 허씨에게 빌면서 이렇게 말한다.

> "그대의 진정한 덕을 내 이미 아나니 빨리 계책을 가르쳐 주면 저를 지금 처치하리라." (《장화홍련전》, 구인환 엮음, 신원문화사, 2003, 17쪽.)

배 좌수는 이렇게 말하고 아들 장쇠를 불러 계교를 가르친 다음 장화를 직접 불러 외삼촌 댁에 보내기까지 한다. 이 과정은 조금 이상해 보인다. 일반적인 부모라면 딸이 임신했다면 일단 아이 아버지가 누군지부터 물어보았을 것이다. 그러나 배 좌수도 허씨도 아이 아버지에 대해서는 한 마디도 입에 올리지

않는다. 과연 배좌수는 무엇을 빌었으며 허씨의 "진정한 덕"이
란 또 무엇일까?

배 좌수의 이상한 행동은 그뿐만이 아니다. 죽은 부인을 애
도한다지만 새로 맞아들인 부인은 거들떠보지도 않고 매일 딸
의 침실에 들어가 손을 맞잡고 울며 시간을 보내는 행동은 도
가 지나치다. 자매는 아버지의 애정을 독차지하고 허씨를 새어
머니로 받아들이지 않는다. 더구나 생모가 가져온 재산을 상속
받을 권리도 갖고 있다. 이러한 가정에서 허씨가 설 곳은 없다.
장화가 배 좌수를 양보하지 않는 한 허씨는 단지 아들을 낳기
위한 도구에 불과하기 때문이다.

동화는 근친간의 지나친 애정은 바람직하지 못하며, 때가 되
면 적절한 상대에게 사랑을 옮겨야 한다고 가르친다. 그러나
〈장화홍련전〉은 아버지와 딸 사이의 과도한 애정을 정당한 권
리로 간주하고 피가 섞이지 않은 가족을 받아들이지 않는다.
타인과 힘든 과정을 거쳐 이루는 사랑보다 재산을 매개삼은 핏
줄간의 배타적인 사랑에 더 높은 가치를 둔다. 핏줄간의 사랑
은 재산으로 이어지고, 피가 이어지지 않은 가족은 재산도 사
랑도 받아서는 안 된다. 피가 섞이지 않는 가족끼리의 혈투에
서 재산을 소유한 아버지는 면죄부를 받는다. 이러한 가족관은
결코 바람직한 것이 못 된다. 주변을 둘러봐도 피가 섞이지 않
은 사람들끼리 잘 사는 가정은 얼마든지 있기 때문이다.

성장의 고통

성장은 아프고 힘들다. 어른에게 일상적인 일들도 아이는 모두 처음 해 보는 것이다. 아이들은 매일 야단맞으면서 자신감을 잃는다. 〈신데렐라〉는 이러한 아이들의 마음을 잘 알고 있다. 지금 너는 버림받은 공주나 왕자이니 참고 지내다 보면 언젠가 행복이 찾아올 것이라고 약속한다. 시간이 흐르면 아이들은 자신도 모르게 자라 있을 것이고, 그때가 되면 힘든 시간은 까맣게 잊힐 것이다.

이러한 〈신데렐라〉의 약속은 너무나 달콤해서 어른들도 깜박 빠져든다. 〈신데렐라〉를 변형한 영화와 드라마는 끊임없이 히트를 치고 있다. 업계도 재벌과 가난한 여자의 사랑 이야기는 비록 식상하지만 그래도 기본 시청률은 보장된다고 생각한다. 새로운 소재를 시도해서 실패하느니 익숙한 이야기를 포장만 바꾸어 안전하게 가자는 것이다.

시청자들은 왜 이렇게 신데렐라 이야기에 쉽게 끌리는 걸까? 아이들은 현재 자신의 처지가 힘들고 아프기 때문에 신데렐라 동화에 빠져든다. 이 말을 뒤집으면 신데렐라 드라마에 빠져드는 시청자들의 삶은 사실 팍팍하고 고달프다는 것을 의미한다. 신데렐라 드라마의 성공 이면에는 평범한 사람들의 힘든 삶이 깔려 있다. 현실에서 행복한 사람이 굳이 신데렐라 드라마를 찾아보지는 않을 것이기 때문이다. 막막한 상황을 헤쳐나갈 현실적인 방안은 아무리 찾아봐도 보이지 않는다. 착한 마음으로 견디다 보면 언젠가 마법처럼 풀려나갈 것이라는 믿음 외에는 기댈 곳이 없다. 신데렐라 드라마는 이러한 막연한 기대에 부응한다.

아이들은 자라면서 현실에 대한 인식과 강한 의지가 생겨나면 자연스럽게 신데렐라 이야기를 내려놓게 된다. 신데렐라 드라마에 빠진 어른들도 마찬가지다. 고달픈 삶을 위로받으려는 사람들에게 환상적인 이야기만으로 현실을 잊게 하는 것은 별 도움이 되지 않는다. 반복되는 신데렐라의 환상에서 벗어나기 위해서는 우리가 처해 있는 현실 인식이 우선이다. 단순한 선악 대립 구도, 경제 제일주의에 매몰되어서는 곤란하다. 정교하게 얽혀 있는 사회를 균형 잡힌 안목으로 정확히 인식해야 이야기가 주는 환상에서 벗어나 새로운 사회의 비전을 세울 수 있을 것이다.

이야기 속 이야기

1 마일리 사이러스(Miley Cyrus)는 디즈니에서 제작한 뮤지컬 드라마의 주연을 맡아 순수하고 발랄한 십대 소녀로 미국에서 국민적 인기를 얻었다. 그러나 성년이 되자 갑자기 과도한 노출을 감행하는 전위적인 팝 가수로 변신하여 충격을 안겼다.

2 문화인류학자 마가렛 미드(Margaret Mead, 1901~1978)는 파푸아 뉴기니의 세 부족에 대해 현장연구를 수행했다. 세 부족 중 한 부족은 남녀가 모두 남성적이었고 다른 부족은 모두 여성적이었으며, 나머지 한 부족은 남녀의 성 역할과 태도가 서로 뒤바뀌어 있었다. 이로써 남녀 간의 성차는 생물학적으로 타고나는 성(sexuality)과 달리 사회문화와 교육에 따라 달라질 수 있다는 견해가 등장했다. 사회문화적 성을 생물학적인 성과 구분하여 젠더(gender)라고 부르게 된 것은 미드의 연구가 바탕이 되었다. 더 자세한 내용은 《세 부족사회에서의 성과 기질》(조혜정 옮김, 이화여자대학교출판부)을 읽어볼 것.

3 〈치티치티 뱅뱅〉은 영화 007 시리즈의 원작자인 이언 플래밍(Ian L. Fleming, 1908~1964)이 쓴 동화로 국내에는 《치티치티 뱅뱅 하늘을 나는 자동차》(열린 책들)로 번역, 소개 되었다.

4 동화 속 삽화와 애니메이션, 바비 인형 등의 굿즈를 통해 디즈니가 만든 여성상이 아이들에게 각인되어 왔다. 물론 20세기 후반부터 페미니즘의 영향으로 변화가 시작되었지만 〈겨울왕국〉의 엘사도 외모만 보면 여전히 디즈니의 미인상을 재현하고 있다.

5 아셴푸텔은 가죽 구두를 신지만 신데렐라는 반짝이는 유리 구두를 신는다. 가죽 구두가 유리 구두로 바뀐 이유는 프랑스어에서 모피를 의미하는 "vair"와 유리라는 의미의 "verre"가 서로 발음이 비슷하기 때문이라는 설이 있다.

6 그림 형제의 고향 하나우에는 1597년부터 프랑스·벨기에·네덜란드 개신교 신자들의 정주가 허가되었다. 이 때 많은 개신교 신자들이 종교 탄압을 피해 그곳에 정착했다. 그림 형제의 《어린이와 가정을 위한 이야기》 제2권 탄생에 결정적인 역할을 한 도로테아 피만(Dorothea Viehmann)도 위그노(프랑스 개신교도)였다. 도로테아 피만은 그림 형제의 집에 매주 한두 번 야채를 팔러 오면서 틈틈이 민담을 들려주었다. 그림 형제는 피만의 도움을 매우 고마워했고 그녀의 생활을 수시로 도와주었다. 죽기 전 피만은 그림 형제에게 자기 집에서 마지막 이야기를 들려주었다.

7 아이가 아직 이러한데 부모와 사회가 지나치게 압력을 가할 때도 있다. 의사나 법관이 되어 돈을 잔뜩 벌어 효도하라는 식의 바람이다. 대부분의 어린 아이들은 의

사나 법관이 구체적으로 무슨 일을 하는지 잘 알지 못한다(아마 어른들도 잘 모를 것이다). 그러나 부모가 무언가 자기에게 요구한다는 것은 바로 이해한다. 공부를 하면 부모가 반응을 보이고 기뻐하는 모습에 아이들도 기쁨을 느끼기 때문이다.

8 노인은 죽음을 어느 정도 예측하고 마음의 준비를 하기 마련이다. 그러나 아이 때의 죽음은 예측불가능하다. 이는 부모의 돌봄을 제대로 받지 못함을 의미하며 무조건적인 사랑으로부터 영원히 헤어지는 것이기도 하다.

9 특히 의학이 발달하지 못했던 시대에는 출산 중 여성이 사망하는 경우가 많아 계모가 지금보다 훨씬 흔했다.

10 현대 중산층의 가부장적 핵가족에서 아버지는 경제 활동을 하느라 자주 집을 비우게 되고, 어머니가 아이의 생활 교육을 맡게 된다. 바깥에서 활동하느라 집안 사정에 어두운 아버지는 다소 불만이 있더라도 입을 다물고 어머니에게 아이의 교육을 전담시키는 것이다. 바로 이러한 아버지의 처신이 〈신데렐라〉에서는 아버지의 무관심으로 나타나는 것이다.

11 개암나무는 감추어진 지혜, 영감, 예언력, 지하에 숨은 신들을 상징한다. 개암나무 잔가지는 불쏘시개로 쓰이기 때문에 불의 신을 의미하기도 한다. 화덕에 피어오르는 불은 음식과 온기를 제공하는 생명의 원천이다.

12 오렌스타인은 《신데렐라가 내 딸을 잡아먹었다》에서 신데렐라 이야기가 여자 어린이의 자립과 현실 감각 형성을 방해한다고 주장한다. 그렇지만 신데렐라 이야기는 남자 어린이들도 즐겨 읽는 동화이다. 가부장인 성 역할 관념에 따르면 이 동화에서 남자 어린이는 왕자 역할에 자신을 동일시해야 한다. 그러나 이야기 중간과 끄트머리에나 잠깐 등장하는 왕자를 보기 위해 남자 아이가 동화에 흠뻑 빠져들지는 않을 것이다. 성별에 따라 부모로부터 받는 요구는 조금씩 다를 수 있다. 하지만 아이 입장에서는 이제까지와 전혀 다른 기대를 받는다는 면에서는 동일하다.

13 사회개혁가들이야말로 일종의 환상가라고 할 수 있다. 실제로 루스벨트 대통령은 뉴딜 개혁의 아이디어를 SF 소설에서 얻었다고 한다.

14 〈신데렐라〉와 비슷한 이야기는 전 세계 곳곳에서 찾아볼 수 있다. 한국에서는 〈콩쥐 팥쥐〉를 〈신데렐라〉와 비슷한 유형으로 보고 두 이야기를 연구해 온다. 학계의 주요 쟁점은 〈콩쥐 팥쥐〉가 외국에서 유입된 설화인지, 아니면 국내에서 자생한 민족 설화인지 밝혀내는 것이다. 하지만 국가와 민족(nation, 국민)이라는 근대적인 관념이 탄생하기 적어도 몇 백 년 전에 생겨난 이야기의 국적을 명명백백히 밝혀내기란 쉽지 않거니와 큰 의미를 가지기도 어렵다고 본다.

네 번째 이야기,

동화 속 부모 수업

백설공주 파인애플의 전설 후아 로 푸우

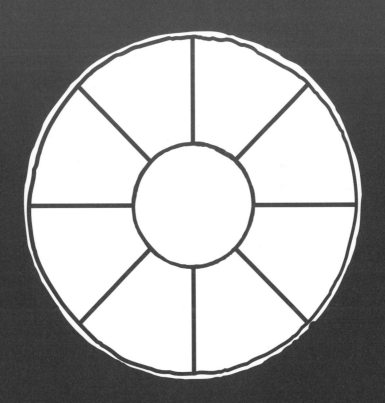

〈백설공주〉, 어른들을 위한 동화

전래 동화는 아동 문학의 원천이고, 민담은 전래 동화의 원천이다. 산업 사회가 시작되면서 민담은 귀족과 부르주아의 입맛에 맞게 각색되어 전래 동화가 되었다. 전래 동화로 변신하기 전의 민담은 어른과 아이가 함께 즐기던 환상의 세계였다. 그러나 구전되던 민담이 전래 동화로 다듬어져 기록되기 시작하면서 어른들은 그 환상의 세계에서 물러나야 했다.

어른들도 민담을 즐겨 들었다는 사실을 뒤집으면, 민담에는 어른들에게도 유용한 지혜가 듬뿍 들어 있다는 의미가 된다. 지금 전래 동화는 아이들을 위한 이야기지만, 어른들도 다시한 번 읽다 보면 묘한 울림을 느끼게 된다. 왜 그럴까? 비록 오랜 세월을 거치면서 이리저리 편집되고 다듬어졌지만 전래 동화에는 민담의 유전자가 남아 있기 때문이다.

〈백설공주〉는 계모와 의붓딸의 대립이라는 면에서 〈신데렐라〉와 자주 비교된다. 하지만 백설공주가 겪는 갈등은 신데렐라보다 훨씬 심각하다. 백설공주는 자신을 죽이려는 어머니를 피해 숲으로 도망치고, 그 후에도 세 번이나 살해 위협을 받는다. 시체같이 보일 정도로 깊은 잠에 빠진 후에야 백설공주는 죽음의 위협에서 벗어난다. 백설공주의 고생에 비하면 신데렐라는 아무것도 아닐 정도이다. 이 장에서는 신데렐라 유형 이야기와도 또 다른 〈백설공주〉의 숨겨진 의미를 찾아보고자 한다.

어느 한겨울 밤, 한 왕국의 왕비가 바느질을 하고 있었다. 왕비는 바느질을 하다가 그만 손가락을 찔렸다. 손가락에서 떨어진 핏방울이 눈 내린 흑단 창틀에 뚝, 뚝 떨어졌다. 그 모습을 본 왕비는 문득 소원을 빌었다.

'눈처럼 하얗고 피처럼 빨갛고 흑단처럼 검은 아이를 가졌으면.'

이후 왕비는 딸을 낳았다. 소원대로 눈처럼 하얀 피부와 피처럼 붉은 입술과 흑단처럼 검은 머리칼을 가진 아름다운 아기였다. 아기는 백설공주라고 불렸다. 그러나 왕비는 공주를 낳고 얼마 안 가 그만 죽고 말았다.

왕은 새 왕비를 맞이했다. 새 왕비는 무척 아름다웠다. 왕비는 신기한 거울을 갖고 있었는데 방에 거울을 걸어두고 이렇게 물었다.

거울아, 거울아,
이 나라에서 누가 제일 예쁘지?

거울은 대답했다.

물론 여기 계신 왕비님이십니다.

새 왕비는 거울의 대답에 흡족해 했다. 한편 백설공주는 일곱 살이 되자 부쩍 아름다워졌다. 어느 날 왕비가 거울에게 묻자 이렇게 대답했다.

왕비님도 예쁘지만 백설공주는 왕비님보다 천 배는 예쁩니다.

왕비는 분노하여 사냥꾼을 불러 백설공주를 죽이라고 명령했다. 죽일 뿐만 아니라 허파와 간을 꺼내 가져오게 했다. 사냥꾼은 백설공주를 숲 속으로 끌고 가서 놓아준 다음 멧돼지를 죽여 허파와 간을 왕비에게 바쳤다. 왕비는 백설공주의 허파와 간이라고 생각하고 만족스럽게 먹었다.

백설공주는 숲 속을 헤매다가 일곱 난쟁이가 사는 집에 도착했다. 난쟁이들은 일하러 나가고 없었다. 백설 공주는 일곱 난쟁이의 식사를 한 입씩만 덜어 먹고 침대에서 잠이 들었다. 백설공주의 사정을 들은 난쟁이들은 자기들이 광산에 가서 금을 캐는 동안 집 안일을 해주는 조건으로 머물게 해 주었다. 착한 난쟁이들은 백설공주에게 혼자 있을 때에는 아무도 집 안에 들이지 말라고 일렀다.

왕비는 거울을 통해 백설공주가 살아 있다는 것을 알게 되고 이번에는 자기 손으로 죽일 계략을 짰다. 왕비는 방물장수 노파로 변장한 뒤 백설공주에게 찾아갔다. 백설공주는 왕비의 달콤한 말에 속아 문을 열어주고, 왕비는 허리끈으로 백설공주를 졸라매어 죽였다.

집에 돌아온 난쟁이들은 허리끈을 풀고 백설공주를 살려냈다. 그러자 왕비는 다시 찾아가 독빗으로 백설공주의 머리카락을 빗어줬다. 독빗이 닿자마자 백설공주는 쓰러졌다. 그러나 난쟁이들이 빗을 빼내자 다시 살아났다.

마지막으로 왕비는 시골 아낙으로 변장한 뒤 독사과를 만들어 백설공주에게 갔다. 그리고 사과의 빨간 쪽을 권하여 먹였다. 백설공주는 독사과를 먹고 쓰러졌고, 이번에는 난쟁이들도 살릴 수 없었다. 난쟁이들은 백설공주를 차마 땅에 묻지 못하고 투명한 관을 만들어 그 안에 공주를 넣었다.

그러던 중 지나가던 왕자가 백설공주를 발견했다. 백설공주를 보고 사랑에 빠진 왕자는 난쟁이들에게 부탁하여 공주를 궁으로 실어다 달라고 했다. 난쟁이들이 공주의 관을 메고 가다가 덤불에 걸려 비틀거리자 목에 걸린 독사과 조각이 튀어나왔다. 되살아난 백설공주와 왕자는 결혼식을 올렸다. 왕비는 이 결혼식에 초대받아 불에 달구어진 신발을 신고 죽을 때까지 춤을 추어야 했다.

〈신데렐라〉가 밝고 유쾌하다면 〈백설공주〉는 해피엔딩에도 불구하고 어둡고 으스스한 뒷맛을 남긴다. 마법과 독약, 살인과 식인 등 무시무시한 요소들이 골고루 등장한다. 왕비가 불에 달군 구두를 신고 춤을 추다가 죽는 결말도 통쾌하기보다는 무섭고 찜찜하다. 이 끔찍한 결말은 대부분의 어린이용 책은 물론 〈백설공주〉를 모티프로 만들어진 영화에도 잘 나오지 않는다. 미모에 대한 강렬한 집착은 이 동화를 신비스럽고 두렵게 만드는 핵심적인 요소이다.

〈백설공주〉는 '눈처럼 희고, 피처럼 붉고, 흑단처럼 검은' 딸을 낳고 싶어 하는 소원으로 시작한다. 그렇게 태어난 백설공주의 외모는 서구의 전통적인 미인상이다.[1] 동양에서도 흰 피부와 붉은 입술과 새카만 머리칼은 미인의 조건이다. 거울의 말을 들은 왕비는 백설공주를 죽이기로 한다. 아름다움이 대체 무엇이길래 왕비는 이리 극단적인 질투를 하게 된 것일까?

아름다움은 곧 젊음

아름다움이란 대체 무엇일까? 적어도 〈백설공주〉에서 아름 다움이란 곧 젊음을 의미한다. 어리면 당연히 예쁘기 마련이 다. 나이 든 사람들 눈에 젊은이들은 무조건 예쁘고 귀여워 보 인다. 그러므로 백설공주가 예뻐지는 것은 왕비가 늙어간다는 것을 의미한다. 그러므로 왕비는 자신보다 젊고 예쁜 백설공주 를 없앰으로써 자신이 늙어간다는 것을 감추어야 했던 것이다.

젊음은 단순한 생물학적인 나이를 의미하지 않는다. 젊음은 '힘'을 의미한다. 서구 사회가 보이는 젊음과 외모에 대한 집착 은 생각 외로 뿌리가 깊다. 단순히 상업주의가 부추기는 외모 중심주의lookism를 말하는 게 아니다. 서구 사회는 전통적으로 진선미, 즉 참됨, 선함, 아름다움을 하나로 여겨왔다. 아름다움 은 젊음만이 아니라 진리이자 힘을 상징한다. 진리와 선함, 아 름다움을 동일한 미덕으로 묶는 사고방식은 고대 그리스부터 내려왔다. 진실하고 선한 것은 아름다우며 아름다움은 곧 진리 와 선의 증거이다. 그러므로 아름다운 것은 진실하고 선할 뿐 만 아니라 강하다(정당하다). 아름답고 진실하고 선한 사람이 권 력을 가져야 정의가 바로 설 게 아닌가?[2]

미모와 젊음을 둘러싼 갈등은 〈백설공주〉 곳곳에 널려 있다. 왕비는 백설공주를 죽이러 가면서 화장도구를 파는 방물장수 로 변장한다. 허리를 졸라매어 가늘어 보이게 하는 끈과 머리 빗은 외모를 꾸미는 도구이다. 그래서 백설공주는 계속되는 위 협에도 불구하고 왕비가 찾아올 때마다 문을 열어 준다.

백설공주가 이렇게 행동하는 이유도 아름다움에 대한 욕심이다. 백설공주도 자신의 아름다움을 알고 있고 더욱 아름답게 꾸미고 싶은 욕망을 품고 있다. 그렇기에 난쟁이들의 경고에도 불구하고 백설공주가 왕비에게 계속 문을 열어주는 것이다.

거듭 실패한 왕비는 마지막으로 독이 든 사과를 가져온다. 시골 아낙으로 변장한 왕비는 백설공주에게 사과를 내밀면서 이렇게 말한다.

"자, 이 빨간 쪽은 아가씨가 먹고 하얀 쪽은 내가 먹으리다."

새빨간 사과는 미인의 조건인 붉은 입술을 떠올리게 한다. 젊은 사람들은 혈기가 왕성하여 입술도 볼에도 핏기가 완연하다. 반면 나이를 먹으면 혈액 순환이 느려지고 얼굴의 핏기도 사라진다. 사과의 빨간 쪽은 혈기왕성한 젊은이의 얼굴을, 사과의 하얀 쪽은 창백한 노인의 얼굴을 상징하는 것이다.

유혹을 이기지 못한 백설공주는 사과를 깨물어 먹고 쓰러진다. 집에 돌아온 난쟁이들은 백설공주의 관을 만들어서 산꼭대기에 올려놓는다. 난쟁이들이 그러는 데에도 의미가 있다. 처음에 백설공주는 왕비를 피해 숲으로 도망치는데, 숲은 욕망과 잠재력이 꿈틀거리는 무의식을 상징한다. 백설공주는 숲에 머물면서 세 번의 살해 위협을 거친 뒤 산꼭대기로 올라간다. 산은 땅이 솟아올라 하늘과 만나는 지점으로 다른 차원으로 통하는 통로이다. 백설공주의 관이 산 위에 놓이는 것은 이제 그녀가 새로운 존재로 탄생할 때가 되었다는 것을 의미한다.[3]

백설공주는 왕자를 만나 되살아나고 결혼한다. 앞 장에서 설명했듯이 아이들이 자신의 미래에 대해 유일하게 확신하는 것은 결혼이다. 아이들에게 결혼이란 사랑하는 사람을 만나 가정을 이루는 것보다 훨씬 넓은 의미를 지닌다. 결혼이란 자기 내면의 어찌할 수 없는 거친 충동을 다스리고 성숙한 어른이 된다는 의미이다. 그렇게 된다면 공포에 시달리지 않고 현실과 맞서 싸워나갈 힘을 갖추게 될 것이다. 진정한 사랑은 죽음조차 이겨내는 힘을 지녔기 때문이다.

왕비의 정체

동화는 이해하기 쉽다. 아주 어린 아이들도 동화를 금방 이해한다. 하지만 역설적으로 동화 속 각종 설정들이 어떤 심오한 의미를 품고 있는지 찾아내기란 쉽지 않다. 동화 속 계모는 왜 이유 없이 주인공을 학대할까? 왜 새나 강아지, 곰 따위가 주인공을 도와주러 나타날까? 대수롭지 않은 일을 하고도 한 나라를 통째로 선물 받는 등 터무니없는 전개는 도대체 왜 나오는 걸까. 어른의 눈으로 동화를 읽는다는 것은 이러한 "동화적인" 전개의 의미를 생각해 보는 것이다.

합리적인 시각에서 보면 〈백설공주〉의 최대 미스터리는 바로 새 왕비의 정체이다. 새 왕비는 아름답지만 마법을 부릴 줄 안다는 설명 외에는 누구인지 전혀 알 수가 없다. 왕비가 되었으니 어느 나라의 공주일 수도 있을 텐데 아무 설명이 없다. 이 점이 〈신데렐라〉와 다르다. 신데렐라의 계모는 두 딸을 낳아 데려온 만큼 인간임이 확실하다. 하지만 백설공주의 새 왕비는 가족도 없고 말하는 거울을 지니고 있으며 마법을 부릴 줄 안다. 이로 보아 왕비는 현실에 존재하는 인간이기보다는 여러 가지 상징들이 고도로 압축된 인물이라고 보아야 할 것이다.[4]

그런 왕비를 상징하는 물건이 바로 거울[5]이다. 말하는 거울에는 왕비의 모든 힘이 집중되어 있다. 왕비는 거울을 통해 자신이 가진 아름다움과 권력과 젊음을 확인한다. 뒤집으면, 왕비는 거울이 없으면 자기가 아름다운지 추한지 알 수 없다. 왕비는 스스로 자신이 아름답다는 확신을 얻지 못한다. 반드시 거울로부터 "당신이 가장 아름답다"는 말을 들어야만 안심한다.

거울은 나르시시즘의 상징이다. 거울을 보면 나 자신만 보일 뿐 타인은 보이지 않기 때문이다. 나르시시즘에 빠진 왕비는 자신보다 아름다운 존재를 인정하지 못한다. 그러나 아름답더라도 세월에 저항할 수는 없다. 누구나 늙고 추해지며 죽음을 맞는다. 언젠가 젊은 실력자에게 자리를 내주어야 한다. 그러나 권력자가 아무런 다툼 없이 곱게 물러나는 사례는 드물다. 백설공주와 왕비 간에도 무시무시한 투쟁이 벌어진다. 왕비는 백설공주를 죽일 뿐만 아니라 허파와 간을 먹어 젊음을 유지하고 싶어 한다.[6] 백설공주는 왕비가 자신을 노린다는 사실을 알고 있지만, 방물장수로 변장한 왕비에게 반복적으로 문을 열어준다. 왜냐하면 백설공주도 왕비처럼 아름답고 강해지려는 욕망을 품고 있기 때문이다.[7]

왕비는 백설공주에게 세 가지 물건을 건네준다. 허리끈과 머리빗, 사과는 모두 외모나 아름다움을 의미하는 물건이다. 그러나 아름다움에 대한 지나친 집착은 위험할 수 있다. 그래서 백설공주는 이 물건들을 받아드는 족족 쓰러져 버린다. 다행히 난쟁이들은 허리끈과 머리빗을 떼어내지만, 백설공주의 몸속에 들어간 사과 조각만큼은 꺼내지 못한다. 독사과 조각은 백설공주가 숲을 벗어나 산꼭대기에 올라가서 내려오는 길에 비로소 튀어나온다.

이러한 내용으로 보아 왕비는 나르시시즘을 상징하는 인물이다. 누구나 나르시시즘을 조금씩 갖고 있다. 그러나 나르시시즘에 빠지면 자기 자신만을 사랑하는 이기적이고 탐욕스러운 존재로 변모한다. 왕비는 나르시시즘에 빠진 인간이 얼마나 주변에 해를 끼치는지 보여준다. 백설공주는 이러한 왕비를 닮아서는 안 되며, 진정한 사랑을 통해서만 나르시시즘의 저주에서 벗어날 수 있다.

거울과 왕자

왕자를 만나고서야 백설공주는 소생한다. 이야기 구조상 왕비의 거울과 백설공주의 왕자는 비슷한 역할을 맡고 있다. 상대의 얼굴을 들여다보면서 "세상에서 당신이 가장 아름답다"고 말해주는 것이다.

하는 일은 같지만 거울과 왕자는 완전히 다른 존재이다. 거울이 보여주는 것은 왕비의 마음속에 도사린 욕망과 자기 자신 외에는 아무도 사랑하지 않는 오만함이다. 인간은 누군가를 사랑하고 그만큼 사랑받고 싶어 하는 존재이다. 동시에 사랑하는 것보다 더 많이 받고 싶은 이기심도 품고 있다. 이러한 이기심을 최대한 충족하려면 어떻게 해야 할까? 간단하다. 거울을 들여다보면서 자기 자신만을 사랑하면 되는 것이다. 왕비가 거울에

게 "너도 무척 아름다워"같은 말을 하지는 않는다. 그러나 왕자
는 다르다. 왕자는 살아 숨 쉬는 인간이기에 백설공주에게 "이
세상에서 당신만 사랑한다"는 대답을 되돌려 받고 싶어 한다.

자기애와 이기심은 끝이 없다. 거울만 들여다보며 자기 자신
만을 사랑하는 인간의 내면은 고독하다. 고독할 뿐만 아니라
공동체 전체에 위협이 되기도 한다. 백설공주도 왕비가 권하는
나르시시즘의 욕망을 거부하지 못하고 죽음의 위험에 처한다.
나르시시즘에 매몰된 왕비 같은 괴물이 되지 않기 위해서는 남
을 배려하는 법을 배워야만 한다. 다행히도 백설공주는 남을
배려하는 자질을 풍부하게 갖고 있다. 난쟁이들의 집에 들어
간 백설공주는 차려진 음식을 꼭 한 입씩만 먹는다. 내 배가 고
프다고 해서 음식을 모조리 먹어치우면 누군가 배를 곯기 때문
이다. 이러한 행동으로 말미암아 백설공주는 선량한 자질을 인
정받고 난쟁이들과 함께 지내게 된다.[8] 백설공주는 난쟁이들이
금을 캐는 동안 청소와 빨래, 요리 등 살림을 도맡는다. 백설공
주가 살림을 하는 부분은 매우 중요하다. 살림이야말로 (가족)
공동체를 위해 행해지는 자기 희생적인 노동이기 때문이다.

백설공주는 살림을 통해 타인을 위한 배려를 배우는 동시에,
자신의 욕망을 조절하는 법을 배우게 된다. 이러한 가르침은
성별을 막론하고 모든 어린이에게 중요한 것이다. 이러한 가르
침을 통해 어린이는 나르시시즘에 대한 욕망을 조절하게 된다.
나르시시즘에 대한 욕망은 누구나 갖고 있지만, 이 욕망에 아
무 때나 문을 열어주었다간 위험에 빠지게 된다. 만약 조언을
아끼지 않는 친구가 있다면 욕망의 포로가 되더라도 도움을 받
을 수 있다. 그러나 지나치게 깊이 빠져들면 친구들의 도움도

받을 수가 없다. 난쟁이들이 백설공주의 몸에 부착된 물건, 허리끈과 머리빗은 떼어줄 수 있지만 몸 안으로 들어간 사과 조각은 빼내지 못하듯이 말이다.

잊혀져야 할 것

백설공주와 왕자의 결혼식에서 왕비는 새빨갛게 달구어진 구두를 신고 죽을 때까지 춤을 추어야만 했다. 상당히 잔인한 결말이다. 계모 동화에서 주인공을 구박하는 인물은 대개 참혹한 죽음을 맞는다. 〈아셴푸텔〉의 두 의붓언니는 장님이 된다. 심지어 〈콩쥐 팥쥐〉의 팥쥐는 죽어서 젓갈이 되어 자기 어머니에게 먹히기까지 한다.

형벌의 역사를 살펴보면 이렇게 잔인한 형벌이 내려진 예는 생각보다 많지 않았다. 그러한 형벌이 존재한다는 사실만으로 사람들이 겁을 먹기 때문이다. 그럼에도 불구하고 시체조차 온전히 남기지 않는 혹형이 내려지는 이유가 있었다. 사형을 당하더라도 시체가 온전하다면 장례를 치를 수 있었다. 하지만 수습이 불가능할 정도로 시체가 훼손되면 장례가 치러지기가 어렵다. 그러므로 사지를 찢는 등의 흉악한 형벌은 지금 죽는 사람을 기억하거나 애도하지 말고 완전히 망각하라는 강한 경고를 담고 있다. 즉, 존재했다는 사실까지 말살하는 것이다.

일부 학자들은 동화 속의 가혹한 형벌은 당시 민중들의 혹독한 삶을 반영한다고 보고 있다. 하지만 나는 생각이 다르다. 왜냐하면 나르시시즘에 대한 욕망을 품고 있다는 면에서 백설공주와 왕비는 하나의 인물이기 때문이다. 백설공주도 자라서 아름다워지면 왕비처럼 오만하고 무자비해질 수도 있다. 그러므로 왕비는 기억 속에서 완전하고 깨끗이 사라져야만 한다. 왕비의 참혹한 죽음은 나르시시즘에 대한 유혹이 사라지는 것을 의미한다. 나르시시즘에 대한 욕망을 다스리기 위한 오랜 기다림 끝에, 백설공주는 거울 대신 사랑을 갈구하는 인간과 결혼한다. 곧, 인격의 성숙을 의미하는 것이다.

부모와 자식의 갈등

이야기 속에서 백설 공주는 일곱 살이다. 일곱 살에 이르면 아이와 부모 간의 줄다리기가 본격적으로 시작된다. 아이는 한결 강해진 체력과 고집으로 부모에 맞선다. 이 시기 부모 또한 만만치 않다. 일곱 살 쯤 되는 자식을 거느릴 나이라면 한창 나이이다. 육아와 생계를 모두 꾸려가면서도 사회적으로 어느 정도 위치에 올라가려는 나이인 것이다. 한창 피가 끓고 힘이 남아도는 아이들(젊은이들)은 세상에 '도전'하여 '승리'를 거두고 싶어 한다. 반면 부모들은 날뛰는 아이들을 쫓아다니며 말리기에 바쁘다. 아직 너는 어리고 경험도 없고 약해, 세상이 얼마나 무서운 줄 아니? 들어가서 공부나 해! 길고 긴 갈등의 시작이다.

부모가 자식을 어리게만 보고 과소평가하는 데에는 다 이유가 있다. 아이가 자기 힘을 믿고 뛰쳐나갔다가 회복 불가능한 상처를 입는 일을 막기 위해서이다. 물론 현명한 부모는 언젠가 아이를 내보내어 진짜 세상을 경험시킬 준비를 하고 있다.

때가 되면 자식은 모든 면에서 부모를 능가한다. 그러면 부모는 앞일을 자식에게 맡기고 편안하게 노후를 보낼 것이다.

문제는 자식이 충분히 자랐는데도 언제나 어리게만 보고 자신이 아직 젊다고 생각하는 부모이다. 베텔하임은 이렇게 자식과 경쟁하려는 부모를 오래된 현상으로 본다. 이러한 현상은 그가 살았던 1940년대보다 현대에 와서 더욱 두드러진 것 같다. 지금도 자식들에게 밀리지 않으려는 듯 옷도 행동도 젊어 보이려고 애쓰는 부모들이 적지 않다. 이러한 현상은 가정만의 것이 아니다. 나이 든 사람들이 겉치장으로 젊음을 가장하고 언제까지나 자리를 차지하고 있으면 사회 전체가 지체된다. 무엇보다도 젊은이들이 고통 받는다. 자식을 보호하려고 짐짓 그러는 게 아니라 실제로 자기가 자식보다 젊고 강하다고 믿는 부모들은 무의식적으로 자식과의 관계에 상처를 입힌다.

베텔하임은 〈백설공주〉를 이야기하기 전에 오이디푸스에 얽힌 그리스 신화를 길게 논한다. 오이디푸스 왕은 아버지 라이오스를 죽이고 어머니 이오카스테와 결혼했다가 자살한다. 그러나 오이디푸스가 이러한 패륜을 저지른 데에는 조상들의 오랜 원죄가 쌓여 있다. 탄탈루스는 전지전능하다는 신들을 조롱하기 위해 자기 아들 펠롭스를 죽여 신들의 저녁 만찬으로 내놓는다. 그러나 신들은 바로 범죄를 알아보고 펠롭스를 되살린다. 되살아난 펠롭스는 히포다미아 공주와 결혼하기 위해 속임수를 써서 장인 외노마우스 왕을 죽인다. 외노마우스는 딸을 시집보내기 싫은 나머지 구혼자에게 전차 경주를 제안한 다음 패배하는 구혼자를 처형해왔기 때문이다. 이러한 펠롭스의 아들들도 비극에서 벗어나지 못한다. 큰아들 아트레우스는 동생

티에스테스의 아들, 즉 자기 조카들을 죽여 티에스테스에게 먹인다. 또 다른 아들 크리시푸스는 라이오스, 즉 오이디푸스의 아버지에게 겁탈을 당해 자살한다. 이후 오이디푸스 집안에 벌어지는 비극은 잘 알려져 있다. 베텔하임은 부모가 자식을 자신의 소유물로 여기고 착취하거나(탄탈루스처럼), 지나친 사랑으로 옭아매는 경우에 대해 중대한 경고를 남긴다.

> 신화에서 오이디푸스적 어려움은 실현되고, 그 관계가 긍정적이건 부정적이건 간에, 그 결과로 모든 것은 파멸로 끝난다. 그 메시지는 명백하다. 즉, 부모가 자기 아이를 받아들일 수 없을 때 그리고 부모가 결국 자신의 아이에게 자리를 물려 주어야 한다는 데에 만족할 수 없을 때 가장 처절한 비극으로 귀결된다. 자식을 자식으로 받아들이는 것만이—경쟁자도 아니고 성적인 사랑의 대상도 아닌—부모와 자식들, 형제들 사이에 좋은 관계가 유지된다. (브루노 베텔하임, 같은 책, 325쪽.)

이러한 뜻을 새겨 보면 〈신데렐라〉, 〈백설공주〉, 〈콩쥐 팥쥐〉 등의 계모 동화는 부모에게 다음과 같은 메시지를 전한다. 아이의 성장은 어른의 노화를 의미한다. 부모가 자식과 젊음 경쟁을 벌여서는 안 된다. 언젠가 부모도 늙어갈 것이기에 자식의 힘과 아름다움을 질투할 필요가 없다. 베텔하임은 부모로부터 자유로워지고 싶어 하는 아이의 심리를 완곡하게 표현하면서 의미심장한 이야기로 《옛이야기의 매력》을 끝맺는다.

「백설공주」와 〈신데렐라〉는 이런 갈등이 존재하는 것은 부모가 자기중심적이고 어린이의 정당한 요구를 민감하게 받아들일 능력이 결여되었기 때문이라고 말해 준다. 나 자신도 부모로서, 부모에 대한 자식의 사랑이 그렇듯이 자식에 대한 부모의 사랑도 인간의 역사만큼이나 오래되었음을 전하는 이야기로 이 책을 끝맺고 싶었다. (브루노 베텔하임, 같은 책, 493쪽.)

자폐아동 치료에 명성을 떨친 베텔하임은 마음에 상처를 입은 아이들을 수도 없이 만났을 것이다. 생활에 쫓기거나 혹은 어렸을 때 입은 마음의 상처를 채 회복하지 못하고 아이를 낳게 된 부모들은 무의식중에, 혹은 알면서도 자식의 마음에 상처를 입힌다. 자식에 대한 부모의 사랑에는 누구나 공감하지만 자식이 부모를 사랑하는 마음도 그에 못지않게 절실하다는 사실은 별로 주목받지 못한다. 어른들이 아이를 언제나 사랑해주는 것만은 아니다. 아이들을 귀찮아하고 힘으로 억누를 때도 많다. 이러한 사실을 너그럽게 인정한다면 부모 되기란 한결 쉬울 것이다.

부모는 아이 인생의 첫 번째 스승이다. 아이는 부모의 생각과 행동을 반면교사로 삼는다. 부모는 아이와 인생을 공유하며 궁극적으로 아이가 자기 욕망을 에너지로 삼을 수 있도록 안내자가 되어야 한다. 갓 태어난 아이 눈에 세상이 새로워 보이듯 부모도 자식을 낳는 순간 세상이 다르게 보이기 시작한다. 아이를 기르면서 과거 입은 상처가 되살아나기도 하고, 자신도 잘못됐다고 생각하는 양육 방식을 무의식적으로 아이에게 적용하는 경우도 있다. 편애하는 부모도 적지 않다. 간단히 말해 현실의 부모들은 아이를 키우면서 수많은 실수들을 저지른다. 그러나 부모라면 당연히 자식을 사랑할 것이며, 그 사랑이 아이를 위한 최상의 것을 찾아내리라는 고정관념은 이러한 현실을 제대로 보지 못하게 한다.[9]

다행히도 전래 동화에는 부모 되기의 지혜가 담겨 있다. 계모 동화는 부모들이 일정한 시기가 되면 아이에게 '나쁜 부모' 역할을 수행해야 한다고 가르친다. 신데렐라의 친모가 죽고 계모가 들어오는 설정은 바로 이러한 의미이다. 좋든 싫든 부모는 일정한 기간 동안 계모, 마녀 역할을 수행해야 한다. 이 때 아이는 격렬한 갈등에 휩싸인다. 이제까지 무조건적으로 사랑해주던 부모에게서 처음으로 야단맞는 경험이 상처로 남기 때문이다.

부모도 갈등이 적지 않다. 야단을 맞고 우는 아이에게 자신이 '나쁜 부모'가 아닌가 고민에 빠진다. 그러나 계모 동화는 아이에게 조용히 참고 인내하면 이 시기가 지나갈 것이며, 때가 되면 모든 것이 좋아질 것이라고 이야기해 준다. 부모도 마찬가지이다. 지금은 부득이하게 '나쁜 계모' 노릇을 하고 있지만 아이가 성장하면 자연스럽게 그 역할은 사라지게 된다. 마치 왕비가 비참하게 죽어 완전히 잊히듯, 아이와 부모 사이의 격렬한 갈등은 기억조차 가물가물해질 것이다. 그러니 '나쁜 부모'는 역할에 불과할 뿐 아이가 성장할 싹을 꺾어버리는 진짜 나쁜 부모가 되어서는 안 된다. 여기서 나쁜 부모란 아이를 구박하는 부모가 아니라 〈장화홍련전〉의 배 좌수처럼 잘못된 방식으로 자식을 사랑하는 부모를 가리킨다. 젊은 자식을 상대

함으로써 자신도 젊어진다고 굳게 믿는 부모만큼 곤란한 존재
도 드물다.

신데렐라가 왕자를 만나 결혼하여 다시 태어나듯이 아이들
은 새로운 사람을 만나며 성숙의 한 단계에 올라선다. 부모도
마찬가지이다. 부모와 자식 관계에서 부모는 자식보다 훨씬 우
월한 위치에 서 있다. 하지만 이러한 관계가 항상 아이는 미숙
하고 어른은 완벽하다는 것을 의미하지 않는다. 어른들에게도
인생은 어렵다. 수많은 부모들이 아이가 자라면서 인생의 새로
운 단계에 들어서는 느낌을 받는다. 어른들도 아이처럼 꾸준히
성장하는 존재인 것이다.

필리핀 전래 동화, 〈파인애플의 전설〉

한국과 서구의 전래 동화를 읽다 보면 자연스럽게 다른 나라
의 전래 동화가 궁금해진다. 인디언 신화와 북유럽 동화는 비
교적 찾기 쉽지만 중국이나 동남아 동화는 이제 한국에 소개되
기 시작하는 단계이다. 고전을 다시 읽는 것도 중요하지만 이
렇듯 알려지지 않은 전래 동화를 찾아보는 것도 흥미롭다. 그
중 필리핀의 전래 동화 〈파인애플의 전설〉을 읽어보자.

옛날 피나라는 여자아이와 피나의 어머니가 살고 있었다.
피나의 어머니는 피나를 무척 사랑하여 원하는 것은 무엇
이든 해 주고, 싫어하는 일은 절대로 시키지 않았다. 그래서
피나는 게으르고 이기적인 아이가 되었다.

어느 날 피나의 어머니는 병이 나서 드러눕고 말았다. 어머니는 피나에게 죽을 끓여 오라고 시켰지만 피나는 부엌에서 나무 주걱을 못 찾겠다고 투덜거렸다. 화가 난 어머니는 피나에게 소리 질렀다.

"네가 나무 주걱을 찾을 수 있게 눈이 천 개쯤 생겼으면 좋겠다!"

어머니가 피나를 야단치고 나서 한참이 지났지만 피나는 나타나지 않았다. 걱정이 된 피나의 어머니는 이웃 사람들을 불러 피나를 찾았지만 어디에도 보이지 않았다.

며칠 후 피나의 어머니는 뒤뜰을 청소하다가 아이의 머리 크기만한 노란 열매를 발견했다. 자세히 들여다보자 노란 열매에는 위쪽에 푸른 이파리가 나 있고 뾰족한 가시들 사이로 천 개나 되는 까만 눈이 나 있었다. 피나의 어머니는 자신이 피나에게 내뱉은 말이 생각나 눈물을 흘렸다.

피나의 어머니는 사랑하는 딸 피나를 기억하기 위해 노란 열매의 씨를 받아 밭에 심었다. 노란 열매들이 열리자 피나의 어머니는 자신이 알고 있는 모든 사람들에게 노란 열매를 하나씩 나누어 주었다. 그래서 필리핀 사람들은 이 열매를 피나(파인애플)라고 불렀다.

필리핀에서 쓰이는 타갈로그 어로 파인애플은 피냐pinya라고 불린다. 민담이 그렇듯이 〈파인애플의 전설〉도 조금씩 다르게 전해진다. 어떤 판본에서는 피나가 부지런한 아이로 나온다. 그런데 평소에 일을 잘 하던 피나가 갑자기 국자를 못 찾겠다고 하자 몸이 아픈 어머니는 화가 치밀어 오른 나머지 피나가

눈이 엄청나게 많아져서 물건을 잘 찾으면 좋겠다고 소리 지른
다. 이후 사라진 피나를 찾던 어머니는 정원에서 파인애플을
발견하고 가슴을 치며 후회한다. 이렇듯 다른 판본들의 이야기
를 비교해 보면 피나가 게으르거나 부지런한 것이 중심 문제가
아니다.

인용한 이야기에서 피나가 버릇없어진 이유는 어머니가 무엇
이든 해 주고 야단치지 않았기 때문이다. 아이를 야단쳐서 버릇
을 들이는 과정은 상당히 고통스럽다. 몇 년에 걸친 이 과정은
부모의 체력과 정신력을 소모한다. 일부 부모는 힘든 과정을 피
하기 위해 아이의 응석을 무조건 받아주거나, 아니면 힘으로 억
누르기도 한다. 둘 다 아이와 힘겨루기를 빨리 끝내기 위해서
다. 하지만 두 가지 모두 좋은 결과를 가져오지 못한다.

〈파인애플의 전설〉은 어머니가 잠깐이나마 품었던 어리석은
소망이 실현되는 이야기이다. 재미있는 것은 소망을 품는 사람
이 아이가 아니라 어른이라는 점이다. 그렇기에 이 동화의 주
인공은 어른이다. 피나는 어머니가 응석을 받아준 결과 버릇없
는 아이가 되고, 그 어머니의 소망에 따라 파인애플이 되어버
린다. 이러한 이야기에는 부모가 자식의 삶을 실질적으로 좌우
하는 힘을 쥐고 있다는 의미가 들어 있다. 부모가 그 힘을 잘못
사용하면 자식을 망칠 수도 있다. 부모가 무의식적으로 품고
있는 소망은 어떤 형태로든 아이들이 알아채기 마련이다.

피나 어머니가 충동적으로 내뱉은 말에는 은연중에 어린 아
이를 키우는 부모들의 피로가 배어 있다. 아이를 키우는 과정
은 힘들고 어렵다. 하지만 아이 키우기가 힘들다고 토로하는
것도 쉽지 않다. 결국 지친 부모들은 아이와 밀고 당기기를 반

복하다가 응석을 무조건 받아주는 것으로 타협하기도 한다. 그 결과 아이가 게으르고 이기적인 성격을 갖게 되기도 한다.

반대로 아이의 응석을 받아주지 않는 부모들이 있다. 하지만 이러한 부모들도 아이에게 "안 돼"라는 말을 반복하면서 스트레스를 받는다. 아이의 요구를 거절하면서 부모도 아이에게 뭐든 해주고픈 욕망을 억제해야 하기 때문이다. 바른 사람을 만들어야 한다는 책임감이 너무 강한 나머지 아이에게 상처를 남기는 경우도 있다. 이러한 결과는 결코 부모의 잘못만이 아니다. 이 시기 부모들은 대개 이십대 후반에서 삼십대 중후반에 걸쳐 있다. 이들은 육아만이 아니라 가정과 사회 전반에서 가장 힘들고 어려운 일을 도맡는다. 부모들은 가정과 사회의 다양한 요구들을 처리하면서 지치기 십상이다.

아이를 키우는 방식은 한 세대 만에 완전히 달라졌다. 태어나자마자 마을 공동체의 일원이 되어 자라나던 아이들은 이제 아파트에 갇힌 채 부모에게 절대적인 영향을 받으며 자란다. 공동체의 결속력이 약해질수록 부모가 아이에게 미치는 영향력은 점점 강해진다. 특히 산업 사회는 도시화로 인해 공동체가 무너졌다. 학교조차 아이들에게 안전한 곳이 아니다. 그럴수록 부모에게 받는 영향은 강해질 수밖에 없다.

때때로 어른들은 자신이 아이에게 미치는 영향을 과소평가한다. 이야기 끝에서 피나의 어머니는 파인애플이 된 피나를 자신이 아는 모든 사람들에게 하나씩 나누어준다. 자신의 실수를 반복하지 말라는 의미이다. 만약 어머니가 무심코 야단치는 대신, 피나의 눈이 밝아졌으면 좋겠다는 말을 했다면 이야기의 결말은 달라지지 않았을까.

죽어서 새가 된 아이

무르티 부난타Murti Bunanta는 인도네시아에서 아동 문학으로 박사학위를 받은 첫 번째 인물이다. 30여 권에 이르는 책을 발표했으며, 1998년에 〈제일 어린 개구리Si Bungsu Katak〉라는 작품으로 폴란드의 야누쉬 코르착[10] 국제 문학상을 받았다. 그가 모아 엮은 《인도네시아의 전래 동화Indonesian Folktales》는 2003년 미국에서 출판되었다. 프랑스에서도 여러 상을 받고 활발히 활동하는 아동 문학가 무르티 부난타의 작품은 아쉽게도 한국에 세 편, 〈철부지 아기고양이〉와 〈낮과 밤〉, 그리고 〈후아 로 푸우Hua Lo Puu〉만이 번역 소개되어 있다. 여기서는 〈후아 로 푸우〉를 소개한다.

한 가난한 부부가 살고 있었다. 부부에게 갓 태어난 아기가 있었는데, 일하는 동안 돌봐줄 사람이 없어 갓난아기를 늘 밭에 데리고 갔다. 일을 할 때마다 부부는 아기를 포대기에 넣어 나무에 매달아 놓았다.

하루는 배고픈 아기가 울음을 터뜨렸지만 일하느라 바쁜 부부는 미처 울음소리를 듣지 못했다. 울음소리에 놀란 새들이 아기를 들여다보았고, 발가벗은 아기가 추울까봐 깃털을 떨어뜨려 따뜻하게 보호해 주었다.

일을 끝낸 부부는 포대기를 들여다보았지만 안에 아기가 없었다. 놀란 부부는 사방에서 아기를 찾았다. 그러나 아무리 찾아보아도 아기는 보이지 않았다. 대신 들려오는 것은 새 소리였다.

"사랑하는 나의 엄마, 다시는 나를 찾지 마세요…… 후아… 로… 푸우……"

아기는 예쁜 깃털을 가진 새가 되었고, 부부는 아기가 사람으로 돌아오길 간절히 기도했지만 소용없었다. 아기가 새로 변한 이야기를 전해들은 마을 사람들은 자기 집 아기를 더욱 정성껏 돌보았고, 아무도 새를 건드리지 않았다. 혼자 배고파 울고 있던 아기를 돌보아 준 새들이 고마웠기 때문이었다.

인도네시아 전래 동화 〈후아 로 푸우〉에는 민담과 설화의 냄새가 가득 풍겨난다. 가난한 부부는 일하는 동안 돌봐줄 사람을 찾지 못해 부득이하게 아기를 나무에 매달아 놓는다. 그런데 부모의 눈에서 벗어나 있던 아기에게 무슨 일이 생겼던 것 같다. 무슨 일이 일어났는지는 분명하지 않다. 대신 아기가 새로 변했다는 이야기만 전해진다. 마을 사람들은 자신의 아기를 더욱 정성껏 돌본다. 또한 새들을 건드리지 않기로 한다. 죽은 아기들이 새로 변했다고 생각하게 되었기 때문이다.

옛날에는 영유아 사망률이 높았다. 의학이 발달하지 못한 데다 위생 관념이 부족했기 때문이었다. 살아남은 아이들도 물에 빠져 죽거나, 야생 동물에게 물려 죽는 등 채 어른이 되지 못한 경우가 많았다. 지금 할머니 할아버지 중에도 갓난 아기를 잃은 아픈 기억을 품은 분들이 많다. 그러나 민담은 이러한 현실을 있는 그대로 드러내지 않고 상징과 은유로 승화시킨다. 〈후아 로 푸우〉는 가난과 기아로 잃어버린 아이들이 예쁘고 작은 새가 되었을 것이라고 상실감에 찬 어른들을 위로한다. 인도네시아의 하층 농민들은 이 이야기를 통해 잃어버린 아이들을 추억하며 슬픔을 달랬던 것이다.

〈파인애플의 전설〉과 〈후아 로 푸우〉에는 왕자와 공주가 나오지 않는다. 대신 하층 농민들의 평범한 삶이 등장한다. 이들의 삶은 마법과는 거리가 멀다. 그러나 어른들의 얕은 행동이 아이들의 삶을 마법처럼 조종한다. 두 이야기에는 어른들의 후회가 차 있다. 그렇기에 두 이야기는 어른들이 읽어야 할 동화이다. 세심한 보살핌이 필요함에도 어른들은 때때로 아이들을 부당하게 대우하고, 무관심하게 방치한 결과 죽게 하기까지 한다. 그 결과 어른들은 후회와 상실감에 빠진다. 그러나 이러한 실수가 반복되도록 놓아둘 수 없다. 그래서 피나의 어머니는 파인애플을 자신이 알고 있는 모든 사람들에게 나누어준다. 가난한 부부도 죽은 아이들을 마을 사람들과 같이 애도한다.

두 이야기에서 피나와 갓난 아기는 각각 파인애플과 새로 변한다. 인간은 누구나 자연의 섭리에 의해 태어나고 죽는다. 아이들이 비록 우리 곁에 자연의 일부가 되어 다른 모습으로 남는다고 하더라도 어른들이 조금만 사려 깊다면, 아이들과 일찍 헤어지지 않아도 된다. 아이들의 불행한 죽음에 대해 이보다 간결하고 아름답게 표현한 이야기는 찾아보기 힘들 것이다.

이야기 속 이야기

1 아더왕 신화에서도 미인은 '흰 피부와 붉은 입술과 흑발'로 묘사된다. 20세기 중반에 이르러야 게르만족의 인종적인 특징인 푸른 눈에 가슴 큰 백인 금발 미녀가 서구의 전형적인 미인상으로 떠오른다.

2 마찬가지로 동화에서 자주 나오는 "세상에서 가장 아름다운 공주"는 진리와 선함을 의미한다. 아름다운 공주를 구하기 위한 모험은 곧 진리와 정의를 위한 싸움인 것이다. '진짜(원본)'여야 아름답고, 목적이 선해야 아름다운 것이라는 인식이 서구 미학의 핵심 가치인 것이다.

3 백설 공주의 관이 산에 놓이자 짐승들이 다가와 슬퍼하는데 맨 처음에는 올빼미, 그 다음에는 까마귀, 마지막으로 작은 비둘기가 온다. 비둘기는 까마귀보다, 까마귀는 올빼미보다 약한 동물이다. 저주가 점점 약해지고 있다는 의미이다. 올빼미는 숲에 살며 까마귀는 숲과 산을 오가며 산다. 비둘기는 주로 산과 들에 산다. 숲은 거칠고 위험한 무의식의 세계이고, 산은 대지가 솟아올라 새로운 차원으로 도약하는 세계이다. 죽음과 부활을 거쳐 새로운 존재가 되어가는 과정이 동물들을 통해 암시된 것이다.

4 최근 〈백설공주〉를 원작으로 삼은 영화들이 발표되고 있는데, 그중 〈스노우 화이트 앤 헌츠맨〉은 새 왕비의 정체에 대해 재미있는 해석을 제시한다. 이 영화에서 왕비는 마법에 걸려 200년 넘게 살아온 괴물이다. 백설공주가 성장하여 아름다워질수록 왕비는 마법이 약해지고 늙어 죽을 위기에 처한다.

5 거울이라는 물건의 상징적 의미는 아주 다양하다. 대개 거울은 진리와 자기 인식, 지혜를 의미한다. 해와 달의 대용품이기도 하다. 중국과 한국에서 거울은 성실과 정절을 의미한다. 거울은 신성한 의미를 갖기도 한다. 일본의 삼종신기는 옥과 검, 거울이다. 환인이 환웅에게 내려준 천부인도 청동검, 청동방울, 청동거울이다.

6 특정 동물을 먹으면 그 동물의 특성을 흡수하게 된다는 믿음을 동종주술이라 하는데, 동서고금을 막론하고 흔히 발견된다. 가령 위장병에는 소의 위가 특효이고 신경통에는 고양이가 좋다는 식이다. 멜라네시아의 어떤 부족은 용맹한 전사의 시체를 먹으면 그 전사처럼 용맹해진다고 믿기도 한다.

7 베텔하임은 백설공주가 왕비에게 자꾸 문을 열어주는 것은 부모의 영향에서 일단 벗어난 아이들이 심리적으로 부모에게 얽매여 있는 상황을 상징한다고 설명한다.

8 서구 전통에서 진선미는 하나이므로, 선량함은 곧 아름다운 것이다. 선함은 바보스러움으로 나타나기도 하는데, 동화에 등장하는 수많은 바보들은 사실 선하고 아름

다운 존재들인 것이다.

9 우리가 너무도 당연하게 받아들이는 부모 자식관계도 시대와 지역마다 다르게 나타난다. 부모에 의한 여아 살해 풍속은 뜻밖에도 세계 곳곳에서 발견되며, 현실 속에서도 언론을 통해 친부모의 학대는 심심찮게 볼 수 있다. 심지어 학자들은 모성이라는 것은 근세 들어 만들어진 관념임을 주장하기도 한다. 이와 관련해서는 엘리자베트 바댕테르, 《만들어진 모성》, 심성은, 동녘, 2009 및 사와야마 미카코, 《육아의 탄생》, 이은주, 소명출판, 2014 등이 좋은 참고가 될 것이다.

10 야누쉬 코르착(Janusz Korczak, 1878~1942)은 폴란드의 교육자이다. 1942년 트레블린카의 유대인 수용소에서 돌보던 아이들과 함께 죽음을 맞았다. 의료와 교육, 문학 작품 집필로 어린이들을 돌보았던 그의 삶은 죽음 후에야 알려졌다. 대표적인 저서로 《어떻게 아이들을 사랑해야 하는가(Wie man ein Kind lieben soll)》(1919)가 있다.

다섯 번째 이야기,

미래 사회와 그 적들

헨젤과 그레텔 엄지 동자 장화 신은 고양이

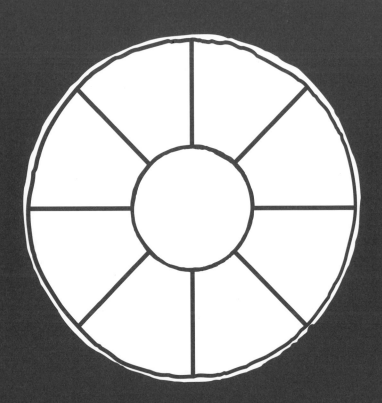

대한민국은 내전 상황

드라마 〈응답하라〉 시리즈로 주목을 끌던 1990년대만 하더라도 정신과 병원은 지금만큼 흔하지는 않았다. 정신과 치료를 받으면 취직이나 결혼이 어려워진다고 생각하는 사람도 많았다. 정신과 치료에 대한 인식은 나아졌지만 지금도 치료받고 있다는 말을 학교나 직장에서 꺼내기가 쉽지 않다. 정신과 치료를 받는 것은 성격에 문제가 있거나 의지가 나약하다는 의미로 받아들여지기 때문이다.

그럼에도 불구하고 요즘은 웬만한 골목마다 신경정신과 병원들이 늘어서 있다. 새로운 진단법이 등장하면서 예전에는 들어보지 못했던 병도 많아졌다. 미처 병이라고 생각하지 못했던 증상들이 병명이 생기고 치료도 가능해진 것이다. 환자도 연령별로 나누어졌다. 이제는 소아정신과라는 새로운 분과가 생겨나 어른과 아이를 구분해 진료하기도 한다. 어른과 아이의 생활과 문화가 판이하게 다른 현대 사회의 특징을 생각하면 오히려 너무 늦게 생기지 않았는가 싶다.

《대한민국 부모》(문학동네, 2012)는 청소년 상담가들이 집필한 책이다. 이 책은 마음의 병을 앓는 아이들과 그 병을 '대학 가면 낫는 것'으로 생각하는 부모들에 대한 보고서이다. 아이들은 늘 열등감과 자신감 부족에 시달리고, 부모들은 자신들의 열등감을 감추기 위해 '넌 왜 그 모양이니?'하며 자식을 몰아세운다. 아이들의 저항 방법은 앓거나, 대들거나 아니면 자살하는 것이다.

책의 저자 이승욱은 한국전쟁과 IMF가 한국인들에게 집단적 트라우마를 남겼다고 지적한다. 이러한 재난을 겪고 난 한국 사람들은 생존 경쟁에 뒤처지면 안 된다는 공포에 시달리게 되었다. 요즘 아이들은 반항적인 사춘기도 거치지 않고 잘 대들지도 않는다고 한다. 그냥 부모가 하라는 대로 고분고분하다. 부모와 떨어져서 사회에 나가 봤자 아무것도 할 수 없다는 현실을 잘 알기 때문이다. 부모의 손을 놓으면 생존이 절대 불가능한 현실을 잘 아는 아이들은 죽자 사자 부모에게 매달린다. 부모들도 경쟁에 시달리는 아이들이 불쌍하지만 대책이 없기는 마찬가지다. 이러한 구조에서 과감히 이탈할 용기가 없는 부모들은 아이들에게 스마트폰을 쥐어주고 학원에 맡기는 것 외에는 도리가 없다.

아이들에게 사회는 두렵고 낯설다. 아이들은 언젠가는 자신을 보호해주는 부모가 세상을 떠나고 없을 것이란 사실을 잘 알고 있다. 부모가 이혼하거나 경제적 위험에 처하면 버려질 수도 있다. 그런 친구들을 보는 아이들의 공포는 더욱 커진다. 최소한의 보살핌을 받지 못하면 아이의 생존은 즉각 위험에 처하기 때문이다. 그래서 부모와 사는 삶이 아무리 힘들더라도 아이는 쉽게 부모를 떠나지 못한다. 부모가 존재하는 것만으로도 최소한의 보호를 받는다는 사실을 잘 알기 때문이다. 그러나 생활에 지친 부모들은 아이들을 생존 경쟁에 내몰거나 학대하거나, 심지어 버리기도 한다. 극단적인 상황에 놓인 아이들은 학대의 원인이 자신에게 있다고 돌림으로써 분노를 억누른다. 이러한 일이 벌어지는 이유 중 하나는 지나친 생존 경쟁이다. 살아남기 위해서는 1등을 해야 하고 1등이 아니면 모두 생존권을 박탈당하는 시대가 되었기 때문이다.

역사적으로 식량이 부족해지는 등 생존 환경이 척박해지면 아이들이 제일 먼저 희생된다. 《문화의 수수께끼Cows, pigs, wars and witches: the riddles of culture》를 쓴 인류학자 마빈 해리스는 식량 위기 상황에서 아이들이 제일 먼저 희생되는 이유를 다음과 같이 분석한다. 일단 아이들은 힘이 없어 저항하지 못한다. 그리고 어른들보다 투자받은 사회적·물질적 재화가 상대적으로 적으며, 헤어진다 하더라도 감정을 쉽게 정리할 수 있기 때문이다.[1]

얼핏 생각하면 말이 되지 않는 설명처럼 들린다. 앞날이 창창한 어린 아이보다 살 만큼 산 노인을 희생시키는 것이 합리적이라고 생각될 수 있다. 하지만 같이 보낸 시간이 길면 길수록 정이 쌓이고 상속 등 이해관계가 얽혀 쉽게 희생시키기가 어려워진다. 그렇다면 아직 재산도 없고 부모 외에는 사회적 연결망을 갖지 못한 아이가 표적이 된다. 잔인한 이야기지만 극심한 대기근 시절의 역사를 들춰보면 아동 유기와 희생에 대한 기록이 빈번하게 나타난다. 그리고 안타깝게도 이러한 상황은 인류 역사에서 낯선 것이 아니다.

동서고금을 통틀어 자기 자식이 예쁘지 않은 부모는 별로 없겠지만, 자식에 대한 사랑과 공동체 전체의 생존에 대한 염려는 별개인 것 같다. 지금 닥친 위기를 모면하기 위해 미래의 자산을 끌어당겨 쓰는 행위는 분명 후손에 대한 범죄이다. 하지만 인간은 누구나 조급하다. 당장 욕망을 충족시키기 위해 미래에 도래할 가치를 과소평가하는 경향이 있다. 경제학에서는 이러한 성향을 '내재적 할인율'이라고 부른다. 미래 가치를 축소시킨다는 의미이다.

지금 전 세계를 휩쓰는 경제 위기는 쉽게 끝날 것 같지는 않다. 경제 위기를 넘기기 위해 미래 세대의 자산을 끌어다 쓰려는 경향은 계속 높아질 것이다. 늘어나는 수명에 비례하여 소득 없이 버텨야 하는 인생도 길어지게 되었다. 엄청나게 불어나는 노인들을 감당하지 못하는 사회에서 젊은이들은 자연스럽게 아이 낳기를 포기한다.

고령화와 저출산은 한국만의 문제는 아니다. 경제 성장이 안정기에 이르면 현대 사회 어디서나 나타나는 현상이다. 하지만 한국은 유달리 높은 자살률이라는 특성을 갖고 있다. 자살률은 청년층에서 유독 높게 나타난다. 2013년 사망원인 통계에서 자살은 10대, 20대, 30대 사망원인 1위와 40대, 50대 사망원인 2위를 차지했다. 전반적으로 사망률이 떨어지고 있지만 자살자 숫자는 상승 추세이다. 2011년의 자살자는 15,906명, 2012년은 14,160명이었다. 이 정도면 거의 내전 수준이다.[2] 특히 젊은이들의 높은 자살률은 현재의 위기가 미래 세대에게 떠넘겨지고 있다는 사실을 암시한다.

만약 다음 세대에게 무리한 부담을 주고 살아갈 기회를 빼앗는 것이 인류 역사 속에서 반복된 '만행'이라면 어떻게 해결해야 할까. 혹시 옛날부터 전해 내려온 이야기에 해답이 있지 않을까?

쫓겨난 아이들

아이들이 가장 두려워하는 것은 부모에게 버려지는 것이다. 물론 부모가 사랑하는 자식을 내다 버릴 리 없다. 그러니 버려질까봐 무서워하는 아이가 우습기도 하고 귀여워 보이기도 한다. 그래서 가끔 어른들은 이러한 아이들을 놀리기도 한다. 다리 밑에 누가 버리고 간 걸 주워왔다든가, 말 안 들으면 내다 버리겠다고 겁을 주기도 한다.[3]

그림 형제의 〈헨젤과 그레텔〉은 아이들이 두려워하는 아동 유기를 주제로 삼고 있다. 흉년이 들자 두 아이는 버려지지만 스스로의 힘으로 죽지 않고 부모를 찾아 행복하게 같이 산다. 이 이야기는 흉년으로 아동 유기가 성행했던 시절을 배경으로 삼고 있다.

한 가난한 나무꾼 부부가 살고 있었다. 이들은 헨젤과 그레텔이라는 남매를 두고 있었다. 기근이 들어 빵이 떨어지자 아내는 남매를 숲 속에 버리자고 주장한다. 나무꾼은 마지못해 아내의 요구를 승낙한다. 밤중에 이 말을 엿들은 그레텔이 걱정하자 헨젤은 밤중에 몰래 나가 하얀 자갈을 주워 온다.

헨젤과 그레텔을 숲 속에 버리고 돌아온 나무꾼은 깊은 슬픔에 빠진다. 그 순간 헨젤과 그레텔이 집에 가는 길을 표시해둔 자갈을 보고 집에 돌아온다. 그러나 얼마 후 다시 식량이 떨어지고, 나무꾼과 아내는 아이들을 다시 버리기로 작정한다. 나무꾼의 아내는 헨젤이 자갈을 주우러 갈 수 없도록 밤에 문을 잠가둔다. 얼마 후 남매는 다시 숲 속에 버려진다. 헨젤은 빵조각을 떨어뜨려 표시를 해두지만 새들이 모조리 쪼아 먹어버린다.

숲 속을 헤매던 헨젤과 그레텔은 하얗고 작은 새의 지저

꿈을 듣고 따라가다가 빵과 과자와 설탕으로 만들어진 집을
발견한다. 배고픈 남매는 집을 뜯어먹다가 그 안에 살고 있
던 마녀에게 붙잡힌다. 두 아이를 잡아먹기로 작정한 마녀
는 헨젤을 헛간에 가두고 그레텔에게 집 안일을 시킨다. 마
녀는 매일 헨젤을 배불리 먹이고 손가락을 만져서 살이 올
랐는지 확인한다. 헨젤은 마녀에게 먹다 남은 뼈다귀를 손
가락 대신 만지게 한다. 눈이 나쁜 마녀는 배불리 먹은 헨젤
이 왜 살이 찌지 않는지 의아해한다.

약이 오른 마녀는 헨젤을 그냥 잡아먹기로 결심하고, 그
레텔에게 화덕에 불을 피우라고 명령한다. 마녀는 그레텔에
게 화덕이 달구어졌는지 들여다보라고 명령한다. 그레텔은
마녀가 자신들을 화덕에 밀어 넣어 죽일 작정이라는 걸 알
아차리고 어떻게 하는지 모르겠다고 대답한다. 마녀는 자기
가 하는 걸 보라면서 화덕을 들여다본다. 그레텔은 그때를
놓치지 않고 마녀를 화덕에 밀어 넣어 죽인다.

헨젤과 그레텔은 마녀가 숨겨놓은 보물을 가지고 집으로
돌아간다. 가는 길에는 하얀 오리가 사는 강이 가로놓여 있
었다. 헨젤은 둘이 같이 타고 건너자고 말하지만, 그레텔은
오리가 힘드니까 두 번에 나누어 태워 달라 부탁하자고 말
한다. 남매는 그레텔 말대로 두 번에 걸쳐 오리를 타고 강을
건넌다. 집에 도착하고 보니 나무꾼의 아내는 죽고 나무꾼
혼자 살고 있었다. 세 사람은 마녀의 보물로 평생 유복하게
살았다.

〈헨젤과 그레텔〉은 빵과 과자로 만들어진 집, 오리를 타고

건너는 강, 마녀의 보물 등 환상적인 요소로 가득 차 있다. 하지만 이야기의 잔가지를 쳐내고 나면 남는 것은 아동 유기와 식인에 대한 끔찍한 이야기이다. 이 이야기에서 어른들은 굶주림이 찾아오자 힘을 합쳐 살아남을 방도를 찾는 대신 아이들을 내쫓거나 잡아먹을 궁리를 한다. 극심한 생존 경쟁에서 아이들은 부담일 뿐이다. 비슷한 민담으로 페로의 〈엄지 동자〉라는 이야기가 있다. 〈엄지 동자〉는 〈헨젤과 그레텔〉과 〈잭과 콩나무〉를 뒤섞은 듯하지만 훨씬 어둡고 그로테스크하다.

 아들 일곱을 둔 나무꾼 부부가 있었다. 아들들 중 막내는 몸이 너무 작고 허약해서 덩치가 엄지손가락만 했다. 그래서 엄지 동자라고 불렸다.

 흉년이 들어 식량이 떨어지자 나무꾼은 일곱 아들을 모두 숲 속에 버리자고 주장했다. 아내의 반대를 무릅쓰고 나무꾼은 아이들을 숲 속에 버렸다. 하지만 미리 부모님의 이야기를 엿들은 엄지 동자는 하얀 조약돌을 주워 집에 가는 길을 표시해 둔다.

 아이들을 버리고 온 부부는 마침 빌려준 돈을 돌려받아 고기를 사서 포식을 했다. 배가 부른 부부가 후회하는 순간 아이들이 돌아오지만, 얼마 뒤 돈이 떨어지자 아이들은 다시 버려진다. 엄지 동자는 빵조각을 뿌려 길을 표시하지만 새들이 모두 쪼아 먹어 버린 후였다.

 숲 속을 헤매던 아이들은 사람을 잡아먹는 괴물이 사는 집에 도착한다. 괴물의 아내는 아이들을 먹이고 재워준다. 집에 돌아온 괴물은 아이들을 잡아먹으려 하지만 괴물의 아

내는 밤이 늦었으니 내일 아침에 잡아먹으라고 권한다. 괴물은 자기 전에 침대에서 자고 있는 일곱 명의 딸들을 보러 간다. 괴물의 딸들도 사람 고기를 먹는 작은 괴물들이었다.

엄지 동자는 괴물의 딸들이 머리에 조그마한 황금 왕관을 쓰고 있는 걸 보고 몰래 훔쳐다가 형제들에게 씌워주고 자신도 쓴다. 괴물은 자기 딸들의 머리를 만져보고 왕관이 없자 버려진 아이들인 줄 알고 모두 죽인다. 다음날 아침 엄지동자의 꾀에 빠져 자기 자식들을 죽였다는 사실을 안 괴물은 엄지 동자를 쫓는다. 엄지 동자는 도망치다가 괴물이 쉬는 틈을 타서 괴물의 장화와 재산을 훔친다. 엄지 동자는 형제들과 함께 부모에게 돌아가고, 귀족의 비서가 되어 일하게 된다.[4]

동화 속의 식인 모티프는 생각 외로 빈번하게 등장한다. 〈헨젤과 그레텔〉의 숲 속에는 버려진 아이들을 잡아먹는 마녀가 산다. 〈엄지 동자〉의 괴물도 통통한 아이들을 좋아한다. 〈백설공주〉의 계모 왕비는 백설공주의 허파와 간을 먹고 싶어 한다. 〈노간주나무〉의 새어머니는 의붓아들을 죽여 고깃국을 만들고 아버지는 그 국을 맛있게 먹어치우기까지 한다. 〈잠자는 숲 속의 미녀〉에는 잠자는 미녀가 낳은 손주를 요리해 먹고 싶어하는 시어머니가 등장한다. 〈여섯 마리 백조〉는 며느리를 식인종으로 모함하는 시어머니가 화형당하는 것으로 끝난다. 흔히 잔혹 동화라는 이름으로 떠도는 이야기들은 전래 동화 속의 식인 부분을 말초적인 흥미 위주로 편집한 것들이다.

그렇다고 전래 동화 속의 식인 모티프를 미루어 중세 유럽에서 실제로 식인이 성행했다고 보기는 어렵다. 주기적으로 흉년이 든다고 해도 인육을 먹을 정도로 극단적인 상황은 역사상 손꼽을 정도이다. 더구나 그림 형제의 시대였던 18~19세기는 한창 경제가 성장하면서 인구가 급증하던 시기였다. 이러한 때 굶주림으로 인해 아이들을 잡아먹는다는 것은 상상하기 힘든 일이다. 동화 속 식인 모티프를 과장하여, 문명을 자랑하는 서구인들이 실은 식인에 탐닉했다느니 하는 터무니없는 이야기에 현혹되어서는 곤란하다.

한국어뿐만 아니라 세계 여러 나라 언어의 '잡아먹는다'는 말에는 여러 가지 의미가 내포되어 있다. 사전적으로는 음식으로 요리해 먹는다는 의미이지만, 정복이나 섹스를 뜻하기도 한다. 상대의 기를 못 펴게 하거나, 부당하게 이득을 취한다는 말로도 사용된다. 그러니 전래 동화 속 식인 모티프의 진짜 의미는 현 세대가 미래 세대의 자산을 갈취하는 것으로 해석해야 적절할 것이다. 어른들은 지금의 위기를 모면하기 위해, 혹은 욕망을 채우기 위해, 아니면 미래 예측을 잘못해서 아이들이 미래에 갖게 될 자산을 소비해 버린다. 그 자산은 땅 속에 묻힌 자원이거나 푸르고 아름다운 숲, 깨끗한 강물이기도 하다.

다행히 환경 파괴는 몇 십 년의 노력을 기울이면 복구가 불가능한 것은 아니다. 하지만 어찌 보면 재정 문제는 환경 파괴보다 심각하다. 국가와 사회가 진 빚은 영원히 대물림되기 때문이다. 할아버지가 진 빚을 손자가 갚는 것은 그런대로 이해할 수 있지만 그보다 미래로 넘어가면 생전에 만나보지도 못한 사람에게 빚을 떠넘기는 꼴이 된다. 이것이 지금 우리 다음 세대가 처한 상황이다.

이러한 시각으로 해석하면, 〈헨젤과 그레텔〉과 〈엄지 동자〉는 아이들을 좀 더 소중히 해야 한다는 메시지로 읽힐 수 있다. 그것은 현재 위기가 닥쳐온다고 해서 미래 세대가 가져야 할 자원(삶에 기회를 제공하는 모든 것)을 부당하게 빼앗지 말라는 교훈이다. 잘 키운 아이들은 보물이 되어 되돌아올 것이기 때문이다.

아이들이 보물을 갖고 되돌아온다는 이야기는 단순한 은유 이상이다. 전통적인 농업 사회에서는 농토가 부양 가능한 한계 이하로 인구를 억제해야 했다. 그러나 산업 사회는 다르다. 페로와 그림 형제의 시대는 경제 성장과 인구 증가가 선순환 효과를 일으켜 국가도 사회도 급성장했다. 인구 증가는 노동자와 소비자의 증가를 의미했다. 불어나는 아이들이야말로 경제 성장을 견인하는 주축이었으며 밝은 미래의 상징이었다.

〈헨젤과 그레텔〉과 〈엄지 동자〉가 어른들에게 무슨 일이 있어도 아이들을 소중히 키우라는 메시지를 던진다면, 현재 이 동화들의 가장 열렬한 애독자인 아이들은 그 메시지를 어떻게 받아 들일까? 아이의 입장은 어른과 다르다. 아이들의 시각에서 보는 〈헨젤과 그레텔〉은 보다 마음 속 깊숙한 곳에 파장을 일으킨다.

언젠가 나서야 할 길

종종 동화에는 버려진 아이들이 등장한다. 쫓겨난 의붓자식, 가난한 집 막내아들, 동네 제일가는 바보 등등. 이들은 누구에게나 비웃음을 당하고 쥐어박아도 뒤탈 없는 '잉여'들이다. 그러나 이들은 신기한 인연을 만나 모험을 하고 아름다운 짝을 맞아 왕국을 얻는다. 만약 동화 속 주인공이 궁궐 안에 들어앉아 한 발짝도 나오지 않는 왕자나 공주라면 과연 이야기가 진행될 수 있을까? 그렇지 않을 것이다. 모든 것이 편안하고 만족스러운 사람이 모험에 나서거나 고통스러운 성장을 감내할리가 없기 때문이다.

전래 동화를 읽는 아이들은 평온했던 과거로 되돌아갈 수 없다는 사실을 어렴풋하나마 알고 있다. 아이들에게 평온했던 과거란 자신의 욕구를 부모가 즉각 알아서 처리해 주던 갓난아기 시절을 의미한다. 그때는 공포도 불안도 없었으며 온 세상이 따뜻함과 부드러움, 안정감으로 가득 차 있었다. 부모의 사랑으로 행복했던 시절이었다.

그러나 신체적·정신적 성장에 따라 아이들은 조금씩 부모의 보호로부터 벗어나게 된다. 이 과정은 상당히 괴롭다. 세상에 대한 공포, 보호의 손길을 줄이는 부모, 나약한 자신에 대한 불안 등등 수시로 심리적 위협이 밀려온다. 이러한 현실적 상황뿐만 아니라 인생에 대한 깨달음이 주는 공포도 있다. 모든 인간은 죽음을 피할 수 없다는 사실은 아이들에게 심각하게 다가온다. 자기 자신은 물론 사랑하는 부모와 동생, 친구와 반려동물 모두 언젠가는 죽게 된다. 어떤 아이들은 이러한 심리적 위협의 대응으로 퇴행이나 자폐, 강박증을 택하기도 한다.

이러한 시기에 들어선 아이들은 자신이 평온했던 과거에서 추방당했으며, 원하든 원하지 않든 인생이라는 거친 여행길에 나서게 되었다는 사실을 알게 된다. 이제 혼자 할 수 있는 일을 찾아서 자신만의 힘으로 해내지 않으면 안 된다. 동화에 등장하는 바보들은 이러한 아이들의 대변자이다.

모든 아이들은 안전하고 편안한 왕국의 왕자이자 공주로 태어나지만, 언젠가는 먼지를 뒤집어쓰고 손가락질 받으며 쫓겨나야 한다. 그러나 쫓겨나는 것으로 끝나지 않는다. 아이들 스스로 새로운 왕국을 찾아내고 왕이 되어야 한다. 바보가 왕이 되는 이야기는 아이들이 내면에 숨겨진 잠재력을 끌어내어 사용할 수 있게 되는 것을 의미한다. 내면의 잠재력은 숲 속에 숨겨진 보물이나 야수로 은유된다. 전래 동화를 읽는 아이들은 동화 속 바보가 자신과 비슷한 입장에 처해 있다고 생각하고, 착한 마음씨와 마법에 힘입어 승리를 거두는 결말에 깊이 공감한다. 왜냐하면 아이들은 세상에 수많은 책이 있어도 자신들만을 위한 책은 동화책뿐이라는 사실을 잘 알고 있기 때문이다.

〈헨젤과 그레텔〉에서 두 아이는 부모에게 버림을 받는다. 부모에게 버림받는 설정은 실제로 내쫓김을 당하는 것이 아니라, 아이의 성장에 따라 부모가 보호의 손길을 줄이는 것을 의미한다. 이제까지 모든 일을 대신 처리해주던 부모가 갑자기 손길을 줄이기 시작하면 아이는 자신이 뭔가 잘못해서 부모의 마음을 거슬렀거나, 애정을 받지 못하는 것이 아닌가 걱정하기 시작한다. 부모의 보호가 없으면 살아남을 수 없다는 것을 너무나 잘 알고 있기 때문이다. 이러한 불안은 동화에서 아동 유기라는 장치로 은유된다. 이 장치는 극단적인 표현이 결코 아니다. 아이가 느끼고 있는 막연한 불안을 가장 알기 쉽게 표현한 것이기 때문이다.

헨젤과 그레텔은 처음에는 자갈을 이용해 부모에게 돌아가는 데 성공한다. 이 대목이 은유하는 것은 아이가 부모의 보호와 관심이 줄어드는 이유를 바로 이해하지 못하고 품에 파고드는 행동이다. 나이를 먹어 몸집이 커졌는데도 엄마 무릎에 앉거나 음식을 같이 먹으려는 버릇이 그리하다. 아이가 이러한 행동을 할 때마다 부모는 아이를 밀어내거나 떼어놓고 야단치기도 한다. 또는 장난감을 쥐어주어 관심을 딴 데로 돌리기도 한다. 부모의 이러한 행동이 반복적으로 이루어지면, 아이들은 부모가 자신이 스스로 무언가 해내기를 바란다는 사실을 알게된다. 잘 해낸다면 칭찬과 사랑을 받겠지만 만약 그러지 못한다면 부모의 애정을 잃을 수도 있다.

두 번째로 버려진 헨젤과 그레텔은 뿌려놓은 빵을 모두 새가 쪼아먹어 집으로 가는 길을 잃어버렸다는 사실을 알게 된다. 두 아이는 굶주림에 지쳐 잠들 때까지 숲 속에서 헤맨다. 그러던 중 하얀 새가 나타나 아이들을 이끈다.[5] 새에게 이끌려간 아이들이 발견한 것은 과자로 지은 집이었다.

향긋한 과자로 지은 집은 상상만 해도 화려하다. 〈헨젤과 그레텔〉이 환상적인 동화의 대명사가 된 것은 바로 이 멋진 과자로 지은 집 때문이다. 과자 지붕과 설탕 창문은 물론이고 집 안에도 딸기 크림 등 꿈에서나 보던 맛있는 음식이 가득하다. 이러한 진수성찬은 그야말로 모든 아이들의 꿈이다. 과자로 지은 집은 조건 없이 모든 욕구가 무한정 충족되는 세상을 의미한다. 기실 이러한 세상은 현실에 존재할 수 없으며 저 세상에서나 가능한 일이다. 그렇기에 과자로 지은 집은 아이들이 죽어서 가는 저 세상의 은유로 해석될 수 있다.

마녀는 헨젤을 헛간에 가두고 그레텔을 부려먹는다. 이제까지 오빠 헨젤이 동생 그레텔을 돌보아 왔지만, 마녀에게 붙잡힌 뒤 그레텔은 오빠 헨젤에게만 기대지 않고 스스로의 힘과 꾀로 마녀를 퇴치한다. 집에 돌아가는 길에 강을 건널 때에도 오리가 힘이 들까봐 두 번에 나누어 타자는 제안도 그레텔의 생각이다. 모험을 거치면서 죽을 고비를 넘긴 아이들은 홀로 강을 건널 수 있을 만큼 성장한 것이다.[6]

집에 돌아간 아이들은 보물로 부모를 행복하게 해 준다. 이것이야말로 부모를 사랑하는 모든 아이들의 꿈이다. 아이들의 무의식 속에는 자신만의 힘으로 무언가 성취하여 부모의 기쁜 얼굴을 보고 싶은 소망이 잠재되어 있다. 이러한 소망은 너무나도 강해서, 사람의 성격을 결정하고 욕망을 만들어내며 평생을 좌우하는 성공과 실패의 요인을 제공하기도 한다. 어릴 적 품은 부모에 대한 사랑과 그들을 기쁘게 해 주고 싶은 욕망은 평생 동안 삶을 버티게 하는 무궁한 에너지를 생산해 내는 것이다.

강이라는 은유

〈헨젤과 그레텔〉에서 강을 건너는 부분은 여러 모로 흥미롭다. 엄밀히 따지면 이 부분은 이야기 구조상 꼭 필요하지 않기 때문이다. 헨젤과 그레텔이 과자로 지은 집을 빠져나와 바로 부모에게 돌아갔다고 해도 이야기는 무난하게 끝난다. 그런데, 왜 집으로 돌아가는 길에 강을 건너게 되는 것일까? 만약 〈헨젤과 그레텔〉을 들었던 사람들이 강을 건너는 부분을 좋아하지 않거나, 이해되지 않는다고 느꼈다면 아마 오래 전에 사라졌을 것이다. 듣는 사람들의 흥미를 끌지 못하는 이야기는 전승되기 힘들기 때문이다. 하지만 〈헨젤과 그레텔〉에서 강을 건너는 부분은 지금까지 남아 있다. 반복해서 읽다 보면 마녀에게 붙잡혀 타 죽을 뻔한 악몽이 강을 건너면서 진정되는 듯한 느낌이 들기도 한다.

강은 다양한 의미를 품고 있다. 흐르는 물로 이루어진 강은 되돌릴 수 없는 시간을 의미한다. 흐르는 강물은 바다에서 모두 만나는데, 인간의 삶은 강물처럼 각자 흐르지만 결국 죽음이라는 거대한 피안의 세계에서 만나는 것을 나타내기에 알맞다. 강을 건너는 행위에도 의미가 있다. 강은 서로 다른 두 세계의 경계이며, 도강渡江은 이쪽 세계에서 저쪽 세계로 건너가는 것이다. 동서양의 신화에서 이승과 저승은 강을 통해 갈라져 있으며 대개 뱃사공이 강을 건네준다. 제대로 장례를 치르지 못한 사람은 뱃사공에게 줄 노잣돈이 없기 때문에 세상이 끝날 때까지 강기슭에서 헤매야 한다.

헨젤과 그레텔이 과자로 지은 집에 갈 때에는 강을 건넌 적이 없다. 그러니 집으로 돌아가는 길에 나오는 강은 실제로 존재하는 강이 아니라 상징적인 의미를 지닌 장치로 받아들여야 한다. 이 이야기 속의 강은 두 세계를 가르는 경계이며 강을 지키는 뱃사공은 동화에 어울리도록 하얀 오리[7]로 바뀌었다. 과자로 지은 집은 배고픔에 지쳐 정신을 잃은 아이들이 잠깐 비몽 간에 다녀온 저승인 셈이다. 저승에서 이승으로 돌아오는 길목에는 강이 가로놓여 있으며, 이제까지 꼭 붙어 다니던 헨젤과 그레텔은 처음으로 떨어진다. 강을 건너는 행위는 성장과 변화를 의미하며, 그것은 누구에게도 의지하지 않고 홀로 해내야 하는 통과 의례이기 때문이다.

〈장화 신은 고양이〉, 신분 상승의 욕망

〈장화 신은 고양이〉는 페로의 《엄마 거위 이야기》에 실린 동화이다. 이 동화는 최근 들어 점점 인기가 높아지고 있다. 이 동화를 모티프로 삼은 애니메이션 〈슈렉 2〉와 〈장화 신은 고양이〉도 성공을 거두었다. 따분한 신의성실만 읊조리는 이솝 우화 대신 날래고 똑똑한 고양이가 온갖 재주를 부리는 이야기가 훨씬 매력적인 모양이다.

〈장화 신은 고양이〉는 신나고 재미있지만 자세히 들여다보면 어른 뺨치는 속임수와 아첨이 난무한다. 즐겁게 읽다가도 "이런 걸 아이들에게 읽혀도 될까?" 싶은 의문이 생길 수도 있다. 정말 이런 이야기를 아이들에게 들려주어도 괜찮은 걸까.

> 옛날에 한 방앗간 주인이 살았다. 방앗간 주인에게는 세 아들이 있었다. 주인은 죽으면서 아들들에게 재산을 나누어 주었다. 첫째 아들에게는 방앗간을, 둘째 아들에게는 당나귀를 주었다. 그러나 셋째 아들에게는 고양이가 전부였다. 셋째 아들은 고양이를 보면서 낙심했다.
>
> "내게 남겨진 재산이 고양이 한 마리뿐이라니! 널 죽여서 잡아먹은 다음 가죽을 벗겨 장갑을 만들고 나면 굶어죽을 도리밖에 없겠구나."

이 말을 들은 고양이가 말했다.

"주인님, 저를 죽이지 마세요. 제가 부자로 만들어 드릴게요. 저에게 장화 한 켤레와 자루 하나만 주세요."

셋째 아들은 속는 셈 치고 고양이에게 장화와 자루를 마련해 주었다.

고양이는 숲으로 가서 꿩과 토끼를 사냥하여 자루에 담았다. 그리고 장화를 신고 왕궁으로 갔다. 왕궁 앞으로 가자 사람들이 웃으며 고양이를 가리켰다.

"어머나, 고양이가 장화를 신고 있네!"

고양이는 상관하지 않고 왕궁을 지키는 문지기에게 말했다.

"나는 카라바 후작의 신하일세. 전하에게 드릴 선물을 가져왔다고 전하게."

문지기는 고양이를 들여보내 주었다. 왕이 장화 신은 고양이를 보면 신기하게 여길 것이라고 생각했기 때문이었다. 왕을 만난 고양이는 카라바 후작이 왕에게 충성을 바치는 증거로 선물을 가져왔다고 말했다. 왕은 장화 신은 고양이를 신기하게 여기고 선물을 받았다. 고양이는 그 후로도 매일같이 숲에서 열심히 사냥을 해서 카라바 후작의 선물이라고 말하며 왕에게 갖다 바쳤다.

왕궁을 드나들던 고양이는 왕과 공주가 바깥에 행차할 계획이 있다는 것을 알게 되었다. 고양이는 셋째 아들에게 왕이 지나갈 때 강에서 목욕을 하고 있으라고 시켰다. 셋째 아들이 목욕하는 동안 고양이는 왕의 행차에 대고 소리 질렀다.

"전하! 전하! 제 주인 카라바 후작이 물에 빠졌습니다! 구해 주소서!"

깜짝 놀란 왕은 신하들을 시켜 강에 들어가 있던 셋째 아들을 건져 왔다. 셋째 아들은 고양이가 미리 일러준 대로 도둑들에게 옷을 빼앗기고 강에 던져졌다고 말했다. 이를 불쌍히 여긴 왕은 셋째 아들에게 귀족이 입는 옷과 신발을 내리고 마차에 태워 주었다.

고양이는 왕이 근처에 사는 거인의 땅에 행차한다는 사실을 알아내고 그 땅에서 일하는 농부들을 협박했다.

"왕에게 이 땅이 모조리 카라바 후작님의 것이라고 말하지 않으면 눈알을 모조리 할퀴어 버릴 테다!"

겁먹은 농부들은 행차하는 왕에게 고양이가 협박한 대로 고했다. 흡족해진 왕은 셋째 아들을 더욱 마음에 들어 했다.

장화 신은 고양이는 거인의 성으로 갔다. 거인을 만난 고양이는 아첨부터 늘어놓았다.

"나리는 원한다면 동물의 모습으로 둔갑하실 수 있다던데, 과연 정말인가요?"

"물론이지."

거인은 뻐기면서 대답했다.

"소인은 무식해서 잘 모르니 한 번 보여주시면 안 될까요?"

이 말을 들은 거인은 코끼리, 사자, 곰 등 거대한 동물로 변신했다. 고양이는 벌벌 떨면서 소리쳤다.

"역시 나리는 소문대로군요! 대단하십니다!"

고양이의 아첨에 거인은 더욱 만족했다. 자만하는 거인을 본 고양이는 재빨리 덧붙였다.

"그런데 나리, 나리께서는 생쥐 같은 조그마한 동물로는 변하실 수 있으신가요? 아마 그런 건 나리도 못 하시리라 생각합니다만…"

고양이의 말에 화가 난 거인은 생쥐로 둔갑했다. 거인이 생쥐로 둔갑하자마자 고양이는 재빠르게 생쥐를 잡아 먹어 치워 버렸다. 그리고 성문을 열고 셋째 아들을 맞이했다. 셋째 아들은 왕의 공주와 결혼하여 거인의 것이었던 성에서 살게 되었다. 고양이는 장화를 벗어던지고 빈둥빈둥 놀다가 심심해서 죽을 지경이 아니라면 사냥에 나서지 않았다.

얼마 전까지만 해도 〈장화 신은 고양이〉는 페로가 최초로 기록한 이야기라는 것이 정설이었다. 하지만 이탈리아 민담 연구가 발전하면서 16~17세기에 살았던 시인 잠바티스타 바실리 Giambattista Basile, 1566~1632의 《펜타메로네Il Pentamerone》에도 비슷한 이야기가 실려 있다는 사실이 밝혀졌다. 《펜타메로네》에 실린 고양이 이야기의 제목은 〈카글리우오소Cagliuoso〉이다. 이 이야기에서 고양이는 암컷이며 기지를 부려 주인 카글리우오소를 왕으로 만들어준다. 하지만 농부는 출세하자마자 고양이를 내쫓는다.

페로의 〈장화 신은 고양이〉에서 고양이는 능력 있는 남성이자, 파리에 사는 기회주의적 상층 부르주아 계급으로 그려진다. 자이프스는 이 동화의 주제를 '옷이 사람을 만든다'는 것이라고 지적한다.[8] 고양이의 목적은 가난한 방앗간 집 셋째 아들을 귀족으로 만들어 자신도 신분 상승을 하는 것이다. 그러기 위해 제일 먼저 필요한 것은 옷, 즉 장화이다. 장화를 신지 않은 고양이는 아무것도 걸치지 못한 밑바닥 빈민에 불과하다. 하지만 장화를 신는 순간 관심을 끄는 신기한 존재가 된다. 장화 신은 고양이는 왕에게 선물을 바치고 거인에게 아첨을 늘어놓는다. 선물 공세와 아첨은 신분 상승을 위해 꼭 필요한 수단이다.

당시 프랑스 귀족 계급은 부르주아라고 불렸던 제3신분 출신의 인재들을 활발히 받아들였으며 페로도 그 중 하나였다. 당시 귀족 계급은 비슷한 옷을 입고 같은 책을 읽으며 동일한 사교 방식과 관습을 공유했다. 예의 바른 태도와 훌륭한 연설 솜씨, 능란한 대화 실력도 중요했다. 이러한 고상한 태도를 갖추지 않으면 실력이 있어도 귀족 계급으로 인정받을 수 없었다. 〈장화 신은 고양이〉에서 고양이가 장화(격식에 맞는 의관)를 신고 아첨(적절한 대화)을 하는 것은 바로 이러한 귀족적인 태도의 은유인 것이다.

전래 동화의 원류는 민담이다. 자이프스는 민담의 중심 테마를 가리켜 "권력은 곧 정의"라고 말한다.[9] 민담의 환상적인 세계 속에서는 누구나 왕자와 공주가 될 수 있다. 이러한 환상에는 권력층이 장악한 힘을 선망하는 민중의 욕망이 반영되어 있다. 권력을 잡아 귀족이 되면 불의를 퇴치하고 재산과 여자를 차지할 수 있다. 그러므로 민담에서 현재 권력 구도를 적극적으로 파괴하려는 시도는 거의 찾아보기 힘들다. 전근대 사회에서 민중을 억압하는 봉건 질서를 흩뜨리는 것은 합리성에 바탕을 둔 저항이 아니라 마법과 기적이라 믿어졌기 때문이다.

따라서 저항에 관심이 없는 〈장화 신은 고양이〉는 세속적인 방식으로 권력에 다가간다. 마법을 쓰거나 기적을 일으키는 대신 고양이가 하는 일은 왕과 거인을 속여먹고 순박한 농부들을 협박하는 것이다. 가난한 셋째 아들이 고양이가 저지르고 다니는 온갖 민폐를 아는지는 모르지만, 아무튼 덕을 보는 건 확실하다. 전래 동화 중에서 이렇게 세속적인 목적을 위해서 수단을 가리지 않고 거침없이 달려가는 이야기가 또 있을까?

〈장화 신은 고양이〉는 권력을 바라고 또 그것을 위해 수단을 가리지 않는 민중의 욕망이 드러나 있다. 하지만 그것이 전부는 아니다. 이 동화에 등장하는 권력층은 하나같이 어리석게 그려진다. 왕과 공주는 번드레한 카라바 후작이 실은 방앗간 집 셋째 아들이라는 사실을 꿰뚫어보지 못한다. 거인은 고양이의 아첨에 넘어가 잡아 먹힌다. 떠르르한 왕족과 권력자들이 모두 하찮은 고양이가 부리는 술수에 놀아나는 것이다.

이쯤 되면 이 장화 신은 고양이는 진짜 고양이가 아니라 출신은 비천하지만 재빠르게 머리가 돌아가고 권력층의 허위의식을 잘 알고 있는 사람이라고 보아야겠다.[10] 권력자는 겉으로 지혜롭고 자비로운 척 하지만 선물 공세와 달콤한 말에 약하고 겉치레에 속아 넘어가는 멍청이들이다. 어리석고 권력에 약하다는 면에서 평범한 민중과 다를 바 없다. 그렇다면 그들이 권력을 차지하고 있을 이유는 무엇인가? 그들보다 머리도 좋고 행운이 따른다면 권력을 빼앗아 내 것으로 만들지 못할 이유가 무엇인가?

거인 같은 세상과 고양이 같은 아이들

〈장화 신은 고양이〉가 인기를 끄는 이유는 어른들도 공감할 만한 주제를 갖고 있기 때문이다. 과도한 경쟁을 강요하는 현대 사회에서 신분 상승에 대한 욕망과 지략은 바람직한 미덕으로 여겨진다. 겁도 없이 권력자를 속이고 궁지에 몰아넣는 이 고양이를 현대 사회에 던져놓는다면 신이 나서 무인지경 가듯 헤쳐 나갈 것이다. 태어날 때 사람이든 고양이든 뭐든 어떠랴, 배짱과 실력만으로 출세할 수 있다면 무엇이 두렵겠는가. 도덕이나 관습 따위는 성가신 방해물쯤으로 생각하는 고양이는 아이들이 아니라 어른들의 영웅에 가깝다.

그렇다면 아이들에게 이 동화는 과연 적합한 것일까? 베텔하임은 성장하는 아이들이 당면하는 심리적 문제 중 하나로 자신감 부족을 지적한다. 세상은 넓고 그 세상에 사는 거인 같은 어른들에 비해 아이들은 항상 자신이 보잘 것 없다고 느낀다. 이 시기의 아이들은 한창 힘든 과정을 거치는 중이다. 기본 예절을 익히고 정해진 학습을 받아야 하며 부모에게 무작정 매달리는 버릇도 고쳐야 한다. 이 때 아이들은 일상의 대부분을 부모로부터 야단맞는 시간으로 채운다. 매사에 부족하다고 꾸지람만 듣는 아이들 입장을 생각해 보자. 어떻게 하면 세상에 나가 잘 할 수 있으리라는 자신감을 얻을 수 있을까?

아무리 타고난 머리가 좋더라도 아이는 부모와 손위 동기에 비해서 늘 뒤처져 있다. 나이가 어리고 세상 경험도 부족하니 당연한 일이다. 그렇기에 아이 눈에 자신이 알고 있는 모든 사람들은 모두 자기보다 똑똑하고 유능해 보인다. 이 똑똑하고 잘난 사람들에 비해 자신은 바보이고 얼간이이며, 늘 구박만 받는 신데렐라처럼 느껴지는 것이다.

그렇기에 아이들이 사랑하는 전래 동화는 얼간이를 주인공으로 삼는다. 동화 속 주인공은 하나같이 보잘 것 없는 인생들이지만 결말에 가서는 멋진 성공을 거둔다. 전래 동화는 아이에게 지금 별 볼 일 없더라도 언젠가 행복한 인생을 살게 되리라는 희망을 심어 준다. 이러한 희망은 매우 중요하다. 왜냐하면 인생이 행복해지리라는 희망이 없다면 착하게 살아야 한다는 도덕적 가르침은 거의 효과를 발휘하지 못하기 때문이다. 불행한 삶을 살아가는 사람에게 필요한 것은 도덕적 가르침이 아니라 행복에 대한 희망이다.

사람은 누구나 행복해지길 바라며 아이들도 예외가 아니다. 몸도 마음도 한창 성장하는 아이들이 행복에 대한 희망을 빼앗긴다면 현재 살고 있는 현실에 충실하기란 어려운 법이다. 베텔하임은 이에 대해 정신과 의사다운 인상적인 표현을 남겼다. "인간은 내면에 확신이 없으면, 즉 긍정적인 결과에 대한 믿음이 없으면, 아무리 현실 속에 기회가 많아도 심리적 투쟁에 뛰어들지 못한다."[11] 거친 현실 속에 뛰어들어 기회를 잡으려면 합리적 비판과 지성적 판단만으로 부족하다. 미래를 완전히 예측하기란 인간의 힘으로 불가능하기 때문이다. 그렇기에 어느 순간 예측 불가능한 상황 속으로 과감히 뛰어드는 용기가 필요하다. 이 용기는 긍정적인 결과에 대한 믿음이다. 어른들이 보기에 터무니없이 낙관적인 전래 동화의 결말은 긍정적인 믿음을 확고하게 전달해 주는 장치인 것이다.

3이라는 숫자

〈장화 신은 고양이〉의 주인공은 셋째 아들이다. 전래 동화에서 세 번째 아이는 주인공으로 자주 등장한다. 전래 동화에서 3이라는 숫자는 중요한 의미를 지닌다. 2는 두 사람, 즉 부모이며 3은 부모 사이에서 나온 아이를 상징하기 때문이다. 즉 삼형제, 세 자매, 세 명의 왕자 혹은 공주들은 부모와 아이의 관계를 의미한다. 두 형이나 두 언니는 형제이자 부모이며, 어린 주인공보다 나이 많고 유능한 존재를 상징한다. 그러나 어린 주인공은 이야기 끝에서 형들을 넘어서는 성과를 올린다.[12]

어른인 부모는 아이보다 덩치도 크고 힘도 머리도 훨씬 뛰어나다. 그에 비해 아이는 덩치도 작고 힘도 머리도 모자란다. 부모가 젊음을 유지하는 동안 체력과 지성, 끈기와 판단력, 풍부한 경험 등 아이보다 모든 면에서 앞선다. 아이는 이러한 부모를 보면서 자신도 언젠가는 부모처럼 크고 훌륭해지는 것은 물론 능가하리라는 희망을 품는다.

동화에서 세 번째 아이, 혹은 막내 아이가 승리를 거두는 것은 아이가 언젠가 부모를 넘어서는 것을 의미한다. 그러나 아이가 품고 있는 부모에 대한 사랑은 상상 외로 크다. 그래서 자신을 사랑해주는 부모보다 훌륭해지는 것은 아이로서 납득하기 어려운 일이다. 말하자면 아이는 부모를 넘어서려는 자신의 욕망을 인정하기 어려워한다. 감히 나를 낳아준 부모를 밟고 넘어서려고 하다니!

사실 부모야말로 자식이 자신보다 훌륭해지기를 간절히 바라고 있다. 하지만 아직 어린 아이는 부모의 바람을 눈치 채지 못한다. 더구나 이 시기는 부모와 아이가 늘 티격태격하는 기간이다. 이 시기 아이는 매일같이 야단을 맞으면서 부모가 자신을 미워한다는 느낌과 그럴 리가 없다는 믿음 사이에서 오간다. 그러한 상황에서 아이는 거인 같아 보이는 부모가 실은 내 자식이 어서 자라 나보다 훌륭해지기를 기대한다는 사실을 생각하지 못한다.

아이의 이러한 입장을 이해하면 전래 동화 속 삼형제의 의미가 환하게 드러난다. 주인공을 구박하는 두 형제는 대개 부모를 상징한다. 처음에는 무능하고 게으른 얼간이로 놀림 받던 주인공은 마법의 도움을 받아 형제들보다 높은 지위에 오르게 된다. 이러한 결말은 동화를 읽는 아이들도 성장하면 점차 훌륭해져서 부모를 능가할 수 있게 된다는 암시이다.

인생이라는 모험 앞에 선 아이들

과자로 만든 집이라는 환상적 장치 덕분인지 〈헨젤과 그레텔〉은 아직 아동 문학 경전의 위치를 굳건히 유지하고 있다. 〈장화 신은 고양이〉는 여전히 아이들에게도 인기가 있지만 점점 성인 팬들도 늘어나고 있다. 정글 같은 현대 사회에서는 아이도 어른도 배겨나기 힘들다. 혹독한 경쟁 사회를 혼자만의 기지로 신나게 헤쳐 나가는 고양이는 신자유주의 사회의 영웅이 되어가는 것 같다.

만약 〈헨젤과 그레텔〉과 〈장화 신은 고양이〉가 현대에 발표되었다면 아이들에게 읽히기 부적합한 이야기로 낙인찍힐 것이다. 아마 15세 이상 등급 정도 받지 않을까? 그럼에도 불구하고 이 이야기들은 고전 동화라는 이름으로 아이들에게 계속 읽히고 있다. 몇 백 년 동안 이 동화들은 아이들에게 사랑받았다. 아이들이 〈헨젤과 그레텔〉을 읽고 동생을 숲 속에 갖다 버리거나 할머니를 화덕에 밀어 넣는 따위의 짓을 벌였다는 이야기는 들어 본 적이 없다. 이러한 사실은 아이들이 전래 동화를 자신의 내면을 은유하는 이야기로 받아들이고 있다는 반증이다. 전래 동화는 오랜 세월에 걸쳐 닦여진 은유로 쓰였다. 동화 속의 은유는 대개 인생 전체를 아우르는 진실이다.

어른들은 이미 인생을 어느 정도 살아 보았기에 이러한 진실들을 알고 있다. 하지만 아이들에게 아름답지 못한 진실을 보여주기가 내키지 않는다. 아이들은 커가면서 어른들이 입에 올리기 싫어하는 주제가 있다는 사실을 알게 된다. 그러나 아이들은 얼마 못 가서 어른들이 거론하기 싫어하는 이야기는 대개 책이나 영화 등 이야기물에서 자주 나온다는 사실을 알게 된다. 죽음, 섹스, 범죄, 살인 등등.

전래 동화는 사회 통념상 어른들이 아이들에게 드러내놓고 가르쳐주기 어렵거나 오해받기 쉬운 진실을 가르쳐준다. 〈장화 신은 고양이〉를 읽는 아이들은 불의와 협박이 횡행하는 현실을 알게 되지만, 동시에 이러한 속임수를 부리는 존재가 인간이 아니라 고양이이므로 함부로 모방하지 않는다. 아이들이 아무리 어릴지언정 자신을 사람이 아닌 고양이라고 생각하지는 않기 때문이다.

대개 〈장화 신은 고양이〉를 읽고 난 아이들은 재미있고 신나는 모험을 즐겼으며, 한편 이러한 불의에 자신도 속아 넘어가서는 안 되겠다는 생각을 하게 마련이다. 또한 왕과 거인 등 권력자들도 약점을 갖고 있기에 겁낼 필요가 없다는 것도 자연스레 깨닫는다. 이렇듯 아이들은 현실과 가상의 세계를 부지런히

오가며 세상의 진실을 배워나간다. 전래 동화는 이러한 아이들
의 입장을 정확히 이해하고 반영하며 형성되었기에 몇백 년에
걸쳐 사랑받아 온 것이다.

이야기 속 이야기

1 마빈 해리스, 《문화의 수수께끼》, 박종렬, 한길사, 1994, 82쪽.

2 2012년 사망원인통계 및 2013년 사망원인통계(통계청), 참고로 베트남 전쟁 기간 중 사망한 한국 군인은 5천여 명에 못 미친다. 한국 전투부대의 본격적인 파병 기간은 대략 8년 정도 된다. 두산백과 '베트남 전쟁' 항목.

3 자이프스가 현대의 새로운 명작 동화로 꼽은 애니메이션 〈센과 치히로의 행방불명〉은 엄마 아빠가 돼지로 변한 나머지 혼자 남게 된 치히로의 모험을 다루고 있다. 내가 이 영화를 극장에서 보고 있을 때 엄마 아빠를 잃은 치히로가 허겁지겁 도망치는 장면에서 옆자리의 아이가 공포를 호소하며 울음을 터뜨리기도 했다. 아이에게 혼자 남는다는 것이 얼마나 무서운 일인지 잘 알 수 있었다.

4 〈엄지 동자〉와 〈헨젤과 그레텔〉을 합치면 기근이 들어 집집마다 아이들을 내버리고 숲 속을 헤매는 아이들을 유인해 잡아먹는 이야기가 된다. 나무꾼과 아내가 아이들을 버린 뒤 고기를 사다 먹었다는 것에서도 돈을 받고 아이들을 팔았다는 해석이 가능하다. 사실 괴물과 마녀는 아이를 버린 나무꾼과 아내인 것이다.

5 이 동화에서 새는 두 번에 걸쳐 중요한 역할을 한다. 빵을 쪼아 먹어 집으로 가는 길을 없애는 것과, 과자로 만든 집으로 안내하는 것이다. 여기서 새는 몸집이 작고 소리 높여 노래를 부르며 빵과 과자를 쫓아다닌다는 면에서 당장 욕구를 참지 못해 안달하는 아이들을 상징한다. 만약 새가 빵조각을 쪼아 먹지 않았다면 길을 잃지 않았을 것이며, 과자로 만든 집에 가지 않았다면 마녀에게 생명의 위협을 당하지도 않았을 것이다. 모험을 하고 난 헨젤과 그레텔은 하얀 오리를 타고 강을 건넌다. 오리는 같은 새 종류이지만 물에서도 살며 아이들을 등에 태워 강을 건네 줄 만큼 크고 힘이 세다. 오리에 의해 강이라는 경계를 건넌 두 아이는 이제 제멋대로 날아다니며 먹을 것만 찾는 조그만 새가 아니라 의젓한 어른이 되어 돌아온다.

6 이는 헨젤과 그레텔이 어른이 되기 위한 '통과의례(rites of passage)'를 거쳤음을 의미한다. 통과의례란 시간이나 공간의 구분이 필요하거나, 또는 사람이나 집단의 지위와 자격 등이 변화하는 경우에 그 경계를 명확히 해주기 위한 의례를 말한다. 12월 31일과 1월 1일의 경계에 제야의 종을 치거나, 마을 경계에 서낭당이나 장승을 세워두고 오며가며 기도를 하거나, 혹은 아이가 성인의 자격을 얻기 위해 성인식을 치르는 것 등등이 모두 통과의례이다. 사람이 통과의례를 하기 위해서는 먼저 자신이 속한 무리에서 떨어져 나와 고생을 하고, 다시 자신의 무리 속으로 돌아가는 분리 - 이행 - 통합의 과정을 거치는데, 〈헨젤과 그레텔〉은 바로 그러한 통과

의례의 과정을 잘 보여준다. 마찬가지로 곰이 무리에서 떨어져 동굴 속으로 들어간 다음 쑥과 마늘만 먹으며 고생을 한 후 여자로 다시 태어나 환웅과 결합하는 단군 신화도 통과의례의 과정이 반영되어 있다. 남자가 군대를 다녀오면 다 큰 어른 대접을 받기 시작하는데, 이 역시 분리 – 이행 – 통합이라는 통과의례의 구조로 해석할 수 있다.

7 하얀 오리에는 두 가지 의미가 있다. 첫째, 오리는 저승이 아닌 이승으로 아이들을 데려다 준다. 둘째, 오리는 한결 성장한 아이들을 의미한다. 오리는 흐르는 물 위에서 사는데, 흐르는 강물은 인생과 시간의 흐름을 상징한다. 죽음을 헤치고 나온 아이들은 자신의 인생이 멈추어 있지 않고 흐르고 있으며 성장은 피할 수 없는 과업이라는 사실을 알게 된다.

8 잭 자이프스, 《동화의 정체》, 김정아, 문학동네, 2008, 58쪽.

9 위의 책, 23쪽.

10 동화에 등장하는 동물은 다양한 종류의 사람들을 은유한다. 동물로 은유되는 사람은 거지와 유민, 광대 등 대개 탐욕에 눈이 멀거나 농민 이하로 사회적 지위가 보잘것 없는 비천한 신분의 천대받는 계층이다. 장애인, 특히 '난쟁이'도 동화에서 부정적으로 그려진다. 그러므로 〈룸펠슈틸츠헨(Rumpelstilzchen)〉 등 아이들에게 장애인이 부정적인 모습으로 그려지는 동화를 읽힐 때에는 편견을 가지지 않도록 지도가 필요하다.

11 브루노 베텔하임, 《옛이야기의 매력》, 김옥순, 주옥, 시공주니어, 1998, 67쪽.

12 〈아기 돼지 삼형제〉는 삼형제 이야기의 전형적인 구도를 갖추고 있다. 통상 가장 어리고 약한 막내 돼지가 두 형보다 더 나은 성과를 얻는다. 두 형제는 전래 동화를 읽는 아이를 늘상 야단치는 부모를 상징한다. 그러므로 〈아기 돼지 삼형제〉는 아이가 자신보다 훌륭해지기를 바라는 부모의 소망이 반영된 이야기로도 볼 수 있다.

여섯 번째 이야기,

내 짝꿍은 어디에

개구리 왕자   하얀이와 붉은이   푸른 수염

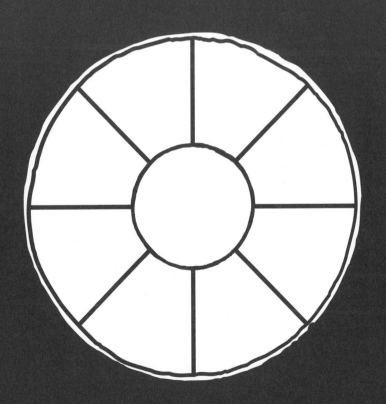

동화 속 결혼 이야기

아이들은 의외로 결혼에 관심이 많다. 결혼 당사자들은 상견례와 신혼집, 혼수 마련에 골머리를 앓다가 식장에 들어설 때에는 이미 혼수상태(?)에 이르지만, 결혼식장에 온 아이들은 마냥 신기하고 즐겁다. 평소에 구경하기 힘든 화려한 드레스와 턱시도를 차려입은 신랑 신부, 화려한 조명과 음악, 향기로운 꽃으로 장식된 식장은 동화 속 왕국을 빼닮았다. 요즘 부모들은 예식장에 갈 때 아이들을 신랑신부처럼 차려 입힌다. 어른들이 말하지 않아도 아이들은 자신도 언젠가 짝을 만나 결혼식을 올리고 평생 사랑하며 살아가리라는 희망을 품는다. 그러나 현실 속의 결혼은 상상만큼 쉽지 않다.

요새는 결혼을 반드시 해야만 한다고 생각하는 사람이 많지 않다. 이런저런 사정으로 인해, 혹은 스스로 결단을 내리고 홀로 아이를 낳아 키우는 사람들도 적지 않다. 사회가 바뀌면 가치도 따라서 변화한다. 이제까지 당연하다고 생각되었던 것들이 검토 대상이 되기 마련이다. 누구나 이성과 결혼하고 자식을 낳아야 한다는 생각은 구시대의 관념이 되었다.

많은 사람들이 인생의 행복이란 치열한 경쟁에서 살아남아 성공을 거두고 돈을 많이 버는 것만은 아니라고 말한다. 사회생활은 성공했지만 행복을 찾지 못하고 내면이 공허한 사람들도 많다. 사랑하고 사랑받는 것만큼 큰 행복도 드물다. 성공에 대한 욕망도 뒤집으면 사랑받고자 하는 욕망의 변형이다. 따지고 보면 가족과 결혼이란 사랑받고자 하는 욕구를 제도적으로 어느 정도 보장해 주는 기능을 실현한다고 볼 수 있다.

결혼은 사랑하는 사람들의 결합이지만 동시에 사회 제도이기도 하다. 결혼이 지닌 정치적·사회적 의미는 작지 않다. 비슷한 계층끼리 결혼하려는 관성은 매우 강력하며, 그렇지 않은 결혼은 주변의 지지를 받기가 쉽지 않다.[1] 현실적인 사람들은 결혼을 통해 서로가 가진 자원을 공유하고 약점을 보완하기도 한다.

　경제가 어려워질수록 사람들은 안정된 상대를 만나 결혼하고 싶어 한다. 그러나 결혼이 지닌 궁극적인 목적은 서로 보살피며 살아가기 위한 것이다. 사랑하는 사람에게 서로 헌신하며 살아가는 삶은 큰 행복을 가져다준다. 경제적인 측면뿐만 아니라 정서적인 안정도 인생에서 매우 중요하기 때문이다. 이러한 사실은 아이들이 제일 잘 안다. 아이들은 언제나 부모의 사랑과 관심을 필요로 하기 때문이다.

　겉보기에 아이들은 부모의 보호를 받으면서 마음 놓고 살아가는 듯하지만 사실 걱정이 많다. 어른이 되어 사회에 나가면 잘 할 수 있을까? 사람들이 나를 싫어하지 않을까? 좀 더 날씬하거나 예쁘고 잘생겨야 되지 않을까? 그래야 좋은 사람을 만날 수 있지 않을까? 이러한 고민은 꽤 오랫동안 지속된다. 전래 동화는 이러한 아이들의 고민을 잘 알고 있다.

동물 신랑 사람 만들기

　동화에는 동물로 변신하는 이야기가 많다. 그중 동물이 된 왕자가 착한 아가씨를 만나 사람으로 되돌아오는 이야기는 우리에게 매우 친숙하다. 베텔하임에 따르면 이러한 동물 신랑 이야기는 크게 세 가지 특징을 갖고 있다. 첫째, 신랑이 동물로 변한 연유나 과정은 딱히 언급되지 않는다. 둘째, 신랑을 동물로 바꾼 요정이나 마녀는 벌을 받지 않는다. 셋째, 여주인공의 아버지가 둘을 맺어 준다. 이러한 동물 신랑 동화의 예로 〈개구리 왕자〉,[2] 〈당나귀 왕자〉, 〈황금새〉 등이 있다. 〈당나귀 왕자〉에서 당나귀로 변한 왕자를 구하기 위해 공주의 아버지가 당나귀 가죽을 불태워 버린다. 〈황금새〉의 막내 왕자는 황금새와 공주를 구하고, 자신과 공주를 맺어주고 여우가 된 공주의 오빠까지 사람의 모습으로 되돌려 놓는다.

동물 신랑 이야기는 전래 동화뿐만 아니라 여러 신화와 전설에 폭넓게 등장한다. 그리스 신화에서 제우스는 대단한 바람둥이로 설정되어 있다. 다른 여자를 만날 때마다 제우스는 본 모습을 감추고 여러 가지 동물로 변신한다. 이때 제우스가 변신하는 동물은 신의 속성을 상징한다. 인간의 모습으로 나타낼 수 없는 신의 속성을 동물을 통해 표현하는 것이다.[3]

그러나 기독교가 유럽을 지배하면서 신화에서 동물 변신 모티프는 이단 취급을 받게 되었다. 성경에는 신이 자신의 모습을 따서 인간을 창조했다고 쓰여 있다. 인간이 신을 닮은 자기 모습을 상실하고 동물로 변하는 것은 곧 저주의 결과였다. 저주를 받아 동물로 변한 인간은 구원을 통해서만 신을 닮은 본래 모습을 되찾을 수 있었다. 동물이 된 왕자는 잃어버린 영혼을 찾아 황야를 헤매는 불쌍한 존재이다. 따뜻한 마음씨와 용기를 지닌 상대를 만나면 비로소 인간의 모습으로 돌아오게 된다. 우리가 잘 알고 있는 〈미녀와 야수〉 이야기가 대표적이다.

여기까지는 누구나 아는 이야기다. 하지만 동물 신랑 이야기에는 의문점이 많다. 왜 마법을 건 요정은 벌을 받지 않을까? 알고 보면 동물이 될 정도로 큰 잘못을 저지른 것도 아닌데 저주를 받는 이유는 과연 무엇일까? 동물 신랑 이야기에 숨어 있는 여러 가지 속뜻을 〈개구리 왕자〉를 통해 풀어 보도록 하겠다.

침대에 올라온 개구리

소원을 빌면 척척 이루어지던 아주 먼 옛날 공주를 여럿 둔 왕이 살았다. 그중 막내 공주는 해님도 깜짝 놀랄 정도로 아주 예뻤다. 어느 날 막내 공주는 아끼던 황금공을 갖고 놀다가 깊은 샘 속에 빠뜨리고 말았다. 황금공을 잃어버린 공주는 울음을 터뜨렸다. 그때 목소리가 들렸다.

"공주님, 왜 우세요?"

늙은 개구리가 옆에서 공주를 지켜보고 있었다. 공주는 개구리가 황금공을 건져 준다면 무엇이든 주겠다고 말했다. 그러자 개구리는 자기를 공주의 친구 겸 놀이 동무로 삼아 식탁에 나란히 앉게 하고 접시에 담긴 음식과 컵에 든 물도 나누어 먹고 같은 침대에서 잘 수 있게 약속해 달라고 말했다. 공주는 공을 되찾을 마음에 얼른 약속했다. 하지만 개구리가 황금공을 되찾아오자 공주는 얼른 공을 들고 도망쳐 버렸다.

다음 날 개구리는 궁전으로 공주를 찾아왔다. 자초지종을

들은 왕은 약속을 지키라고 명령했다. 공주는 싫은 마음을 꾹 참고 개구리와 같이 식사를 했다. 식사를 하고 난 개구리는 공주의 방에 들어가게 해달라고 졸라댔다. 공주가 울기 시작하자 왕은 호통을 쳤다.

"어려울 때 도와줬는데 이제 와 무시하면 안 된다."

공주는 내키지 않았지만 손가락으로 개구리를 집어 들고 방에 들어갔다. 공주가 침대에 눕자 개구리가 어기적어기적 기어왔다.

"저도 공주님과 같이 눕고 싶어요. 들어 올려 주세요. 안 그러면 임금님께 이르겠어요."

머리끝까지 화가 난 공주는 개구리를 집어 들어 벽에 힘껏 내동댕이쳤다. 그러자 개구리는 멋진 왕자로 변했다. 왕자는 임금님의 뜻에 따라 공주와 결혼했다. 왕자는 공주를 자기 나라로 데리고 가기로 했다.

왕자와 공주가 마차에 타자 시종 하인리히가 말을 몰았다. 하인리히는 쇠로 된 끈 세 개를 가슴에 동여매고 있었다. 왕자가 개구리가 되자 마음이 너무 아파서 심장이 터져 버릴 것 같았기 때문이었다. 마차가 출발하자 무언가 우지끈하고 부서지는 소리가 들렸다. 왕자는 깜짝 놀라 소리쳤다.

하인리히, 마차가 부서지는 것 같아.

아니에요, 주인님. 너무 기뻐서 제 가슴을 묶은 쇠끈이 끊어진 거예요.

다시 한 번, 또 한 번 우지끈 소리가 났다. 그때마다 왕자는 마차가 부서질까봐 걱정했지만 하인리히의 가슴에 묶인 끈이 끊어지는 소리였다.

〈개구리 왕자〉는 그림 동화 중 가장 인기 있는 이야기 중 하나이다. 제1판부터 제3판까지 모두 수록되었고 새 판이 나올 때마다 환상적인 분위기와 화려한 묘사가 덧붙여졌다. 막내 공주는 해님도 부러워할 미모를 갖추었고 축축하고 징그러운 개구리에 대한 묘사도 손에 닿을 듯 생생해졌다.

아름답고 환상적인 동화지만 개구리와 공주의 사이는 험악하기 그지없다. 공주는 약속을 아무렇지도 않게 어기고 개구리를 난폭하게 다룬다. 개구리도 공주의 마음은 아랑곳하지 않고 뻔뻔스럽게 행동한다. 티격태격 싸우기만 하는 공주와 개구리가 부부로 맺어져야만 할 이유는 어디에도 없어 보인다. 아름다운 사랑을 다루는 전래 동화는 〈개구리 왕자〉 말고도 무수히 많은데 유독 이 작품이 인기를 끄는 이유는 무엇일까?

어린이의 성

아이들은 어른들의 몸을 궁금해 한다. 자신의 몸과 확연히 다르다는 사실을 알기 때문이다. 아이들의 몸은 부드럽고 매끈하지만 어른들의 몸은 곳곳에 털이 나 있거나 근육이 불거지고 곡선이 돋보인다. 아이들은 어른들의 몸이 자기와 확실히 차이가 난다는 사실을 알고 있다. 아이들은 틈이 나면 어른의 몸을 훔쳐보면서 자신의 몸도 언젠가 저렇게 변하리라고 생각한다.

베텔하임은 전래 동화에 나오는 개구리는 대개 성을 상징한다고 보았다. 개구리는 태어날 때 알을 깨고 올챙이가 된다. 올챙이는 물속에서 헤엄치다가 다리가 나오고 꼬리가 없어지는 변태를 한다. 탈바꿈이 끝난 개구리는 물과 육지를 자유로이 오가는 양서류가 된다. 인간도 개구리처럼 태어날 때 물속에서 물 밖으로 나오는 변화를 겪는다. 원래 엄마 뱃속에서는 올챙이처럼 물속에 살던 존재이기 때문이다. 개구리가 겪는 드라마틱한 변화는 아이에게도 일어날 것이다. 아이는 개구리로 변하는 올챙이를 보면서 자신에게 일어날 신체적 변화를 예견하게 된다.

아이에게 성은 이해할 수 없는 대상이다. 어른들은 입에 올리기 거북해하고, 아이들도 함부로 접근해서는 안 되는 화제임을 안다. 호기심을 자극하지만 뭔가 촉촉하고 징그러운 느낌을 준다. 아이들이 성에 대해 갖는 상반된 감정은 개구리라는 동물을 통해 표현된다. 팔딱팔딱 뛰어다니는 개구리는 손으로 만지면 차갑고 낯선 느낌이 든다. 아이가 성에 대해 갖는 거부감은 개구리라는 동물이 지닌 썩 유쾌하지 못한 느낌으로 상징된다.

〈개구리 왕자〉의 공주는 덮어놓고 개구리를 싫어하고, 이러한 감정은 개구리가 왕자로 바뀔 때까지 변하지 않는다. 개구리도 마찬가지이다. 개구리는 공주의 마음을 배려하는 대신 막무가내로 약속을 지키라고 밀어붙인다. 꾹꾹 참던 공주는 개구리가 침대에 올라오려고 하자 분노를 폭발시키고 만다. 침대에 같이 눕자는 제안은 육체적 관계를 암시하기 때문이다.

베텔하임은 〈개구리 왕자〉가 민담에서 동화로 변하면서 탈락된 부분을 거론하고 있다.

> 침대에서 하룻밤을 지낸 후 눈을 뜬 공주는 자기 옆에 멋진 신사가 있는 것을 보았습니다. (브루노 베텔하임, 같은 책, 460쪽.)

개구리는 아이들이 품고 있는 성에 대한 불쾌감과 신체적 미성숙을 상징한다. 하지만 일단 그 불쾌함이 사라지면 개구리는 멋진 연애 상대로 변신한다. 개구리는 공주의 접시에 담긴 음식을 먹고 컵의 물을 나누어 마시고 싶어 하는데, 이러한 행동은 아이들이 엄마의 접시에 담긴 음식을 먹으려 드는 행동과 비슷하다. 또 아이들은 공주 곁에 붙어 있으려는 개구리처럼 엄마 옆에 꼭 붙어 잠든다.

하지만 아이들이 성장하면 엄마는 아이를 슬슬 떼어놓기 시작한다. 이러한 과정은 자연스럽게 이루어질 수도 있지만 때로는 힘으로 해결해야 할 때도 있다. 엄마는 막내 공주가 개구리를 집어던지듯 아이를 침대 바깥으로 밀어낸다. 이러한 아이의 유아적인 태도는 개구리가 사라지듯 없어져야 한다. 그렇지 않으면 아이는 멋진 왕자로 변하지 못하고 개구리로 남아있게 되기 때문이다.

자이프스도 공주가 개구리를 벽에 집어던지는 행동을 성행위 거부로 해석한다. 공주는 개구리를 혐오하지만 왕의 명령에 마지못해 복종하고, 개구리를 들여놓은 후에도 같이 자자는 제안을 거부한다. 공주의 이러한 보수적인 태도는 개구리가 왕자로 변하는 것으로 보상받는다. 공주는 자기 욕망 대신 왕의 명령에 충실히 복종한 결과 개구리에서 변한 왕자를 선물로 받는다. 자이프스는 이러한 성에 대한 혐오감이야말로 섹슈얼리티와 복종, 성 역할에 대한 봉건적 민중의 태도와 부르주아 계급 규범의 결합으로 보고 있다.

베텔하임과 자이프스 둘 다 공주와 개구리가 성적인 관계를 맺고 있다는 것에는 의견이 일치한다. 성의 동물적이고 혐오스런 속성에 여주인공은 적극적으로 대응한다. 공주가 개구리에게 단호하게 굴지 않았다면 개구리는 왕자로 변하지 못했을 것이고, 둘은 맺어지지 않았을 것이다. 다른 동물 신랑 이야기도 주로 여성이 관계를 주도한다. 가부장제 사회에서 결혼 제도는 표면적으로 남성이 여성을 취하는 것처럼 보이지만, 관계의 심리적 측면은 여성이 장악하기 때문이다. 그림 형제의 〈하얀이와 붉은이〉는 여성이 관계를 주도하는 대표적인 전래 동화이다.

〈하얀이와 붉은이〉

한 과부에게 두 딸이 있었다. 한 아이는 눈처럼 하얀 장미 같다고 '하얀이'라고, 다른 아이는 붉은 장미 같다고 '붉은이'라고 불렸다. 하얀이와 붉은이는 착하고 부지런했다. 두 아이는 사이가 무척 좋아서 살림을 같이 했다.

눈이 내리던 어느 날 밤 하얀이와 붉은이의 집으로 커다란 곰이 찾아왔다. 곰은 문간에 서서 말했다.

"너무 몸이 얼어서 잠시만 녹이고 가겠소."

하얀이와 붉은이는 곰의 몸에 묻은 눈을 빗자루로 털고 난롯가에 앉혔다. 곰과 친해진 아이들은 꼬집고 툭툭 때리는 등 장난을 쳤다. 곰은 가만히 있다가도 장난이 심해지면 이렇게 소리쳤다.

살려 줘, 얘들아.
하얀아, 붉은아,
이러다간 신랑감을 때려죽이겠다.

날이 밝자 아이들은 곰을 바로 내보냈다. 집을 나가는 곰의 털가죽 사이로 살짝 황금빛이 비치는 것 같았다.⁴ 그날 이후 곰은 정해진 시간에 찾아왔다.

봄이 되자 곰이 하얀이에게 말했다.

"이제 여름 내내 못 올 거야. 숲에 가서 내 보물을 지켜야 하거든. 나쁜 난쟁이들이 보물을 노리고 있어."

얼마 후 하얀이와 붉은이는 나뭇가지를 모으러 숲에 갔다. 숲에 들어가는 길에 늙은 난쟁이가 수염 끝이 나무 틈에 끼어서 옴짝달싹 못하고 있었다. 하얀이는 주머니에서 가위를 꺼내 난쟁이의 수염을 잘라 주었다. 하지만 난쟁이는 고맙다고 인사하는 대신 수염을 잘라 버렸다고 욕을 퍼부으면서 사라져 버렸다.

그로부터 얼마 후 아이들은 물고기를 잡으러 시냇가에 갔다. 시냇가에 사는 커다란 물고기가 미끼를 물고 난쟁이를 끌고 들어가고 있었다. 난쟁이는 낚싯줄에 수염이 얽혀 물

속으로 끌려들어갈 판이었다. 아이들은 다시 가위로 수염을 잘라 난쟁이를 구해 주었다. 난쟁이는 이번에도 고맙다고 인사하는 대신 수염을 잘랐다며 고래고래 소리만 지르고 가 버렸다.

얼마 지나지 않아 어머니는 아이들을 도시로 심부름을 보냈다. 실과 바늘, 끈과 리본 등이 필요했기 때문이었다. 도시로 가는 길에 두 아이는 난쟁이를 또 만나게 되었다. 독수리가 난쟁이를 잡아채 날아가려던 참이었다. 동정심 많은 아이들은 난쟁이를 끌어내려 주었다. 난쟁이는 다시 새된 소리를 질러댔다.

"웃옷을 마구 잡아당겨서 너덜너덜해졌잖아! 이 왈가닥들!"

난쟁이는 보석 자루를 들고 동굴로 들어가 버렸다.

도시에서 집으로 돌아가는 길에 두 아이는 난쟁이를 다시 만났다. 난쟁이는 깨끗한 길바닥에 보석을 펼쳐놓고 있었다. 아이들이 멈춰서서 보석을 구경하자 난쟁이는 소리를 꽥 질렀다.

"저리 안 가? 이 도둑들아!"

그 순간 숲에서 곰이 달려 나왔다. 난쟁이는 부들부들 떨면서 무릎을 꿇고 곰에게 애원하기 시작했다. 그러나 곰이 앞발로 탁 치자 난쟁이는 쓰러져 죽고 말았다. 그 모습을 본 아이들은 무서워서 도망치려고 했다. 그러자 곰이 소리쳤다.

"하얀아, 붉은아, 무서워하지 마. 기다려. 같이 가자."

겨울 내내 집에서 재워 주었던 곰이었다. 아이들이 가까이 가자 곰은 가죽을 훌렁 벗어 던지고 황금빛 옷을 입은 왕자로 변했다. 왕자는 난쟁이에게 보물을 빼앗기고 마법에 걸려 곰으로 변했던 것이었다.

하얀이는 왕자와, 붉은이는 왕자의 동생과 결혼했다. 네 사람은 늙은 어머니와 함께 난쟁이의 보물로 행복하게 살았다. 하얀이와 붉은이가 창가에 심은 장미나무에서는 해마다 하얀 장미와 붉은 장미가 아름답게 피었다.

견고한 상징 구조

〈하얀이와 붉은이〉는 마음씨 착한 소녀와 동물이 된 왕자, 마법을 부리는 난쟁이와 신비로운 보물 등 환상적인 요소가 가득하다. 다른 동화에 비해 긴 편인 이 동화는 어머니와 사는 하얀이와 붉은이의 살림살이도 길게 묘사된다. 두 소녀는 매일 장미꽃을 꺾어 어머니에게 드리고 불을 피우고 놋쇠솥을 깨끗이 닦아 황금솥처럼 반짝반짝 윤을 낸다. 숲에서 나뭇가지를 줍고 물고기를 낚고 바느질도 한다. 두 아이가 실을 자으면 아기 양과 하얀 비둘기가 집에 머무른다.[5]

하얀이와 붉은이의 집은 마치 낙원처럼 묘사된다. 생계에 대한 걱정도 없고 세상의 슬픔이나 고통이 없는 에덴동산 같다. 낙원 같은 이 집에 아버지의 존재는 거의 느껴지지 않는다. 오래 전에 아버지와 같이 살았다는 암시도 없다. 두 자매는 마치 하늘에서 뚝 떨어진 듯 맑디맑은 존재들이다. 이렇듯 행복하게 사는 세 모녀의 집에 숲 속의 곰이 찾아오는 것으로 이야기가 시작된다.

숲은 위험과 무질서와 감춰진 가능성의 공간이다. 그에 비해 집은 따뜻하고 안전하며 늘 정리되어 있있다. 이러한 집 안의 질서는 청소와 불 피우기 등의 가사를 통해 유지된다. 추운 바깥과 따뜻한 집은 대조를 이룬다. 따뜻한 집은 오로지 여성들의 힘으로 유지되며 신성한 느낌마저 준다. 하얀이와 붉은이에게 아버지가 없다는 사실은 이러한 집 안의 질서가 온전히 여성들의 것이라는 의미이다.

숲을 떠도는 곰은 영혼을 상실한 남성을 의미한다. 영혼을 상실한 남성은 거친 황야를 떠돌며 진정한 자기 자신을 되찾아야만 한다. 하지만 혼자만의 힘으로는 불가능하다. 질서 있는 가정을 만들어 내는 여성의 힘이 반드시 필요하다. 하얀이와 붉은이가 사는 집은 이상적이자 태곳적인 여성들의 세계이다. 남성은 이러한 집 안에 받아들여지려면 일련의 과정이 필요하다.

처음에 하얀이와 붉은이는 곰을 보고 겁을 먹지만 경험 있는 어머니는 곰을 집 안에 들여 준다. 집에 들어온 곰은 '바깥에서' 묻혀 온 눈을 털어내고 난롯가 앞에 앉는다. 난롯가는 온 가족이 모이는 집 안의 중심이다. 그리고 집 안을 지켜주는 여신의 자리이기도 하다. 난롯가에 앉은 곰은 하얀이와 붉은이에게 빗자루와 회초리로 얻어맞는다. 곰은 심하게 맞을 때마다 신랑감이 맞아 죽겠다고 소리친다. 여기서 곰은 진짜 동물이 아니라 인간 남성이라는 사실이 드러난다. 하지만 집 안으로 들어온다고 해서 바로 신랑이 될 수 있는 것은 아니다. 아직 곰은 보물, 즉 영혼을 되찾지 못했기 때문이다. 그래서 날이 밝자마자 하얀이와 붉은이는 곰을 다시 숲으로 내보낸다.[6]

고대 유럽에서 곰은 신이자 왕의 상징으로 숭배를 받았다. 기독교가 전파되기 전 곰은 고대 종교의 중심이었다. 곰은 뒷발로 일어서서 앞발로 물건을 잡고 던지는 등 인간과 비슷한 면이 있다. 식성도 비슷하고 구석기 시대에는 같은 동굴에서 살았던 흔적이 여럿 있다. 고대 스칸디나비아 전사들은 곰고기를 먹고 피를 마셨으며 전쟁에 나갈 때에는 맨몸에 곰가죽만 걸쳤다. 그들은 방패를 물어뜯으며 마주치는 짐승과 사람을 모조리 학살했다. 그들은 자신이 곰으로 변했다고 믿었으며, 마치 야수가 날뛰듯 행동했다. 인간의 사회적 삶을 망각하고 극도로 야만적이고 공격적인 무아 상태에 이르렀던 것이다. 이들은 베르세르크Berserkr(광전사光戰士)라고 불렸다.

이러한 야수적인 모습에 질려버린 기독교는 유럽에서 곰이라는 상징을 말살하기 시작했다. 8세기 카롤루스 대제는 이교 숭배의 근절이라는 명목으로 곰을 거의 멸절시켰다. 왕을 상징하는 동물은 곰에서 사자로 서서히 바뀌었다. 하지만 곰은 여전히 예측할 수 없는 힘과 야만적이고 매혹적인 남성성을 지닌 동물로 살아남았다.[7]

겨울이 지나 봄이 오고 여름이 되자 곰은 난쟁이에게 도둑맞은 보물을 되찾을 준비를 한다. 사악한 난쟁이가 곰에게 보물을 빼앗고 마법을 걸었기 때문이다. 곰이 난쟁이를 없애기 위해서는 여름이 될 때까지 기다려야 한다. 생명이 스러지는 겨울이 지나야 자연이 만발하는 봄과 여름이 찾아오기 때문이다. 곰은 난쟁이와 싸워 보물을 되찾아야 한다. 그러려면 난쟁이의 힘을 약화시켜야 한다. 그러자면 자연과 적대적인 관계인 난쟁이가 약해지는(생명의 기운이 넘쳐나는) 계절을 골라야 하는 것이다.

중세 서구의 전설에서 난쟁이는 광부이자 뛰어난 금속 세공가이다. 동시에 탐욕스럽고 이기적인 존재로 그려진다. 난쟁이는 땅을 파헤쳐 금을 캐내는데, 이러한 행위는 자연을 파괴하고 황야로 만들어 버린다. 그래서 난쟁이는 자연과 적대적인 관계일 수밖에 없다. 난쟁이는 통나무와 물고기 그리고 독수리를 만나 위기에 빠진다. 여기서 통나무는 땅, 물고기는 물, 독수리는 하늘을 상징한다. 땅과 물과 하늘은 자연을 이루는 기본적인 요소이다. 자연을 파괴하여 욕심을 채우는 난쟁이가 자연물과 접할 때마다 위기에 빠지는 것이다.

하얀이와 붉은이는 위기에 빠진 난쟁이를 세 번 만나는데, 그때마다 수염을 조금씩 잘라 내거나 옷을 찢어 사악한 힘을 약화시킨다. 수염은 나이 든 남성의 권위를 상징하며, 옷은 입은 사람의 신분과 체면을 보호하는 도구이기도 하다. 하얀이와 붉은이는 난쟁이를 구할 때마다 집 안일에 쓰는 가위를 사용한다. 여성들이 쓰는 간단한 도구로 난쟁이의 사악한 힘을 조금씩 '잘라내는' 것이다.

마지막으로 하얀이와 붉은이는 실과 바늘, 끈과 리본 등을 사서 돌아오는 길에 난쟁이를 만난다. 난쟁이는 보물을 꺼내 길바닥에 펼쳐놓고 있다가 당황한다. 이때를 놓치지 않고 곰은 난쟁이를 죽인다.[8] 그리고 곰은 털가죽을 벗어 던지고 황금빛 옷을 입은 왕자의 모습을 되찾는다.[9]

〈하얀이와 붉은이〉의 상징 구조를 정리하면 다음과 같다.

하얀색 / 붉은색

두 여자아이 / 두 그루의 장미나무

추운 숲 / 따뜻한 집

아버지(남성)의 부재 / 자애로운 어머니

곰 / 난쟁이 : 인간 / 비인간

통나무 / 물고기 / 독수리 : 땅 / 물 / 하늘

이러한 상징 구조는 다른 종류의 서사물에서도 자주 사용된다. 전문적인 용어로는 이항대립binary opposition이라고 하는 것인데, 대립되는 이미지를 이해하고 평범한 소재에 오래된 상징적인 의미가 담겨 있다는 사실을 안다면 별 것 아닌 이야기도 아주 재미있게 읽을 수 있을 것이다. 〈하얀이와 붉은이〉도 이처럼 다양한 상징이 견고한 구조를 이루고 있는 훌륭한 작품이다.

그러나 단점도 있다. 〈하얀이와 붉은이〉에는 성별과 장애인에 대한 선입견이 깔려 있다. 여성은 집 안을 돌보는 것이 본분이며 반대로 남성은 가정에서 추방당해 떠도는 신세이다. 난쟁이는 덮어놓고 여성을 증오하는 자연 혐오자이다. 그림 동화 〈룸펠슈틸츠헨〉[10]에는 난쟁이에 대한 편견이 잘 나타나 있다. 이 동화에서 난쟁이는 약속을 어기고 파멸시켜도 무방한 존재로 묘사된다. 인간이 지닌 탐욕스러운 속성이 난쟁이라는 존재로 전가된 것이다. 동화 속 난쟁이는 인간의 악덕을 상징하는 장치로 사용되지만, 시간이 흘러 편견을 조장하는 장치가 된 측면이 적지 않다. 결과적으로 현실 속에서 살아가는 장애인을 차별하는 문화적 기제가 만들어진 것이다. 그러므로 유명한 고전 작품이라고 해서 무비판적으로 받아들여서는 안 된다. 언제나 현대적인 시각으로 검토해야 유익하게 읽을 수 있다.

〈푸른 수염〉과 실존 인물

어른과 아이가 같이 듣던 민담이 전래 동화로 자리 잡기까지 오랜 세월이 걸렸다. 전래 동화가 아동 문학이라는 체계를 갖추고 문학의 한 갈래로 대접받기까지도 시간이 소요되었다. 페로의 〈푸른 수염〉은 이러한 흐름에서 애매한 위치에 있다. 아내들을 죽이고 새로운 아내를 맞아들이는 잔인한 남자에 대한 이 이야기는 더 이상 어린이들에게 많이 읽혀지지 않는다. 〈푸른 수염〉은 어른들이 보기에도 잔인하고 무섭다. 그럼에도 불구하고 이 이야기가 지닌 섬뜩한 매력은 여전하다. 이 이야기가 잊혀지지 않고 꾸준히 전승되는 이유는 페로 작품집에 실리기도 했지만 결혼이 품고 있는 끔찍한 비밀을 단순명쾌하게 보여주기 때문일 것이다.

부유하지만 추악한 푸른 수염을 갖고 있어 '푸른 수염'이라고 불리는 귀족이 살고 있었다. 그는 여러 번 결혼했지만 아내들이 모두 자취를 감추어 평판이 좋지 않았다. 푸른 수염은 이웃 마을의 백작부인에게 찾아가 세 명의 딸 중 한 명과 결혼하게 해달라고 청했다. 백작부인은 내키지 않았지만 푸른 수염은 화려한 파티를 열어주면서 끈질기게 청혼했다. 푸른 수염이 막대한 재산을 지녔다는 사실을 알고 있던 막

내딸은 결국 청혼을 승낙했다.

푸른 수염은 새 아내에게 여행을 가겠다고 말하고 성 안의 모든 열쇠를 넘겨주었다. 하지만 제일 작은 방의 열쇠는 열어서는 안 된다고 경고했다. 푸른 수염이 여행을 떠나자 새 아내는 호기심을 못 이겨 제일 작은 방을 열어보았다. 그 방에는 전 아내들의 시체가 보관되어 있었고 바닥에는 피웅덩이가 만들어져 있었다. 당황한 새 아내는 열쇠를 떨어뜨리고 말았다.

열쇠에 묻은 피는 아무리 닦아도 지워지지 않았다. 여행에서 돌아온 푸른 수염은 열쇠에 묻은 피를 보고 아내를 죽이려 들었다. 아내는 성의 높은 탑으로 도망쳤고, 아내의 형제들이 찾아와 푸른 수염을 죽였다. 아내는 푸른 수염의 모든 재산을 상속받아 막대한 부자가 되었고 새 남편을 맞이했다.

〈푸른 수염〉은 실존 인물인 프랑스 귀족 질 드 레Gilles de Rais, 1404~1440가 모델이 되었다고 한다. 질 드 레는 잔 다르크의 부관으로 백년전쟁에서 무훈을 세웠다. 그러나 전쟁이 끝난 뒤 그는 수십여 명의 소년들을 고문하다 살해한 행적이 드러나 사형당한다. 〈푸른 수염〉과 실존 인물의 관계는 페로가 맨 끝에 덧붙인 충고를 통해 암시된다.

이 이야기가 과거의 동화라는 걸 누구라도 금방 알아차립니다. 아무리 불만스럽고 질투심이 많아도 부인에게 불가능한 요구를 하는 남편만큼 끔찍한 경우는 없습니다. 어느 남편이든 부인 앞에선 얌전한 법입니다. (샤를 페로,《페로 동화집》, 이경의, 지식을만드는지식, 2012, 45쪽.)

질투심 많은 남편이 아내를 죽이는 일은 실제로 빈번하게 일어났다. 귀족들은 토지의 합병이나 정치적인 이유로 나이 차이가 나는 결혼을 많이 했다. 열 살에서 스무 살은 물론 심지어 오십 줄에 접어든 아저씨가 열 살 남짓한 어린 아이를 아내로 맞아들이는 경우도 있었다. 정략결혼이 늘 불행하지만은 않았지만, 그렇지 않은 경우도 있었다. 어린 나이에 시집와서 목숨을 걸고 후계자를 낳는 임무를 마쳤건만 남편의 구박과 무관심은 여전했기 때문이었다. 젊은 아내들은 남편들의 무관심과 박대에 보복하기 위해 애인을 두었고 분노한 남편들은 아내들을 잔인하게 살해했다. 16세기 프랑스 귀족 브랑톰Pierre De Bourdeille, dit Brantôme, 1540~1614은 이러한 귀족 남성들의 부당한 대우와 이에 맞선 아내들의 애정 행각을 발랄한 문체로 써서 남겼다.[11] 심지어 브랑톰은 이렇게 주장하기까지 한다. "아내들은 바람을 피울 권리가 있다. 남편들이 할 수 있는 최선의 방법은 관대하게 눈감아 주는 것이다." 지금 들으면 말도 안 되는 이야기지만, 몇십 살 차이 나는 남편에게 아무런 사랑도 받지 못하고 평생 차가운 성에 갇혀 사는 여성들의 처지를 감안하면 브랑톰의 주장이 터무니없는 것만은 아니다.

브랑톰보다 백여 년 후에 살았던 페로의 시대는 이러한 끔찍한 일들이 일어나지 않았던 모양이다. 페로가 덧붙인 말은 이 끔찍한 이야기가 진짜 일어났을 수도 있지만, 지금은 먼 옛날 일에 불과하다는 의미이다. 마치 지금 우리가 학대를 당하다가 죽은 조선 시대 아낙들 이야기를 들으며 도리질을 치듯이 〈푸른 수염〉을 듣던 귀족들도 비슷한 반응을 보였을 것이다. 하지만 정말로 오래된 옛날 일이라면 무엇하러 들춰내는 것일까.

〈푸른 수염〉은 성과 결혼의 어두운 면에 대한 이야기이다. 사랑하는 두 사람이 같이 있으면 늘 행복하고 즐거울 것 같지만 실상은 그렇지 않다. 재산이 풍족하여 생활에 곤란이 없더라도 싸움이 일어난다. 사랑이 깊을수록 질투도 강렬하기 때문이다. 아주 사소한 말투나 문자 메시지만으로도 부부 사이가 갈라질 수 있다. 내가 사랑하는 만큼 사랑받지 못한다는 사실은 견디기 어렵기 때문이다.

베텔하임은 정신과 의사답게 이 동화를 명쾌하게 분석한다. 이 동화는 남편과 아내 양쪽에 보내는 경고이다. 아내들은 성적인 호기심에 말려들지 말고, 남편들도 좀더 관대해져야 한다는 것이다. 프로이트 상징체계에서 방은 여성의 자궁을, 열쇠는 남성의 돌출된 성기를 상징한다. 그러므로 푸른 수염의 아내가 열쇠로 방을 열어보는 것은 성행위를 은유한다. 열쇠에 묻어 지워지지 않는 피는 불륜이란 한 번 저질러지면 되돌릴 수 없다는 메시지인 셈이다.

〈푸른 수염〉에서 바람을 피우는 쪽은 아내이고 눈이 뒤집혀 쫓아다니는 쪽은 언제나 남편처럼 보인다. 그러나 현실은 종종 정반대이고 양쪽 모두 한눈 파는 부부도 있다. 그렇다면 질투심 강한 푸른 수염은 왜 처음부터 아내에게 열쇠를 맡긴 것일까. 처음부터 작은 방의 열쇠를 주지 않았다면 그 많은 아내들을 전부 죽이지 않아도 되었을 것이다. 사실 이 이야기의 가장 큰 미스터리는 푸른 수염의 첫 번째 아내가 죽은 이유이다.

푸른 수염은 작은 방의 열쇠뿐만 아니라 곡식 창고와 보물 창고 등 성의 모든 열쇠를 새 아내에게 넘겨준다. 푸른 수염이 아내를 깊이 신뢰하지 않았다면 열쇠를 맡기지 않았을 것이다. 그러나 믿음은 깊은 사랑, 그리고 오랫동안 같이 보낸 시간에서 자연스레 피어난다. 그러니 처음부터 재산에 홀려 결혼한 상대가 믿음을 지킬 리가 만무하다. 시체가 되어버린 아내들 중 과연 누가 푸른 수염을 진정으로 사랑했을까. 그렇다고 해서 푸른 수염도 그 많은 아내들을 모두 진심으로 사랑해서 결혼한 것은 아닐 것이다. 결국 푸른 수염도 인생의 반려자가 아니라 자기 말에 절대적으로 복종하는 집사를 구했던 것에 불과했기 때문이다.

'어른의 사정'을 알기까지

〈개구리 왕자〉는 전래 동화를 읽는 아이들에게 성의 비밀을 은유적으로 알려준다. 〈하얀이와 붉은이〉는 견고한 상징체계를 통해 가치관과 성 역할, 그리고 결혼과 사랑을 다룬다. 〈푸른 수염〉은 결혼과 사랑에 얽힌 파괴적인 면을 보여주면서 어른들의 동화로 자리 잡았다. 전반적으로 전래 동화는 미래에 대해 불안을 느끼는 아이들에게 '지금 당장 미래를 걱정할 필요는 없으며, 지금 할 수 있는 일에 최선을 다하다 보면 행복이 찾아올 것'이라고 안심시켜 준다. 전래 동화를 읽고 아이들은 안심할 수 있다. 아이의 성장에서 정서 안정의 중요성은 모든 교육자들이 입을 모아 강조하는 부분이다.

문제는 어른이 된 후에도 전래 동화가 주는 약속에 고착되는 것이다. 때가 되면 전래 동화의 환상에서 벗어나 현실을 통찰하는 힘을 가져야 한다. 전래 동화는 아이들에게 어른이 되기 위해 필요한 것들을 알려주지만, 어른이란 도대체 무엇인지까지는 알려주지 않는다. 그런 면에서 근대 산업 사회는 아동을 탄생시켰지만, 어른까지 탄생시키지는 못했다.[12]

그렇다면 과연 어른이 된다는 것은 무엇일까. 어린 아이가 바로 어른이 되지는 않는다. 어른이 되기 위해서는 어찌 보면 인생에서 가장 힘든 시기인 청소년기를 거쳐야 한다. 청소년기에 이르면 인간은 가족의 테두리에서 본격적으로 벗어날 채비를 갖추어야 한다. 이제는 남들과 함께 살아가는 세상에 눈을 뜨게 되는 것이다. 청소년은 공동체 안의 자기 위치를 깨닫고, 동맹과 투쟁을 반복하며 세상에 뛰어들 준비를 해야 한다.

이야기 속 이야기

1 나이, 외모, 재산, 학력, 가족, 지역, 종교 등등의 결혼 조건과 사회적 차별 조건은 정확하게 일치한다. 안데르센은 이 점을 통찰했다. 〈미운 오리 새끼〉에는 미운 오리 새끼를 본 오리 가족이 다음과 같이 말하는 대목이 나온다. "너 참 못생겼구나. 하지만 괜찮아. 우리 가족과 결혼만 안 하면 되지."

2 독일어 원제는 〈개구리 왕, 혹은 철의 하인리히(Der Froschkönig oder der eiserne Heinrich)〉이다.

3 로마를 창건한 로물루스와 레무스 형제는 강에 버려졌지만 늑대의 젖을 먹고 살아남았다고 전해진다. 늑대가 전쟁의 신 아레스의 상징동물이기에 두 형제는 곧 아레스 신의 가호를 받았다고 믿어진 것이다.

4 유럽에서는 봉건시대까지도 곰이 인간의 친족이나 동족으로 생각되었다. 사람들은 곰의 털가죽 아래 저주받은 불운한 희생자의 알몸이 감춰져 있다고 믿었다. 미셸 파스투로, 《곰 몰락한 왕의 역사-동물 위계로 본 서양 문화사(L'ours : histoire d'un roi déchu)》, 주나미, 오롯, 2014, 170쪽.

5 기독교에서 어린 양은 예수를 상징하는 동물이다. 양과 비둘기는 자매가 하는 집안일이 단순한 가사노동이 아니라 신성한 일임을 상징한다.

6 곰은 밤마다 집에 찾아오지만 날이 밝으면 바로 내보내진다. 그리스 신화의 프시케 이야기와 〈미녀와 야수〉에서도 신랑은 밤에만 신부와 시간을 보낸다. 〈하얀이와 붉은이〉에서는 좀 더 여성에게 주도권이 있다. 곰을 집 안에 들이고 내보내는 것은 모두 어머니와 두 자매가 결정한다.

7 고대 켈트 문명의 모험과 환상을 상징하는 아더왕도 곰의 신성한 속성을 지니고 있다. 아더왕은 시종을 껴안다가 팔 힘이 너무 세어 질식사시키고 만다. 강한 팔 힘으로 질식시켜 죽이는 힘은 인간이 아니라 곰의 것이다. 오바마 대통령도 왕을 상징하는 곰의 이미지를 빌렸다. 2014년 6월 느닷없이 백악관 인근 스타벅스에 나타난 오바마의 첫 마디는 "곰이 풀려났다(The bear is loose)"였다. 그날 오바마는 자신을 "쇠고랑을 깨고 나온 서커스단의 곰"에 비유했는데, 곰은 이교적인 신과 야성적인 왕의 상징이기에 오바마는 대통령의 지위를 곰에 비유한 것이다. 반면 그리스 신화와 단군신화에서 곰은 여성의 상징이다. 그리스 신화에는 제우스가 님프 칼리스토를 곰으로 만들어 하늘의 큰곰자리로 올려놓는 이야기가 나온다. 또 아르테미스 여신의 상징 동물도 곰이었다.

8 곰이 난쟁이를 죽이는 장면은 아주 쉽게 묘사된다. 야수인 곰은 난쟁이를 이빨로

물거나 발톱으로 찢지 않고 단지 앞발로 툭 칠 뿐이다. 난쟁이는 곰을 보자마자 공포에 떠는데, 이미 힘이 많이 약해졌기 때문이다. 이미 자연(생명)의 기운, 그리고 하얀이와 붉은이에 의해 힘을 빼앗긴 난쟁이는 그저 툭 치는 것만으로 퇴치된다.

9 앞에서 밝혔듯이 고대 유럽에서 곰은 왕을 상징했다. 왕과 전사들은 곰을 숭배했고 곰과의 일대일 결투는 전사의 통과의례이자 남다른 자질을 보여주는 징표였다. 왕들은 부와 권력을 과시하기 위해 곰을 길렀다. 또한 곰은 두 발로 걸을 수 있고 꿀과 연어 등 인간이 즐기는 음식을 좋아한다는 면에서 인간과 비슷한 존재로 여겨졌다. 자세한 것은 《곰 몰락한 왕의 역사》를 볼 것.

10 난쟁이 룸펠슈틸츠헨은 왕비에게 지푸라기를 황금으로 만들어주는 대신 왕비의 첫 아이를 데려가겠다는 약속을 요구한다. 왕비는 황금이 탐나 난쟁이와 약속을 한다. 첫 아이가 태어나자 난쟁이가 찾아오고, 왕비가 애원하자 룸펠슈틸츠헨은 자기 이름을 맞추면 아이를 데려가지 않겠다고 약속한다. 왕비는 신하를 보내 난쟁이의 이름을 알아맞힌다. 난쟁이는 너무나 화가 나서 자기 몸을 두 토막 내버리고 만다. 이 동화에는 난쟁이에 대한 멸시와 폭력적인 관점이 반영되어 있다.

11 피에르 드 부르데유 브랑톰, 《프랑스 궁정 스캔들》, 임승신, 산수야, 2014. 브랑톰은 16세기 프랑스와 이탈리아 왕족과 귀족들의 연애 행각을 자세히 기록하여 남겼다. 물론 익명으로 적었지만 후세 사가들의 연구로 대부분 실명이 밝혀졌다. 이 책은 당시 성풍속사에 대한 귀한 사료로 대접받고 있다.

12 오랫동안 아이는 어른의 축소판으로 여겨졌고 어른과 비슷하거나 못한 대우를 받았다. 그러나 산업 사회가 도래하면서 아이는 어른과 다른 독자적인 존재로 격상되었다. 아이는 가정의 중심이 되어 학교생활과 공부가 본업이 되었다. 이 과정에서 어른보다 무능하고 나약하지만, 어른들이 상실한 순수함을 가진 이중적인 존재로 여겨지게 된 것이다.

일곱 번째 이야기,

함께 사는 세상

브레멘 음악대   로빈슨 크루소   2년간의 휴가

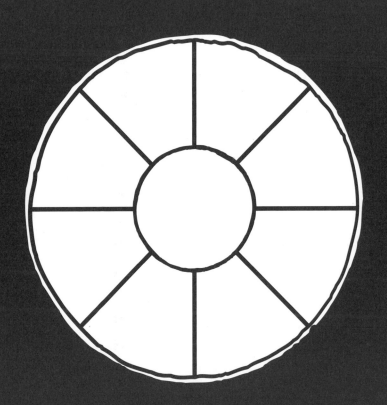

성선설과 성악설

오늘날에는 인정이 메마르다 못해 인간다움을 잃은 사람들이 적지 않다. 하지만 그럼에도 세상은 아직 살 만한 곳이라 여기게 하는 착한 사람들도 있다. 그럴 때마다 우리는 인간이란 과연 선한 존재인가, 아니면 악한 존재인가라는 질문을 스스로에게 던지게 된다. 사실 이러한 질문에 대한 대답은 간단하다. 인간은 선하기도 하고 악하기도 한 동물이다. 선한 뜻에서 행한 일도 결과적으로 많은 이들에게 해를 끼친다면 악한 의도에서 행해진 것으로 평가되고, 나쁜 마음을 먹고 행한 일이 뜻밖에 좋은 결과를 가져와서 칭송을 받는 경우도 있을 것이다. 같은 일도 누구는 좋은 일이라 말하고 누구는 나쁘다며 손가락질을 하기도 한다. 악인이 선인으로 바뀌는 이른바 '개과천선'도 드물지만 일어난다. 선한 사람도 때로는 악한 짓을 하기도 하고, 여러 사람에게 손가락질 받는 악인도 자기 가족에게만은 순한 양처럼 대하는 경우도 있다. 그것이 바로 인간이고 세상사의 모습인 것이다.

인간이 근본적으로 선하냐 악하냐는 물음은 매우 오래되었다. 이 물음에 대한 대답으로 흔히 성선설과 성악설이 잘 알려져 있다. 많은 사람들은 인간을 선하거나 악하다고 어느 한쪽으로 결정하는 것이 가능하지도 않고 무슨 의미가 있냐고 묻는다. 사실 성선설과 성악설은 그 자체로는 별 의미가 없다. 선과 악은 우리 머릿속에 있는 하나의 개념일 뿐 현실에서의 선악 구분은 쉽지도 않거니와 사사건건 구분하려 들자면 논란만 끊이지 않을 것이다. 그렇다면 왜 성선설과 성악설이 중요한 것일까?

이 두 가지 설은 입증도 불가능하거니와, 일상적으로 의미가 크지는 않다. 하지만 성선설과 성악설은 또 다른 논리의 보이지 않는 전제로 자리 잡고 있다. 이를 테면 성선설을 주장하는 사람이 세상의 법률과 제도를 만들면 어떻게 될까? 반대로 성악설을 믿는 사람이 중요한 자리에 앉아 사람들을 이끈다면 세상은 어떤 모습이 될까? 인간이 본질적으로 선하다고 생각하는 사람이 법과 제도를 만든다면, 사람들이 알아서 일해야 할 때 일하고, 주변 사람들과 화목하게 지내며 잘못을 저지르지 않을 것이라 믿을 것이기에 까다로운 법률을 만들거나 감옥을 많이 짓지 않을 것이다. 반대로 인간이 악하다고 생각하는 사람이 세상을 이끈다면 아마도 해도 되는 일과 하면 안 되는 일을 법으로 세밀하게 구분할 것이며, 사람들이 잘못을 저지르는지 감시하고 형벌을 엄히 함과 동시에 감옥도 미리미리 많이 지어둘 것이다.

이처럼 성선설과 성악설, 둘 중 어느 입장을 택하느냐에 따라 우리가 사는 세상의 모습은 완전히 달라질 수 있다. 예로부터 인간이란 존재를 어떻게 볼 것인가에 관한 많은 입장들이 있는데 그러한 입장들을 우리는 인간관이라고 부른다.

인간을 보는 여러 관점들

"인간은 사회적 동물social animal"이라는 말을 들어본 적 있을 것이다. 인간이란 본래 무리를 지어 하나의 사회를 만들기 좋아한다고 생각하면 우리는 건물 등을 지을 때 사람들이 모이는 공간을 많이 만들어야 할 것이다. 같은 이유로 죄지은 자를 벌주려면 독방에 집어넣어 무리에서 격리시키면 된다. 아리스토텔레스Aristoteles는 인간을 "정치적 동물zoon politikon"이라 했다.[1] 이 말은 인간이란 무리를 지어 정치를 하는 본능이 있다는 뜻이다. 아리스토텔레스에 따르면 인간이라면 누구나 정치를 하고 싶어 하고 공동체의 의사결정에 목소리를 내길 원한다. 이러한 아리스토텔레스의 관점은 국민 모두가 참정권이 보장되는 현대 민주주의 사회를 떠받치는 주요한 인간관이다. 이런 사회에서는 정치적 기본권을 박탈하는 것, 그리고 자신의 의견을 사회적으로 피력하지 못하게 막는 것이 심각한 형벌이 된다.

아리스토텔레스의 정치적 인간관과 함께 오늘날의 세상을 지배하는 인간관이 하나 더 있다. 바로 경제적 인간관이다. "경제적 인간homo economicus"은 합리적인 판단과 행동을 통해 이기적인 목적을 이루는 것이 인간의 본성이라는 관점이다. 즉, 인간은 최소한의 투자로 최대한의 이익을 뽑아내는 이기적 존재라는 것이다.

경제적 인간관의 이해를 돕기 위해 네이버의 지식인 서비스와 백과사전 사이트 위키피디아를 예로 들어보자. 네이버 지식인은 한 네티즌의 질문에 또 다른 네티즌이 대답을 올려주는 서비스이다. 대답을 해준 네티즌은 '내공'이라는 일종의 포인트를 보상으로 받는다. 그렇게 모은 내공은 네이버에서 일종의 현금처럼 사용 가능하다. 그러다보니 일부 네티즌들은 내공을 얻기 위해 확인되지도 않은 부정확한 내용을 마구 복사하여 답을 올리기 시작했다. 결국 지식 공유가 아닌 내공이 목적인 네티즌들이 모여들어 불필요한 정보가 넘쳐나게 되어 검색의 효율성이 떨어지게 되었다.

반면에 위키피디아는 전 세계 모든 네티즌들이 무료로 이용하고 있으며, 누구나 자유롭게 글을 올리거나 고칠 수 있도록 운영한다. 위키피디아는 지식을 공유하고 싶어 하는 자발적인 네티즌들이 접속하여 항목을 완성해 나가지만, 글(정보)을 올리거나 고친다고 해서 주어지는 보상은 없다. 그러나 현재 위키피디아는 인터넷에서 가장 양질의 정보를 찾을 수 있는 사이트 중 하나가 되었다. 게다가 네이버처럼 광고 수익에 의존하지 않고 오히려 기부금으로 운영된다.

이 두 서비스는 인간에 대한 관점이 정반대이다. 네이버는 인간이란 보상을 주어야 자신이 알고 있는 정보를 내주는 이기적 존재라는 생각을 깔고 있다. 반면 위키피디아는 인간이란 보상이 없어도 자기 것을 내주고 서로 협업할 수 있는 이타적 존재라고 보고 있다. 자, 독자들은 네이버와 위키피디아 중 어디가 마음에 드시는지?

우리는 모르는 것은 함께 해결하라고 배웠어요

인간관은 이밖에도 "놀이하는 인간homo ludens"부터 "유목하는 인간homo nomad"까지 참으로 다양하다. 지금 우리는 인간의 본성에 어울리는 세상을 만들었는가, 아니면 치고받고 싸우며 경쟁을 부추기는 세상을 만들었는가? 일자리도 많고 마음에

드는 지역으로 쉽게 돌아다닐 수 있도록 국가 간, 문화 간 울타리를 허물었는가, 아니면 국경을 앞세워 인종적, 종교적, 사상적 장벽을 세웠는가?

강수돌 교수는 그의 책에서 다음과 같은 이야기를 소개하고 있다. 미국의 한 초등학교에서 시험을 보기 시작했다. 대부분의 아이들이 책상 위에 가방을 올려놓는 등 자신의 답안지를 볼까봐 가리기에 급급했는데, 한 무리의 아이들이 서로 빙 둘러 앉아 토론을 하더라나. 선생님이 가서 아이들에게 시험 시간에 뭐하는 짓인지 묻자, 아이들은 "저희는 모르는 문제가 나오면 서로 상의해서 해결하라고 배웠는데요"라고 대답하더란다. 이들은 네이티브 아메리칸Native American(아메리카 선주민), 즉 아메리카 인디언들의 아이들이었다고 한다.[2]

이 이야기를 들려주면 이상하게도 다들 웃는다. 오늘의 우리는 시험이란 혼자 보는 것이며 그것이 '정상'이라고 생각하는 문화 속에 살고 있다. 그러다 보니 옆에 있는 사람은 경쟁자이며, 자신이 직면한 문제를 남과 상의한다는 것은 웃음거리가 되고 있다. 가까운 친구에게조차 자신의 속내와 고민을 털어놓지 못하거나, 주변의 도움을 받아 함께 해결하는 대신 돈을 내고 자신과 전혀 상관없는 각종 상담인들에게 들으나마나 한 상담을 듣는다. 가령 스트레스로 정신과를 찾아가면 의사는 대개 "근본적인 치료를 위해서는 상황이 바뀌어야 합니다"라고 말한다. 그러나 상황을 혼자서 바꿀 수 있다면 애초에 의사에게 갔겠는가? 인간이란 누군가에게 도움을 받고, 또 의지가 되어주면서 세상을 살아가는 존재임에도 우리는 서로를 경쟁자로 보고 돈으로 문제를 해결할 수 있다고 착각하고 있는 것은 아닐까?

어릴 적 읽었던 동화를 떠올려보자. 동화책 중 친구들을 누르고 혼자 성공하면 행복해질 거라든가, 이기적으로 행동해야 세상에서 살아남을 수 있다는 내용이 있었던가? 아마 떠올리기 어려울 것이다. 세상만사를 혼자 해결하는 것이 진리라면 왜 아이들이 읽는 동화책에는 그런 말이 나오지 않을까? 그 이유는 차분히 따져보기로 하고 세상에서 밀려난 못난이들끼리 서로 도우며 살아가는 동화 한 편을 먼저 읽어보자.

가난한 추방자들의 유쾌한 낙원 찾기

동화에 대한 책을 쓰고 있다는 말을 하면 여러 가지 질문을 받는다. 동화는 좀 비현실적이지 않냐, 차라리 위인전이 낫지 않겠느냐, 아이들이 책 읽기를 싫어한다 등등. 그중에서 기억에 남는 질문이 있었다. 왜 동화에는 왕자와 공주만 나오느냐? 우리 주변에는 가난하고 힘든 사람들이 얼마나 많은데, 그런 사람들끼리 서로 돕고 잘 사는 이야기는 없느냐? 이런 질문을 받으면 추천하는 동화가 있다. 바로 그림 동화 가운데 〈브레멘 음악대〉라는 이야기이다.

한 당나귀가 살았다. 주인을 위해 열심히 일하던 당나귀는 나이가 들자 주인이 자기를 잡아 먹을 속셈을 알고 도망쳤다. 고민하던 당나귀는 브레멘에 가서 음악가가 되기로 결심했다. 브레멘으로 향하는 길을 가던 당나귀는 쭈그리고 앉은 사냥개를 발견했다. 사냥개는 몹시 헐떡이고 있었다. 불쌍히 여긴 당나귀는 말을 걸었다.

"사냥개야, 너 왜 그렇게 헐떡이고 있니?"

사냥개가 대답했다.

"힘이 들어서 그래. 너무 늙어서 사냥 못 한다고 주인이 죽이려 들지 뭐야. 앞으로 어떻게 먹고 살지 막막해."

당나귀가 말했다.

"저런, 나도 같은 처지라 도망쳤어. 그래서 지금부터 브레멘에 가서 음악가가 되려고 하는데, 너도 같이 가지 않을래? 난 나팔을 불 테니 넌 북을 치렴."

사냥개는 무척 기뻐하고 당나귀와 친구가 되었다. 둘은 길을 가다가 슬픈 표정의 늙은 고양이를 만났다. 당나귀가 물었다.

"무슨 일이 있는 거니?"

"내 주인이 날 목매달려고 해. 요즘은 이빨이 무뎌져서 쥐도 못 잡거든. 도망쳐 나왔지만 이제부터 어떻게 먹고 살지 막막해."

당나귀가 말했다.

"너도 우리와 같은 신세구나. 우린 지금 브레멘에 가서 음악대가 될 거야. 넌 밤의 노래를 많이 아니까 같이 가자."

고양이는 기뻐했다. 셋은 다시 브레멘으로 떠났고, 문 위에 올라앉은 수탉을 만났다. 수탉은 목이 터져라 울고 있었다. 당나귀가 물었다.

"늙은 수탉아, 왜 그렇게 울고 있니?"

"내일 이 집에 손님이 온다고 주인이 나를 죽여서 요리로

만들려고 하잖아. 그러니 내가 목이 터질 수밖에.”

"바보! 앉아서 죽기를 기다리느니 우리와 같이 가자. 우린 지금 브레멘에 가서 음악대를 만들 거야. 넌 목청이 좋으니 까 노래를 부르면 돼.”

당나귀, 사냥개, 고양이, 수탉은 날이 저물자 숲 속에서 쉬기로 했다. 어두운 숲 속에서 잠을 청하던 수탉은 문득 불 켜진 집을 발견했다. 수탉이 말했다.

"불 켜진 집이 있어. 가서 먹을 것을 찾아보자.”

넷은 불 켜진 집으로 조심스럽게 다가갔다. 집 안에는 도 둑들이 신나게 먹고 마시고 있었다. 배가 고픈 넷은 도둑들 을 쫓아내기 위해 꾀를 냈다. 당나귀가 앞발을 창문에 얹어 일어서고, 그 위에 사냥개가 올라타고, 사냥개 위에 고양이 가 올라타고, 고양이 위에 수탉이 올라탔다. 넷은 일제히 큰 소리를 질렀다. 무시무시한 소리에 놀란 도둑들은 괴물이 나타난 줄 알고 도망쳤다.

넷은 집에 들어가 음식을 모조리 먹어치웠다. 당나귀는 마당의 건초더미에, 사냥개는 문 뒤에, 고양이는 난로 옆 따 뜻한 재 위에, 수탉은 지붕 위에 잠자리를 잡았다. 피곤해진 넷은 금세 잠이 들었다.

도망친 도둑들은 숲 속에 숨어 있다가 집 안이 조용하자 다시 슬금슬금 다가갔다. 도둑 중 한 명이 정찰하러 어두운 집 안으로 들어갔다. 그러자 고양이가 달려들어 침을 뱉고 얼굴을 할퀴었고, 사냥개는 도둑의 다리를 물어뜯었다. 당 나귀는 도망쳐 나온 도둑을 걷어차 버렸고 수탉은 큰 소리 를 고래고래 질렀다. 놀란 도둑은 도망쳐 나와 동료들에게 말했다.

"집 안에 무시무시한 마녀가 있어! 내게 침을 뱉더니 손톱으로 얼굴을 할퀴고, 문 뒤에는 어떤 남자가 숨어 있다가 다리를 칼로 찌르더라고. 마당에는 시커먼 괴물이 나를 몽둥이로 후려쳤어. 지붕 위의 재판관은 '저 악당 놈을 당장 끌고 와.'라고 소리 지르더군. 어휴!"

당나귀와 사냥개, 고양이와 수탉은 숲 속의 집이 마음에 들어 계속 살기로 했다. 도둑들이 남기고 간 보물로 편안히 살면서 매일 음악을 연주하며 사이좋게 살았다고 한다.

나이 든 당나귀와 사냥개, 고양이와 수탉은 늙어서 편안하게 지내기는커녕 잡아 먹힐 위기에 처한다. 평생 일했건만 배은망덕한 주인은 고마운 줄도 모르고 늙었다고 내칠 궁리만 한다. 잡아 먹힐 위기에 처한 늙은 동물들은 브레멘에 가서 음악대가 되기로 한다. 지금도 브레멘 시에는 서로의 등에 올라탄 네 마리 동물의 동상이 세워져 있다.

이들은 왜 하필 브레멘에 가고 싶어 했을까? 그림 형제의 동화책 말고도 브레멘이라는 도시 이름이 나오는 책은 다름 아닌 세계사 교과서다. 유럽사 페이지를 뒤적이다 보면 중세 도시들이 만든 한자Hansa 동맹이라는 말이 나온다. 해외 무역과 조선업에 강했던 브레멘은 13세기에 이 한자 동맹에 가입했고 14세기에 전성기를 맞았다. 그 후로 무역의 흐름이 바뀌면서 점차 쇠락하던 브레멘은 현재 인구 5만 명 남짓한 소도시가 되어 있다.

한자 동맹은 간단히 말해 중세 유럽에서 무역으로 먹고 살던 도시들의 연합체였다. 뤼베크, 쾰른, 브레멘, 베를린 등 라인 강 주변의 상업 도시들이 안전하고 원활한 무역을 위해 서로 힘을 합쳤다. 해상 무역은 예나 지금이나 풍랑과 해적의 위협에 노출되어 있다. 무역에 간섭하려 드는 주변 국가의 개입과 라이벌 도시의 무력행사도 막아내야 했다. 안전한 무역과 이윤을 지키기 위해 크고 작은 도시들이 서로 모여 힘을 합쳤던 것이 바로 한자 동맹이었다. 농업이 주류를 이루었던 중세 유럽에서 상공업이 성행했던 이러한 무역 도시들은 자유의 공기가 흐르는 몇 안 되는 장소였다.

중세 유럽의 농노들은 토지에 묶인 채 그 지역을 다스리는 영주의 영토 밖으로 이동할 권리를 박탈당했다. 그러나 영주의 폭정과 흉년, 질병에 시달리다 보면 농노들도 살 길을 찾아 도망치는 일이 제법 있었다. 도망친 농노들은 추적을 당해 도로 잡혀왔지만 예외가 되는 경우도 있었다. 바로 자유 도시 안으로 들어간 경우였다. 토지를 버리고 도망친 농노의 도시행이 성공한 경우 그들은 자유민으로 인정받았다. 그래서 당시 유럽에는 '도시의 공기는 사람을 자유롭게 한다'[3]는 말이 나오기도 했다.

늙어서 주인에게 버림받은 동물들이 가고 싶어 했던 브레멘은 바로 자유의 도시였다. 자유로운 도시에서 마음껏 음악을 연주하며 살 수 있다니 낙원이 따로 있으랴! 평생 노예처럼 주인에게 봉사하며 살던 동물들은 바로 자유와 해방을 원했던 것이다.

동물이라는 은유

동화에 등장하는 동물들은 꼭 현실에 존재하는 진짜 동물을 의미하는 것만은 아니다. 탐욕·게으름·부지런함 등 인간이 지닌 특징이 동물을 통해 은유되기 때문이다. 신분이 낮은 사람도 동물에 비유된다. 노예는 주인을 위해 가축처럼 일해야 하기 때문이다.

당나귀·사냥개·고양이·수탉은 모두 집에서 기르는 가축이다. 당나귀는 무거운 짐을 나르고, 사냥개와 고양이는 크고 작은 동물을 잡는다. 수탉은 홰를 쳐서 시간을 알리며, 요리 재료도 되어 준다. 이들은 모두 인간을 위해 태어나 봉사하다가 죽는 동물이다. 이러한 동물들은 가장 낮은 위치에서 묵묵히 일만 하는 사람들을 넌지시 빗대기에 좋다.

윗사람이 시키는 일만 하면서 조용히 살아가는 이러한 사람들도 언젠가 늙고 병들어 일을 못 하게 된다. 선량한 주인이라면 이제까지의 봉사의 보답으로 편안한 노후를 보장해 주겠지만 쓸모없어졌으니 내쫓으려 드는 사악한 주인들도 많았던 모양이다. 평생 일만 해준 대가로 이러한 대접을 받는다면 어떤 생각이 들까? 쫓겨날 바에는 내 발로 걸어 나와 자유로운 도시로 가자! 도시로 가서 일만 하는 대신 멋진 악사가 되자! 이들에게 자유 도시 브레멘과 음악대는 낙원의 상징이었을 것이다.

재미있게도 〈브레멘 음악대〉에서 네 마리의 동물은 브레멘에 가지도, 음악대가 되지도 않는다. 대신 숲 속의 집과 보물로 행복하게 지낸다. 그들이 찾던 것은 브레멘이나 음악대가 아니라 일에서 해방된 편안한 여생이었기 때문이다. 이들이 뒤늦게

나마 행복을 찾아낼 수 있었던 이유는 무엇일까? 단순히 행운은 아닐 것이다.

늙은 당나귀는 자기 처지만 돌보지 않고 같은 처지의 사냥개를 친구로 삼는다. 뒤이어 만나는 고양이와 수탉도 서로 힘을 합친다. 이들은 태어나서 처음 만난 사이이다. 서로의 차이도 크다. 하지만 이들은 차이에 집착하지 않고 늙고 갈 곳이 없다는 공통점에만 집중한다. 그리고 위기가 닥칠 때마다 저마다 개성을 발휘하여 힘을 합친다. 따로따로 떨어져 있을 때에는 한 마리 늙은 가축에 불과했지만 힘을 합치자 전혀 다른 존재가 될 수 있었다.

이처럼 가난하고 늙은 사람들이 힘을 합쳐 나쁜 욕심쟁이들을 내쫓고 작지만 따뜻한 낙원을 만드는 이야기가 바로 〈브레멘 음악대〉이다.

모험가 대니얼 디포

일하지 않고 남의 것을 가로채는 도둑들을 늙고 힘없는 사람들이 힘을 합해 물리친다는 〈브레멘 음악대〉는 우리에게 서로 도우며 살아갈 것을 가르친다. 그러나 나이를 좀더 먹게 되면 이제 아이들은 스스로 어려움을 헤쳐 나가도록 요구받는다. 독립이 지나쳐 아예 고립된 환경에서 홀로 생존해 내는 이야기를 다룬 《로빈슨 크루소Robinson Crusoe》는 인생이란 결국 혼자서 헤쳐 나가야 하는 모험임을 깨닫게 한다. 《로빈슨 크루소》는 너무나 유명한 작품이어서 당시 수십 편의 유사 작품이 쏟아져

나왔고, 지금도 원작은 필독도서로 꼽히고 있다. 하지만 이 작품을 쓴 대니얼 디포Daniel Defoe, 1660~1731에 대해서는 대중들에게 잘 알려져 있지 않다. 그도 그럴 것이 수백만 아이들에게 꿈과 모험심을 심어 준 이 작품을 쓴 사람이 실은 사업가이자 스파이였고 빚에 쫓기다 생을 마감했다는 사실을 알려 줄 수는 없잖은가.

디포의 삶은 로빈슨 크루소 못지않게 파란만장했다. 대니얼 디포는 영국 런던에서 태어났지만 생일과 장소는 명확히 알려져 있지 않다. 이로 보아 귀족 집 안 출신은 아니었음이 분명하다. 디포는 양초 제조업자의 아들로 태어나 유복하게 살았지만 열 살 때 어머니를 잃었다. 학교를 졸업한 디포가 처음 시작한 일은 글쓰기가 아니라 장사였다. 양말과 모직, 와인이 주된 무역 상품이었다. 사업은 나날이 번창하여 디포는 빚을 거의 갚고 결혼도 하게 되었다.

1685년 디포는 당시 영국 국왕 제임스 2세를 끌어내리려는 반란에 연루되었다. 디포는 체포되었으나, 이를 계기로 후에 제임스 2세를 쫓아내고 왕위에 오른 메리 여왕과 그녀의 남편 윌리엄 공의 비밀 요원이 되었다. 왕이 바뀌어 프랑스와 적대 관계에 놓이자 탄탄대로였던 디포의 사업에 그림자가 드리워졌다. 1692년 디포는 돈을 갚지 못해 다시 체포되었고 이후 계속 빚을 져야만 했다.

무역을 하러 포르투갈과 스페인에 다녀온 디포는 글을 써서 발표하기 시작했다. 겉으로는 빚에 쫓기는 사업가였지만 그는 200여 개의 필명을 사용하여 약 300여 편의 글을 발표했다. 디포가 처음 발표한 저작은 소설이 아니라 팸플릿이었다. 당시 사람들은 정치적, 사회적 의견을 표출하기 위해 짧은 팸플릿을 써서 발행했다. 디포도 마찬가지였다. 1703년 디포는 토리당과 비국교도를 무자비하게 풍자하는 팸플릿을 써서 발표했다. 팸플릿은 익명이었지만 디포가 썼음이 바로 밝혀졌고, 그는 반란을 선동했다는 혐의로 체포되어 유죄 판결을 받았다. 이때 디포는 구속 수감은 물론이고 밧줄에 묶인 채 광장에서 대중들에게 전시되는 치욕까지 겪었다.[4] 디포는 정치적 반대파였던 토리당에 협조하겠다는 약속을 하고 나서야 겨우 풀려날 수 있었다.

감옥에서 풀려나자마자 디포는 역사에도 기록된 엄청난 폭풍우를 목격했다. 이로 인해 도처에서 무려 1,500여 명의 선원이 실종될 정도였다. 1704년 디포는 이 사건을 〈폭풍우The Storm〉라는 글로 남겼는데, 이는 현대적인 저널리즘의 효시로 평가받고 있다. 같은 해 디포는 〈리뷰Review〉라는 일주일에 세 번 발행되는 잡지를 창간했다. 이 무렵 디포는 잡지 발행과 사업 운영, 팸플릿 발표와 정치 활동, 심지어 스파이 활동까지 병행했다.

1719년 디포는 드디어 《로빈슨 크루소》를 발표했다. 처음 이 작품은 로빈슨 크루소라는 가상의 저자로 발표되었고, 그래서 많은 사람들이 오랫동안 실화라고 생각했다고 한다. 디포가 이 작품을 쓴 동기는 돈이었다. 도서 대여업을 하던 디포는 사람들이 재미있게 읽을 책을 직접 쓰기로 마음먹었던 것이다. 그의 뜻대로 《로빈슨 크루소》는 대성공을 거두었다. 책이 발표되고 일 년이 못 되어 네 가지 종류의 편집판이 나왔고, 19세기 말까지 700여 개의 판본이 나왔다. 심지어 고대 이집트의 콥

턱어로까지 번역되었다.[5]

《로빈슨 크루소》에 가장 영향을 준 사건은 스코틀랜드 선원 알렉산더 셀킥의 경험이었다. 그는 칠레의 마스 아 티에라 섬[6]에 4년간 고립되어 있다가 구조되어 유명해졌던 인물이다. 디포는 셀킥의 경험담을 토대로 35년간의 고립 생활과 섬의 선주민 프라이데이와의 만남을 그려냈다. 아무도 살지 않는 섬을 자신의 세상으로 만들어 내는 로빈슨 크루소는 영웅으로 떠올랐다. 훨씬 나중에 디포는 자기 혼자만의 힘으로 필요한 모든 물건을 직접 만들고 소비하는 자유로운 단독자로서 로빈슨 크루소라는, 개인주의에 극도로 매몰된 현대인의 원형을 창조했다는 평을 듣게 된다.

로빈슨 크루소의 명성이 올라가면서 그에 대한 비판도 지속되었다. 사실 로빈슨 크루소의 개척이란 것을 뒤집으면 자연 파괴이기도 하다. 섬에 나타난 선주민들을 "야만인"이라고 부르고 그중 하나인 프라이데이를 일방적으로 가르치기만 하는 모습은 서양의 문화적 우월주의가 반영되어 있다. 작품 말미에 로빈슨 크루소는 프라이데이에게 자기가 만든 모든 것을 물려주고 떠난다. 이러한 로빈슨의 행동에는 서구 사회가 비서구 사회에 문명을 전달해야 한다는 사명감이 물들어 있다. 이 작품을 읽는 아이들은 가슴이 벅찼겠지만, 이후 벌어진 일들은 잘 봐주어도 침략과 파괴 이상이 아니었다.[7]

디포는 1719년부터 1724년에 걸쳐 그의 이름을 영문학사에 길이 남긴 여러 편의 소설을 출판했다. 그중 영화로도 만들어져 우리에게 익숙한 《몰 플랜더즈Moll Flanders》 역시 그의 작품이다. 이밖에도 디포는 정치가이자 언론인이었고, 변화의 바람이 불기 시작한 시대에 과감히 뛰어든 모험가이기도 했다. 사회에 순응하길 거부하고 자신의 능력을 끝까지 시험한 근대인이었던 로빈슨 크루소는 바로 디포 자신이었던 것이다.

현대인의 직계 조상, 로빈슨 크루소

로빈슨 크루소는 디포가 그를 만들어내기 전에는 볼 수 없던 종류의 인간이었다. 작품 속에서 그려지는 로빈슨은 젊어서부터 아버지의 충고를 무시하고 안온한 가족의 품을 떠나 거친 바다로 나아가고 싶어한다. 디포가 살았던 시대는 유럽이 전 세계의 바다를 누비기 시작하던 이른바 대항해시대의 절정기였다. 그러니 로빈슨이 바다로 나아가 새로운 세계에 가보고 싶어한 것은 당대 젊은이들의 열망을 잘 묘사한 것이었다. 한마디로 말해 로빈슨은 고지식한 부모님의 말씀대로 살면서 평생 편안히 살기보다는 미지의 세계로 뛰어들고 싶어하는 젊은이였다. 오늘날에는 젊은이들에 대한 당연한 묘사일지 몰라도 로빈슨 이전에는 이처럼 문학작품 속에 자유를 추구하며 자신의 욕망에 충실한 주인공을 내세운 경우가 많지 않았다.

더 나아가 로빈슨은 기존의 가치와 질서에 예속된 삶을 불행이라고 되뇌인다. 그의 첫 항해는 난파로 끝나고 그는 아랍 상인의 노예가 된다. 다행히 좋은 주인을 만나 자유인과 다름없이 살지만, 로빈슨은 탈출을 감행하여 브라질로 향한다. 거기서 사업에 성공한 로빈슨은 안락한 삶을 눈앞에 둔다. 그러나 거기서도 만족하지 못하고 새로운 모험을 떠난다. 브라질에서 농장주까지 되었지만 로빈슨은 "아무도 없는 무인도에 조난당한 사람"이라며 신세를 한탄한다. 본국의 가족과도 연락이 끊어지고 흉금을 터놓을 친구가 없어 외로움을 느낀 것이다. 이러한 로빈슨의 모습은 마치 오늘날의 젊은 사람들을 보는 것 같다. '인맥'은 있지만 '절친'은 드물고, 가족을 그리워하면서도 홀로 살며 부모와 자주 만나지도 않는다. 고독하면서도 누군가와 함께 정착하려고는 하지 않는 사람, 그가 로빈슨 크루소인 것이다.

로빈슨은 마침내 어느 무역선의 바닷길 안내를 맡게 되어 오랜만에 항해에 나섰다가 풍랑을 만나 무인도에 홀로 남게 된다. 이제는 그의 말처럼 "외부와 완벽히 단절된" 섬에서 "동료도 없이 홀로 남은 슬픈 신세"가 된 것이다. 그는 난파선의 짐을 섬의 적당한 언덕에 옮겨두고 혼자만의 생존을 위해 노력한다. 이 과정에서 그는 "대차대조표"처럼 하루하루를 기록하며 자기 스스로의 생활방식을 만들어 간다.

이를테면 시간 계획을 세워 규칙적인 노동과 휴식을 반복하고, 피난처를 마치 아파트처럼 전문적인 공간으로 나누어 치장하며, 이성을 잃지 않으려 노력하는 가운데 주변을 쉴새없이 탐험하고 그것을 기록한다. 매일 같이 일기를 쓰고 날짜를 적어 나가면서 자연에 적극적으로 대처하고 지배해 나가는 것이다. 이전과 달리 신을 경배하며 오직 근면함을 바탕으로 주변의 식량 자원 등등을 수집하고 저장해 둔다. 로빈슨이 "쉴 틈도 별로 없이 매일매일 일과에 맞춰서", "시간을 낭비하지 않고" 생활하는 가운데 무엇이든 측정하고 계량하여 맛이나 성분 등을 세부적으로 기록하는 모습이 지루할 정도로 자세히 묘사되어 있다. 이러한 모습들은 마치 다니던 회사를 그만두고 처음 자영업을 시작하면서 꼼꼼히 업무를 기록하는 사장님 같다. 그가 자원이 부족한 가운데 창의력을 통해 하나하나 물건들을 만들어 쓰는 모습은 마치 훗날 산업혁명기의 공업생산 과정과도 비슷하다.

그러다가 병을 앓게 된 이후 로빈슨은 건강 관리에도 매우 신경을 쓰게 되며, 섬의 다른 지역을 탐험하고 자신의 오두막에서 멀리 떨어진 곳에 새로운 요새와 창고를 건설하기도 한다. 그가 있는 동안 황무지였던 섬은 점차 혼자만의 낙원(?)으로 변해가고, 종국에는 "사람들과 함께 살던 때보다 오히려 더 나은 삶을 살게 되었고", 섬에 대한 "나의 지배에 도전하는 사람도 없었다"며 만족하기에 이른다. 물질에 대한 탐욕마저 버리는 듯한 장면도 있는데, 이는 로빈슨이 물욕을 초월해서가 아니라 섬의 모든 자원을 홀로 독차지하게 되었기 때문이다.

식량이나 기타 자원들을 혼자만의 힘으로 조달하고 끊임없는 자기 관리를 통해 아주 규율 잡힌 생활을 해가는 동안, 그는 자신의 처지를 신이 내린 벌로 받아들이던 데서 자신을 섬의 주인이라 생각하기 시작한다. 자신의 삶을 긍정적으로 받아들이는 단계로까지 나아간 것이다. 아버지의 경고를 뿌리치고 가족이란 낙원에서 떨어져 나온 로빈슨의 분투에는 인간 의지와 이성의 중요성, 인간과 세계의 미래에 대한 낙관적 기대가 깔려 있다. 이것은 식민지를 탐험하며 무역을 통해 세계를 지배하기 시작하던 서구 사회의 모습이 반영된 것이다.

결국 《로빈슨 크루소》의 전반부는 속박 없는 자유를 찾아 자기만의 세계를 만드는 과정이다. 그는 외부의 도움 없이 자기 입맛에 맞는 세상을 만든다. 그러나 이 과정에서 가족과 친구들, 동료를 상실한다. 학자들은 디포가 보여준 로빈슨의 삶의 방식이야말로 현대인의 원형이라고 본다.[8] 이른바 근대인의 탄생인 셈인데, 집단과의 관계보다는 개인의 욕망이 우선하고, 윤리적이고 가치 중심적인 삶보다는 제한없는 자유와 주변 자원에 대한 독점이 우선하는, 고립된 채 모든 것을 혼자 결정하며 끊임없는 계량과 계측을 통해 자신만을 위한 세계를 만든다는 점에서 바로 우리 현대인의 직계 조상인 셈이다.

오늘날을 사는 우리는 로빈슨처럼 타인과의 관계를 단절한 채 자신만의 공간에 자신만을 위한 물건들을 쌓아두기 바쁘다. 시간과 공간은 계속해서 측정되고 그것들이 텅 비지 않도록 무엇인가로 채워야 한다. 수첩이나 다이어리들을 보면 연 단위, 월 단위, 주 단위, 일 단위, 아니 그것도 모자라 심하면 5분 단위로 일정과 목표를 점검하여 메모하게끔 되어 있다.[9] 이렇게 자기 삶을 빡빡하게 계획하고 기록할 것을 요구받는 것에 거부감이 없다는 것은 우리 스스로가 로빈슨 크루소의 적통이라는 증거인 것이다.

독립적인 개인, 자유, 그리고 자본주의의 탄생

《로빈슨 크루소》는 당시 런던의 평민들이 쓰던 코크니 영어 Cockney English, 즉 노동계급이 쓰던 쉬운 영어로 쓰여졌다. 이 점은 이 작품이 널리 읽히게 된 중요한 조건 중 하나이다. 구어체로 쓰여졌기에 이 작품은 갑갑한 삶을 버리고 미지의 세계를 탐험하며 자유롭게 살려 했던 젊은이와 하층민에게 꿈을 불어넣을 수 있었다. 지금과 달리 자기 방이라는 게 없던 당시의 주택들에서 아이들은 자기 공간을 로빈슨처럼 마음대로 꾸미고 싶어 했을 것이고, 자기 땅이 없는 사람들도 로빈슨처럼 주인이 없는 땅에서 마음껏 땅을 소유하고 싶었을 것이다. 즉, 당대를 살던 사람들은 이 작품에서 자신들의 욕망을 읽어냈다.

디포가 살던 영국은 민주주의가 왕권을 견제하기 시작하던 혁명기를 목전에 두고 있었다. 그러려면 당연히 정치경제적 불평등이 해소되고 종교의 자유도 보장되어야 했다. 또한 수많은 사상가들이 이성과 개인의 권리에 대해 서서히 눈을 떠가고 있었다. 합리적인 사회라면 개인의 자유 의지에 따른 행동이 권장되어야 한다. 자유롭고 창조적인 사람들이 부지런히 활동하는 사회야말로 문명의 척도가 되는 것이다. 이제 핏줄과 가문에 따라 운명이 결정되는 것이 아니라 자신의 결정으로 자기 행동에 책임지는 독립적인 인간, 즉 '개인'이라는 관념과 더불어 개인의 생활(사생활)이 중요해지는 시대가 다가오고 있었다. 디포는 시대를 앞서 로빈슨을 통해 미래에 등장하게 될 인간관을 제시한 것이다.[10]

그가 창조해 낸 로빈슨은 무역과 농장을 경영하는 가운데 작은 이익마저 꼼꼼히 계산하고 소액의 돈거래까지 빈틈없이 기록, 기억해서 손해를 막아낸다. 이러한 대목에서 중상주의 시대, 그리고 이어지는 자본주의 시대의 주축이 되는 중산층의 경제 관념과 신용 거래, 인간 관계 등을 보여준다. 이러한 점에서 이 작품은 근대 자본주의 정신을 아주 잘 드러내고 있다.

톰 크루즈 주연의 영화 〈파 앤드 어웨이Far and away〉를 보면 미국에 첫발을 내디딘 이민자들을 벌판에 모아놓고 달리는 만큼 그 사람의 땅으로 인정하는 장면이 나온다. 말 가진 사람들은 말을 타고 달리고 말이 없는 사람들은 두 발로 달려가는 가운데, 옆사람을 밀치고 넘어뜨리며 한 발이라도 더 멀리 가서 더 넓은 땅을 차지하려는 경쟁을 벌인다. 지난 몇백 년간 서양 사람들에게 자유란 바로 그러한 의미의 자유였다. 만인 대 만인이 서로 무한경쟁을 벌이는 자유,[11] 제한이나 속박이 없는 그 자유는 결국 개인이 사유재산을 축적할 수단이자 근거이며, 오늘날 자본주의 발전의 중요한 동력이 된다. 헐리우드 영화에서 묘사되는 영웅은 바로 개인의 자유와 자기 재산에 대한 권리를 지키기 위해 맞서 싸우는 한 사람의 평범한 이웃이다. 이 헐리우드 영웅들의 직계 조상은 혼자 힘으로 자신만의 왕국을 건설한 로빈슨 크루소이다.

《로빈슨 크루소》는 또 하나의 대중적 욕망을 꿰뚫었다. 바로 사생활에 대한 욕망이었다. 현대인이라면 누구나 아무에게도 간섭받지 않는 생활을 하고 싶어한다. 작품을 읽은 사람이라면, 특히나 가족과 방이나 물건을 함께 쓰며 생활해 본 사람들이라면 로빈슨처럼 자신만을 위한 공간과 물건들을 원하게 된다. 이러한 사생활 관념이 확고해질수록 어떤 공간이나 시간, 혹은 물건을 남과 공유한다는 생각이 옅어지게 된다. 나만의 집, 나만의 방, 나만의 책과 연필, 나만의 시계와 전화기와 컴퓨터, 마침내는 추상적인 권리까지도! 때맞추어 산업 사회는 돈만 있다면 누구나 가질 수 있을 만큼 대량의 물건을 만들어 낼 힘을 갖추게 되었다. 물건을 만들어 파는 입장에서 한 집에 전화를 하나씩 팔기보다는 식구들에게 모두 하나씩 팔아야 더 많은 이윤이 남을 게 당연하다. 자본주의는 이처럼 자유와 개인이라는 관념을 바탕으로 성장해 온 것이다.

로빈슨 크루소의 후손들은 남극과 북극을 탐험하고, 선주민들이 사는 미지의 대륙에 들어가 문명을 파괴하여 식민지를 만들었다. 이들은 급기야 지구 바깥 세계에 눈을 돌리기 시작했다.[12] 그중 한 명이 바로 쥘 베른이다.

미래의 창조자, 쥘 베른

프랑스 낭트에서 태어난 쥘 베른Jules Gabriel Verne, 1828~1905은 가장 널리 알려진 SF 소설 작가이다. 그의 작품 제목은 읽지 않은 사람들도 귀에 익을 만큼 유명하다. 《80일간의 세계 일주》, 《해저 2만 리》, 《지구 속 여행》, 《지구에서 달까지》 등이다. SF 소설의 아버지로 불리는 쥘 베른은 세계에서 가장 많이 번역된 작가 중 한 사람이기도 하다.

베른은 부르주아 집안에서 태어나 아버지처럼 변호사 수업을 받았지만 곧바로 그만두고 글을 쓰기 시작했다. 어릴 적 베른을 가르친 선생은 남편을 잃은 과부였다. 그녀는 때때로 수업 시간에 남편이 항해를 떠났다가 실종되었으며 로빈슨 크루소처럼 돌아올 것이라고 말했다. 베른은 선주였던 외삼촌 집에서 놀면서 항해의 꿈을 키웠고, 열한 살 때 사촌과 밀항할 계획까지 세웠다. 다행히 베른의 아버지가 제때 아들을 붙잡았다. 일설에 의하면 이때 베른은 아버지와 "여행은 상상 속에서만 떠나기"로 약속했다고 한다.

스무 살에 결혼한 베른은 파리에서 문학 살롱에 출입하며 사교계에 들어갔다. 이 무렵 베른은 《삼총사》로 유명한 대문호 뒤마의 아들과 친해져서 같이 희곡을 쓰기도 했다. 스물세 살이 된 베른은 편집자 피터 슈발리에와 만난다. 《가정 박물관》이라는 잡지를 만들던 피터 슈발리에는 지리와 역사, 과학 기술 등을 교육적이고 대중적으로 풀어낼 작가를 찾고 있었다. 베른은 슈발리에가 찾던 작가였다. 베른은 《가정 박물관》에 짧은 이야기를 발표하면서 작가 커리어를 시작했다.

장남이었던 베른은 변호사가 되라는 아버지의 압박과 싸우면서 계속 글을 발표했다. 그리고 1862년 피에르 쥘 에첼이라는 유명한 편집자와 만나게 된다. 에첼은 이미 발자크와 조르주 상드, 빅토르 위고 등 유명한 프랑스 작가의 책을 출판한 경력이 있었다. 베른은 에첼의 손을 빌어 《기구를 타고 5주일》이라는 첫 번째 소설을 출간했다. 에첼은 단지 출판에 그치지 않고 베른의 작품을 여러 모로 수정해 주었다. 몇 년에 걸친 두 사람의 공동 작업에 힘입어 베른은 점차 대중적이면서도 독창적인 자기 세계를 만들 수 있었다. 이후 베른은 1864년 《지구 속 여행》, 1865년 《지구에서 달까지》와 1869년 《해저 2만 리》를 발표하며 유명 작가로 올라섰다.

베른의 영향을 받은 작가는 얼마나 있을까? 대략 유명한 작가만 꼽아봐도 모두 열거하기란 불가능할 정도이다. 그의 작품은 수십 차례 영화화하거나 모티프를 제공했다. 이야기를 갖춘 최초의 영화로 일컬어지는 조르주 멜리에스의 〈달세계 여행〉(1902)도 베른의 작품을 영화로 만든 것이었다. 인류가 가진 모험심과 호기심을 과학 기술과 결합시켜 환상적으로 풀어낸 베른의 영향력은 지금도 심대하다. 그가 쓴 《20세기의 파리》는 백여 년 후의 파리 모습을 거의 정확하게 묘사하고 있다고 한다. 베른이 시간 여행이라도 갔다온 것일까? 아니다. 베른이 상상한 대로 세상이 만들어진 것이다. 지금 우리는 겁 없는 상상력의 소유자가 창조해 낸 세상에서 살고 있는 것이다.

로빈소네이드 소설

항구도시에서 태어났고 외가가 선주 집 안이었던 데다 세계 일주 여행을 한 외삼촌과 자주 왕래를 했기에 쥘 베른은 어려서부터 항해에 대한 꿈이 있었다. 게다가 대니얼 디포의 애독자였던 그는 여러 편의 항해 소설을 썼는데, 무인도에 난파하는 로빈소네이드 류의 소설만 6종 이상이다. 그 가운데 1875년에 쓴 《신비의 섬L'île mysterieuse》과 1888년에 쓴 《2년간의 휴가 Deux ans de vacances》는 그가 처음으로 항해를 경험한 1874년 이후에 씌어진 것들이어서 더욱 현실감이 넘친다.

《신비의 섬》에서는 어른 다섯 명이 기구를 타고 가다가 무인도로 불시착한다. 난파로 인해 의식을 잃었다가 깨어나며 섬과 처음 대면하는 로빈슨과 달리 《신비의 섬》의 주인공들은 하늘에서 땅을 내려다보며 비교적 차분하게 섬에 당도한다. 이들인 막막하기 이를 데 없는 로빈슨 크루소보다는 나은 편이었다. 낯선 곳을 처음 알게 되는 과정에서 느끼는 당혹감이나 공포는 생존에 대한 자신감과 반비례하기 때문이다. 다행히 이들은 동행한 기술자의 힘을 빌어 무인도를 능숙하게 개척한다. 반면에

《2년간의 휴가》는 초등학생 나이의 소년 열다섯 명이 난파하는 것으로 시작한다.

세 작품에는 비슷한 점이 있다. 각 소설의 주인공들은 날짜를 잊지 않기 위해 시간을 잰다. 그리고 도움을 주는 하인이 있다. 로빈슨에게는 선주민 프라이데이가 있고, 《신비의 섬》에는 네브, 《2년간의 휴가》에는 모코라는 견습 선원이 있다. 이들은 모두 아프리카인들로 온갖 잡일을 맡아 처리한다. 세 소설 모두 스스로를 조난자에서 새로운 식민지의 개척자로 인식한다는 점에서도 닮은꼴이다. 로빈슨은 섬에 침입한 부족민들과 싸우며, 《신비의 섬》과 《2년간의 휴가》의 주인공들은 해적과 싸움을 벌인다. 이들이 결말에서 자신들이 살던 '문명 세계'로 돌아온다는 점에서도 조난-고립-개척-귀환의 구조를 충실히 따르는 수많은 로빈소네이드 소설들과 완전히 같다.

소년들이 보여준 2년간의 생존기

《2년간의 휴가》는 일본의 번역본을 옮겼던 탓에 지금도 《15소년 표류기》라는 다소 어색한 제목으로 우리에게 알려져 있다. 책의 줄거리는 다음과 같다.

뉴질랜드의 상류층들이 다니는 명문인 체어먼 기숙 학교 남학생들은 학교 전통에 따라 여름방학이 오자 슬루기호라는 배를 타고 6주간 바다 여행을 떠날 예정이었다. 학생들은 프랑스의 브리앙, 영국의 도니편, 미국의 고든, 그리고 견습 선원 모코를 합쳐 모두 열다섯 명으로 그 중 나이 많은 축이 겨우 10대 초반이고 채 열 살이 안 된 아이들도 있었다.

애초에 뉴질랜드 연안을 따라 항해할 계획이었으나 배는 어찌된 영문인지 어른들이 승선하지도 않은 상태에서 출발 전날 밤, 아이들만 태우고 바다로 표류를 시작하게 된다. 그 과정에서 폭풍우까지 만나면서 거의 20일간의 표류 끝에 낯선 땅에 도착한다.

아이들은 낯선 땅에서 살아가기 위해 안전한 동굴을 찾아내 짐들을 옮기고 자신들만의 작은 사회를 만든다. 이 과정에서 아이들은 용감하고 공정하며 헌신적인 브리앙과 독선적이고 오만하며 시기심 많은 도니펀을 중심으로 편이 나뉘고, 합리적이고 현실적이며 현명한 고든이 그 둘 사이를 중재한다. 브리앙과 도니펀이 사사건건 마찰을 일으키는 가운데 그들은 자신들이 표류한 곳이 섬임을 알게 되고 이에 낙심한 아이들은 장기적인 정착 생활에 대비한다.

큰 아이들은 작은 아이들에게 공부를 시키고, 총을 쏠 줄 아는 아이들은 사냥을 다니며, 지도자를 뽑기 위한 투표를 실시하는 등 자신들만의 질서를 만들어 간다. 어느덧 1년이 지나 고든의 지도자 임기가 끝나고 브리앙이 새로운 지도자로 선출되자 도니펀 일행이 프랑스 사람인 브리앙의 지휘를 거부하며 자신을 따르는 아이들을 데리고 무리를 이탈한다.

그 무렵 섬에는 한 여성이 표류해 오게 되고, 아이들은 그 여성으로부터 섬에 악당들이 상륙했다는 소식을 듣게 된다. 도니펀이 위험하다고 판단한 브리앙은 도니펀 패거리를 찾아 떠났다가 표범으로부터 그들을 구해주게 되고 마

침내 두 소년은 화해한다. 아이들은 섬에 상륙한 악당들을 찾기 위해 사람이 탈 만한 연을 만들어 날리기로 했다. 브리앙의 동생 자크는 그 위험한 일에 자원했는데, 형들이 말리자 자크는 자신의 장난으로 인해 항구에 정박해 있던 배가 하루 전날 밧줄이 풀려 바다로 떠밀려 왔다며 속죄할 기회를 달라고 말한다. 이에 브리앙은 동생을 꾸짖고 다른 아이들은 자크를 용서한다. 동생 대신 연에 올라간 브리앙은 악당들이 피워 둔 모닥불을 발견하고 미리 대비하여 악당들을 격퇴한다.

한편 악당들에게 잡혀있던 항해사 한 사람이 도망쳐 나와 아이들과 합류하고, 그로부터 이 섬이 육지로부터 아주 가까운 곳에 있다는 사실을 알게 된 아이들은 악당들의 배를 타고 섬을 빠져나와 고향으로 돌아가게 된다.[13]

《2년간의 휴가》는 아이들 사이의 역경과 협동을 통한 극복, 갈등과 화해를 그린 모험담으로 세계적으로 널리 읽히는 아동문학의 고전이다. 어른들이 없는 공간에서 아이들이 자립심을 발휘하며 성장해 가는 줄거리는 한번쯤은 부모님 곁을 떠나 친구들만의 여행을 하고 싶어 하는 아이들의 마음을 설레게 한다. 이 작품에서 표류와 고립, 그리고 모험은 아이에서 어른이 되는 통과의례임이 분명하다. 그러나 여기서는 앞서 말한 인간관이라는 관점에서 좀 다른 이야기를 해보자.

2010년 8월 5일 칠레의 산호세 광산에서 매몰 사고가 발생하여 서른세 명의 광부들이 갱도에 갇혀버렸다. 모두가 희망을 버린 지 17일 만에 전원이 지하 갱도 내 대피소에 무사히 살아있다는 것이 밝혀졌고, 69일간의 구조작업 끝에 한 명도 빠짐없이 구조되었다. 다양한 사연을 가진 광부들과 그들을 구출하기 위한 칠레 정부의 노력은 전 세계인들의 이목을 집중시켰고, 그들의 사연은 나중에 책으로 출판되기도 했다.[14]

산호세 광산은 광산 중에서도 매우 위험하고 작업 환경이 열악하여 광부들의 구조에 앞서 먼저 도로부터 정비해야 할 정도였다고 한다. 이곳 광부들은 칠레에서도 가장 못 배우고 가난하며 세상으로부터 버림받은 밑바닥 인생들이었다. 그러나 이들은 막상 죽음의 위기 앞에서 인간으로서의 품위를 지키며 지혜를 모으고 질서를 갖춰 나갔다. 가장 나이가 많았던 60대 중반의 광부가 인생의 경험에서 우러나온 지혜로서 나머지 광부들을 이끌었고, 축구를 가르쳐 본 적이 있는 사람은 우왕좌왕하는 광부들에게 침착하게 대응하도록 하며 규율 반장 노릇을 했다. 어떤 이는 타고난 익살꾼으로 좌중에게 희망을 잃지 않도록 했으며, 또 신앙심이 깊은 어떤 이는 사람들에게 설교나 기도를 해서 사람들이 의연하도록 이끌었으며, 약간의 의료 지식이 있던 이는 자신의 지식을 최대한 활용했고, 심지어는 매일매일의 기록을 담당했던 사람도 있었다.

산호세 광산에서 광부들이 69일 만에 전원 무사히 돌아올 수 있었던 것은 《2년간의 휴가》에서 아이들이 무인도에서 살아남은 비결과 같이, 스스로 나름의 질서를 만들고 서로가 전체를 위해 양보와 타협을 하였기에 가능한 일이었다. 광부들은 극심한 스트레스 상황에서도 적은 양의 음식을 놓고 서로가 싸우지 않도록 규칙을 정했고, 갱도 안의 지형 정보를 탐색했으며, 취침과 위생 등을 위해 공간을 나누어 교대로 불침번을 서는 등 서로를 위해 헌신하며 집단의 생존을 위해 최대한 서로를 배려했다.

《2년간의 휴가》와 산호세 광산의 매몰 광부들의 이야기에 비추어 보건대, 과연 오늘날의 우리네 아이들과 어른들은 이렇게 자율적으로 사회와 질서를 구성해 낼 수 있을지 궁금해진다. 언제부터인가 아이들은 싸우더라도 화해를 점점 안 하기 시작했으며, 마침내는 남을 배려하거나 전체를 위해 자신의 욕구를 자제하는 법을 잊게 된 것 같다. 오로지 자신의 욕구만을 앞세워 더 많이 갖고, 친구들보다 우월한 위치에 오르기 위해 서로 경쟁하는 법만 배우고 있는 것은 아닐까? 우리는 정말 아이들이 바르게 커나가도록 길러내고 있는 것인지 궁금해진다.

우리 사회의 아이들이 지금처럼 자라게 된 데에는 어른들의 잘못이 크다. 아이들을 믿고 그들이 스스로 커나갈 힘이 있다는 것을 애써 외면하고 타율에 익숙하도록 이끌고 있다. 어른들이 원하는 것을 만족시키면 받게 되는 보상에만 반응하도록 길러진 아이들에게 자율적으로 판단하고 자유롭게 창의력을 발휘하라고 하는 것 자체가 무리일 성싶다. 아이들이 이전 세대와 달라진 데에는 인간이란 스스로 알아서 남들과 어울리며 조화로운 삶을 살아갈 능력이 있는 존재라는 믿음이 점점 약해지는 어른들의 책임이 크다.

아이에게 어떤 인간관을 심어줄 것인가

전래 동화 〈브레멘 음악대〉는 지배층을 혼내주는 보통 사람들의 협동을 보여준다. 아이들은 그런 이야기를 들으며 혼자 힘으로는 어쩔 수 없는 어려운 일을 만나더라도 힘을 합치면 능히 이겨낼 수 있으며, 우리 인간이란 그렇게 서로 협동하며 살아야 함을 배운다. 여기서 중요한 것은 '관계'이다. 상호협동하기 위해서는 먼저 인간 관계를 잘 형성하여 서로를 깊이 이해해야 한다. 17세기 중엽 조선에 표류해 온 네덜란드인 하멜이나 20세기 초 조선을 연구한 미국인 그리피스는 우리 조상들의 독특한 풍속으로 여행자에 대한 환대를 공통으로 지적했다. 나그네는 밤이 되면 어느 집이든 찾아가 식사와 숙박을 부탁하고, 사람들은 나그네를 위해 기꺼이 방과 음식을 내어주는 것이다. 지금으로서는 상상도 할 수 없는 일이지만, 기성세대들이라면 사극에서 그런 장면을 흔히 보았을 것이다. 인간이 낯선 타인을 믿고, 그들과 관계 맺는 것을 두려워하지 않았기에 서양 사람들은 이해할 수 없는 정겹고도 편리한 삶이 가능했던 것이다.

그러나 《로빈슨 크루소》에서는 한곳에 정착하여 지속적인 인간관계를 통해 서로 돕고 살기보다는 자신의 욕망을 우선하며, 개인의 자유 의지에 따라 자연을 지배하고 소유하는 새로운 인간의 모습을 그리고 있다. 주변과 단절되고 고립된 상태를 최상으로 인식하는 인간형인 것이다. 그러다 보니 현대인들은 저마다 칸막이로 분리되어 고립된 공간에서 자신만을 위한 꿈동산에 살게 되었다. 영어에서 'apart'는 나뉘어 있음을 뜻하는 접두사로 우리가 살고 있는 '아파트'란 말이 여기서 나왔다. 즉, 아파트는 서로의 삶을 알 수 없도록 분리된 공동주택을 말한다.

남과 공유하지 않는 자신만의 사유물 속에서 사생활의 가치를 가장 중요하게 생각하지만, 사실 불과 한두 세대 전만 해도 온가족이 안방에 모여 오순도순 함께 밥 먹고 함께 뒹굴며 살아갔다. 집집마다 식구 중 어느 한 사람만의 물건들 보다는 식구들이 함께 쓰는 물건들이 훨씬 많았다. 그러나 오늘날의 우리는 저마다 혼자만의 방에 갇힌 '로빈슨 크루소'가 되어가고 있는 것이다. '로빈슨 크루소'들이 많은 사회에서는 낯선 이를 조건 없이 하룻밤 재워주는 인심을 바랄 수 없게 마련이다.

현대인은 서로를 경쟁의 대상으로 보는 것에 익숙하고 남을 경계한다. 피부색이나 종교, 또는 살림살이, 직업, 배움의 정도에 따라 상대방을 일단 멀리할 생각부터 한다. 그러다 보니 아이들부터 서로 배척하는 것에 익숙해질까 걱정이 앞선다. 그런 아이들끼리 모여 어떻게 관계 맺기를 시도할 것이며, 사람이 살 만한 사회를 만들어 낼 수 있을까? 그저 시키는 대로 하라는 식의 일방적인 교육이 앞서다 보니 자율과 신뢰가 꽃피는 대신 왕따와 학교 폭력이 만연하게 된 것이다.

인간이 자율적인 존재라는 믿음이 있는 사회와 없는 사회는 어떻게 다를까? 어른들이 그런 믿음을 가진다면 아마도 끊임없이 서로가 서로를 감시하는 일도 줄어들 것이고, 아이들을 믿고 마음껏 뛰놀도록 풀어줄 수 있을 것이며, 다른 사람으로부터 간섭도 덜할 것이다. 인간의 자율성을 믿는 사회는 그만큼 자유로운 사회가 될 것이다. 자율은 스스로의 욕구를 자제하는 것에서 출발함을 우리는 잘 알고 있다. 그리고 그것이 사회 구성원 모두에게 더 큰 자유와 행복을 줄 것이다.

서로 돕고 사는 존재로서의 인간, 고독하지만 자율적이고 타인과의 협력을 거부하지 않는 인간, 무엇이든 자신의 욕구대로 지배하고 소유하려는 인간, 남을 배려하고 양보하는 존재이자 서로 도우며 성숙하게 갈등을 푸는 인간 등등. 과연 우리는 아이들에게 어떤 인간이 되라고 가르칠 것인가? 아니, 우리 자신이 어떤 인간이 되어야 할 것인가? 곁에서 아이들이 우리를 보고 있다.

이야기 속 이야기

1 같은 뜻으로 "정치적 인간(homo politicus)"이라는 말도 있다.

2 강수돌, 《강수돌 교수의 '나부터' 교육혁명》, 그린비, 2003, 152~153쪽.

3 중세 유럽 도시들은 성벽으로 둘러싸여 있었다. 이 성벽을 통과하여 도시 안으로 들어가면 자유민이 되는 것이었다. 부르주아(bourgeois)라는 말의 본뜻은 '상공업에 종사하는 성 안 도시 주민'이라는 의미였다.

4 일설에는 사람들이 디포가 묶여 있던 발코니에 꽃을 던지고 그의 건강을 빌며 축배를 들었다고도 한다.

5 로빈슨 크루소와 비슷한 표류 소설을 일컫는 로빈소네이드(Robinsonade)라는 문학 장르도 생겨났다. 이 장르는 오늘날에도 인기가 있는데, 이를테면 코맥 매카시(Cormac McCarthy)의 유명한 소설 《더 로드(The Road)》는 '종말 환상 로빈소네이드' 장르로 분류되기도 한다.

6 1966년 칠레 정부는 이 섬의 이름을 로빈슨 크루소 섬이라고 바꾸었다.

7 프랑스 작가 미셸 투르니에(Michel Tournier, 1924~2016)는 1967년 《로빈슨 크루소》를 풍자한 작품 《방드르디, 태평양의 끝(Vendredi ou les limbes du Pacifigue)》을 썼다. '방드르디'는 프라이데이의 프랑스어 발음이다. 방드르디는 로빈슨의 잡다한 일을 도맡아 하다가 실수로 로빈슨이 쌓아 온 모든 것을 폭발시켜 버리고 만다. 분노했던 로빈슨은 오히려 섬의 자연 속에서 자유롭게 살아가며 행복을 만끽하다 마침내 주인과 하인이 아닌 평등한 친구가 된다. 우연히 섬에 영국 배가 찾아오자 방드르디는 호기심을 느껴 승선하고 유럽으로 떠나지만 오히려 로빈슨은 유럽인의 문명과 사고방식에 거부감을 느끼고 섬에 남는다. 로빈슨은 배에서 구박받던 소년 수부에게 '죄디(목요일)'이라는 이름을 지어주고 같이 살기로 한다. 《방드르디, 태평양의 끝》은 《로빈슨 크루소》의 백인·남성·서구·기독교인 중심주의를 완전히 뒤집는 20세기의 문학 고전으로 꼽히고 있다.

8 유명한 영문학자이자 문예 비평가 이안 와트(Ian Watt, 1917~1999)는 로빈슨 크루소의 일과란 자신의 소유물을 둘러보고, 점검하고, 기록하고 확인하는 작업으로 채워져 있다고 지적한 바 있다.

9 비즈니스 맨에게 인기 많은 '프랭클린 다이어리'가 미국 대통령 벤자민 프랭클린의 시간 관리 습관을 토대로 제작되었다. 한국성과향상센터는 프랭클린 다이어리는 단순한 다이어리가 아니라 '시간 관리를 통해 성공하는 삶의 습관'이라고 광고한다.

10 이러한 생각은 오늘날의 형벌제도에도 깊은 영향을 끼치게 된다. 인간은 사회적 동물인 동시에 자유 의지를 가진 존재인데, 그런 관점에서 가장 중요한 형벌은 사회로부터 격리하여 자유를 구속하는 것이다. 따라서 징역형이야말로 근대 사회의 가장 큰 형벌이 되는 것이다. 전근대사회의 감옥이 형벌을 앞둔 죄인을 임시 수용하는 곳이었다면, 근대는 감옥에 갇히는 것 자체가 형벌이 되는 것이다.

11 이러한 자유를 영어에서는 freedom이라 한다. 반면 억압에서 풀려난 자유, 즉 해방은 liberty라 한다.

12 2015년 개봉한 〈마션(The Martian)〉은 화성에 홀로 남은 과학자의 생존을 다루고 있다. 역시 전형적인 로빈소네이드이다.

13 프랑스 아이 브리앙과 영국 아이 도니펀이 대립하고 미국 아이 고든이 중재를 서는 구도는 당시 프랑스와 영국의 라이벌 관계와 미국의 중재를 반영한다. 한편, 《로빈슨 크루소》를 재해석한 《방드르디, 태평양의 끝》이라는 작품이 있는 것처럼 《2년간의 휴가》도 윌리엄 골딩(William G. Golding, 1911~1993)에 의해 정반대의 이야기로 재해석되었다. 1983년 골딩에게 노벨문학상을 안긴 《파리대왕(Lord of the Flies)》(1954)은 난파당한 소년들이 무인도에서 패가 갈려 폭력과 살인으로 끝을 맺는다는 줄거리로 인간의 어두운 본성을 그렸다.

14 구조단의 일원이 되어 구조 현장에 참여한 미국 기자가 칠레 대통령부터 구조대원, 광부와 가족들까지 120명이 넘는 사람들을 인터뷰한 기록이 국내에 번역되어 있다. 조나단 프랭클린, 《The 33》, 이원경, 유영만, 김영사, 2011. 한편 국내 작가가 청소년용 소설로 재구성한 책도 있다. 정대근 글, 박준우 그림, 《33명의 칠레 광부들》, 리젬, 2010.

여덟 번째 이야기,

다문화 시대의 아이들

하이디 엄마 찾아 삼만 리

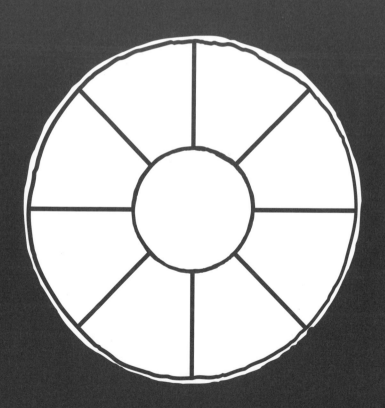

대량 이주의 시대

몇 년 전만 하더라도 도심을 벗어나면 국제결혼 중개업소의 현수막을 심심찮게 볼 수 있었다. 현수막에는 "베트남 처녀와 결혼하세요, 절대 도망 안 감" 같은 끔찍한 문구가 버젓이 적혀 있었다. 국내외 여성 단체의 항의가 이어졌고, 2007년과 2011년 유엔 여성차별철폐위원회는 한국 정부에 이주여성 인권을 보호하라는 권고를 내놓았다. 이후 이주여성을 동물 마냥 취급하는 현수막은 거의 사라졌다. 뿌리 깊은 가부장제와 사람에게 '스펙'이라는 말을 붙이는 한국 특유의 풍조, 후진국과 유색 인종을 경멸하는 인종차별주의가 결합되어 생겨난 괴물이라고 해야겠다. 다행히 현수막은 사라졌지만 그렇다고 우리 내면 속의 괴물까지 사라졌을지 의문이다.

사람들에게 이주민 이야기를 하다 보면 의외로 깊은 관심과 마주치게 된다. 언제부터 외국인 노동자가 한국에서 일하게 되었는지, 어떤 조건에서 어떠한 대우를 받으며 살아가는지 궁금해 한다. 결혼이주여성들이 과연 행복하고 만족스럽게 살아가는지도 관심의 대상이다. 이러한 관심의 뿌리는 오랫동안 '조용한 아침의 나라'로 살아온 역사의 반작용이 아닐까 싶다. 한반도의 삼면에는 바다가 있고 북쪽은 국경으로 막힌 채 몇 백년 간 외부와 교류 없이 살아왔기 때문이다. 일반인들이 해외여행을 자유롭게 다닐 수 있게 된 지 30년도 채 되지 않았다. 오랜 기간 한곳에 뿌리박고 살아온 한국 사람들에게 외국인 이주민은 호기심과 두려움을 동시에 일으키는 것 같다. 이들은 어떤 사람들일까? 어떠한 사연을 지녔기에 먼 이국땅까지 오게 되었을까? 왜 여기까지 와서 한국 사람들이 마다하는 더럽고 위험한 일들을 하고 있을까?

OECD는 외국인 인구가 전체 인구 중 5%가 넘는 나라를 이민 국가로 분류한다. 유럽 국가들은 약 10%를 넘는다. 한국은 현재 2%가 조금 넘는다. 외국인 이주민의 증가 추세로 보아 몇 년 지나면 한국도 이민 국가의 대열로 들어설 전망이다. 결혼 이주여성·이주노동자·유학생·난민 등 한국 사회의 새로운 구성원들이 늘어나기 때문이다. 다문화 사회를 걱정하는 사람들도 적지 않다. 한편 이민이 늘어나는 것은 대한민국이 그만큼 살 만한 나라가 되어가고 있다는 반증이기도 하다.

인터넷에는 외국인 노동자에 대한 혐오 댓글이 넘쳐난다. 왜 한국에 와서 일자리를 뺏고 범죄나 저지르냐는 말이다. 불법 체류자는 무조건 추방해야 한다는 목소리도 높다. 하지만 한국에 들어오는 외국인만 있는 게 아니다. 해외로 이민을 떠나는 한국인들도 많다. 한국 사람들이 외국에서 취업을 하면 해외 진출이고 외국인 노동자가 한국에서 일을 하면 온갖 인종 차별적인 욕설을 들어야 한다. 미국 내 불법체류자 합법화 정책의 혜택을 받는 500만 명 중 약 5퍼센트가 한국 사람이라는 사실은 잘 알려져 있지 않다.

외국인이 한국에 들어오는 이유나, 한국인이 외국에 나가는 이유는 한 가지다. 인간은 살기 좋은 곳을 찾아 떠나는 사회적 본능을 가지고 있다. 깨끗하고 안전한 환경과 더 좋은 일자리가 주어진다면 대부분의 사람들은 이동할 준비가 되어 있다. 초강대국 미국도 종교의 자유를 찾아 떠난 이민자들이 세운 나라이다.

세상은 점점 좁아지고 있다. 이제는 인터넷을 통해 몇백 만 킬로미터 떨어진 나라에서 일어난 일을 소상히 접할 수 있게 되었다. 이제 사람들은 막연한 호기심만 갖고 낯선 곳으로 아주 쉽게 향할 수 있게 됐다. 대량 이주가 사회에 일으키는 영향도 생각보다 깊다. 한 나라를 무너뜨리고 새 시대를 여는 경우마저 있다. 로마 제국을 무너뜨린 훈족의 이주가 대표적인 예다.

이주는 아이들의 삶에도 깊은 영향을 미친다. 아이들은 신체적, 정신적인 면은 물론 사회적으로도 어른과 많이 다른 조건에 놓여 있기에 아이들의 이주 경험은 어른들의 것과 상당히 다르다. 부모를 따라 입국하거나 한국에서 태어난 외국인 아이들도 어른들이 미처 생각하지 못하는 영향을 받게 마련이다.

현재 한국에서도 이주 아동을 위한 법제도가 필요하다는 인식이 조금씩 생겨나는 중이다. 하지만 법과 제도가 아이들에게 필요한 모든 것을 대신해 줄 수는 없다. 이주 사회에서 살아가는 아이들은 어떠한 삶을 살아가고 있을까? 그 아이들에게 진정 필요한 것은 무엇일까?

하이디와 마르코

얼음으로 덮인 알프스 산과 푸른 풀밭, 뛰어다니는 염소들과 같이 쑥쑥 자라나는 알프스 소녀 하이디는 자연이 키워낸 순수한 어린이의 대명사이다. 이러한 하이디의 이미지는 일본의 지브리 사에서 만든 애니메이션 〈알프스 소녀 하이디〉가 만들어 낸 것이다. 〈엄마 찾아 삼만 리〉 또한 애니메이션으로 만들어져 아이들의 심금을 울렸다. 두 작품 모두 원작을 훌륭히 각색했다는 평을 받고 있다. 그러나 인기가 지나친 나머지 원작의 배경과 의미가 오히려 묻혀버렸다는 의견도 있다.

실제로 〈하이디〉의 원래 제목을 아는 사람들은 별로 없다. 1880년 스위스 작가 요한나 슈피리Johanna Spyri, 1827~1901가 쓴 이 작품의 원래 제목은 《하이디의 수업 시대와 편력 시대》[1]이다. 봉사 활동에 전념하던 요한나 슈피리는 1870년부터 1년간 벌어진 보불 전쟁[2]의 피난민을 돕기 위해 책을 쓰기 시작했다고 한다.[3] 〈엄마 찾아 삼만 리〉는 이탈리아의 종군 작가 에드몬도 데 아미치스Edmondo De Amicis, 1846~1908의 작품이다. 원래 아미치스는 학교에 다니는 아이들을 위해 《쿠오레》라는 장편 소설을 썼는데, 한국에는 《사랑의 학교》라는 제목으로 번역되었다. 이 작품에는 선생님이 한 달에 한 번씩 들려주는 이야기가 수록되어 있다. 그중 먼 나라로 떠난 엄마를 찾아가는 마르코의 이야기는 독자들의 사랑을 듬뿍 받았다. 이 마르코 이야기의 원래 제목은 〈압뻰니니 산맥에서 안데스 산맥까지〉[4]였다.

두 작품이 쓰인 시기는 전쟁과 재난으로 사람들이 안전한 곳을 찾아 피하던 때였다. 이러한 시기에 이민은 효과적인 대안이었다. 전쟁을 피해 많은 사람들이 이민을 떠났다. 농촌에 태어나 가난에 쪼들리는 젊은이들은 먼 외국 땅으로 나가 일하거나 혹은 대도시에서 일자리를 얻어 고향의 가족에게 송금하기도 했다. 〈하이디〉와 〈엄마 찾아 삼만 리〉는 바로 고달팠던 이주의 시대를 배경으로 삼고 있다.

두 작품 모두 현대 아동 문학에 엄청난 영향을 주었고 지금까지 널리 사랑받고 있다. 알프스에 혼자 사는 하이디와 먼 여행을 떠나는 마르코의 이야기는 언제 읽어도 낭만적이다. 하지만 작품을 자세히 관찰하면 두 주인공의 삶은 외롭기 짝이 없다. 홀로 남겨진 이 아이들은 웃음을 잃지 않지만 그 내면에서 깊은 슬픔이 느껴진다.

하이디와 마르코를 통해 두 작가는 이민의 사회적 여파가 아이들의 삶에 미치는 영향에 대해 세밀하게 관찰하고 있다. 어린이 입장에서 본 이주의 시대는 가혹한 시대였다. 어른들에게 이민이란 떠나는 것이지만, 아이들에게 이민은 버려지거나 남겨지는 것을 의미하기 때문이었다. 부모님과 같이 떠나더라도 익숙한 환경과 친구들을 버리고 낯선 곳에서 살아가기란 결코 쉽지 않다. 어른들도 견디기 힘든 이민의 고통을 힘없는 아이들이 대처하는 방법은 그저 묵묵히 참아내는 것뿐이다. 두 작품은 이민으로 인한 헤어짐diaspora(이산離散)과 맞닥뜨린 아이들이 이를 극복하는 과정을 잘 그려내고 있다.

《하이디의 수업 시대와 편력 시대》

하이디는 어릴 적 부모님을 잃고 데테 이모의 도움으로 자라났다. 데테 이모는 대도시 프랑크푸르트에 일자리가 생기자 다섯 살 난 하이디를 고원에 사는 할아버지에게 맡기러 간다. 할아버지는 마을 사람들과의 교류를 피하면서 알프스의 높은 산 중턱에 혼자 살고 있었다. 하이디를 끌고 할아버지에게 가는 데테 이모를 보고 마을 사람들은 수군거렸다.

"어머, 할아버지에게 저 어린아이를 맡기다니! 교회도 가지 않고 산 속에 틀어박혀 사는 할아버지가 아이를 잘 키워 줄 리가 없지. 아이만 불쌍하게 됐구나."

마을 사람들은 할아버지가 어린 하이디를 잘 돌볼지 걱정했다. 그러나 하이디는 할아버지의 보살핌과 아름다운 알프스의 대자연 속에서 매일 행복하게 지냈다.

삼 년이 지난 후 하이디가 사는 마을에 데테 이모가 느닷없이 찾아왔다. 데테 이모는 도시 사람들이 입는 화려한 옷과 깃털 모자로 치장하고 있었다. 할아버지는 데테 이모를 보자마자 기분이 나빠져서 고개를 돌리고 집 밖으로 나가 버렸다. 데테 이모는 그때를 놓치지 않고 억지로 하이디를 프랑크푸르트에 끌고 갔다. 프랑크푸르트의 부잣집 주인 제제만 씨가 딸 클라라의 놀이 친구를 찾고 있었기 때문이었다.

"어서 가자. 프랑크푸르트에 가면 할아버지에게 선물을 잔뜩 사다 줄 수 있어. 어서 말 들어. 한 번이라도 이모에게 도움이 되어 보렴."

하이디는 기차를 타고 프랑크푸르트에 도착한다. 제제만 씨 댁의 외동딸 클라라는 몸이 약해 걷지도 못하고 하루 종일 휠체어에서만 지내는 아이였다. 데테 이모는 병약한 클라라가 죽게 되면 하이디를 양녀로 앉힐 계산을 하고 있었다. 그러나 제제만 씨 집 하인들은 하이디를 촌스러운 시골아이 취급을 하며 경멸했다. 하이디는 제제만 씨 집에서 풍족하게 생활하며 공부도 하게 되었지만 늘 마음이 허전했다. 게다가 집 밖으로 한 발짝도 나가지 못하고 하인들의 멸시를 받으며 살아야 했다.

하이디는 결국 몽유병에 걸리고 말았다. 제제만 씨는 클라라의 주치의를 불러 하이디를 진찰하게 했다.

"하이디야, 제제만 씨 집이 어떠니? 여기서 사는 것이 좋으니?"

"……"

"그럼 알프스에 살 때는 어땠니? 행복했니?"

"네!"

하이디는 알프스라는 말만 들어도 그리움에 눈물이 흘러내렸다.

제제만 씨와 의사 선생님의 도움으로 하이디는 알프스에 돌아가게 되었다. 하이디는 클라라와 제제만 씨가 잔뜩 마련해준 선물 보따리를 안고 알프스로 돌아갔다. 할아버지는 하이디의 권유에 마음을 돌려 마을에서 살기로 결정했다. 이웃집 염소치기 페터의 할머니는 하이디를 다시 만나게 된 것을 신에게 감사드렸다.

《하이디의 수업 시대와 편력 시대》는 하이디의 알프스 행으로 시작한다. 다섯 살 난 하이디는 태어나자마자 부모님을 잃고 이모의 손에서 자랐다. 도시에서 일하고 싶어 하던 이모는 알프스에 사는 할아버지에게 하이디를 맡기기로 한다. 어린 하이디를 도시에 데리고 가기에 거추장스러웠기 때문이다.

할아버지는 데테 이모와는 말만 친척뻘이지 사실상 남이나 다름없는 사이였다. 그러니 하이디는 알프스의 모르는 사람 집에 짐짝처럼 버려진 처지나 다름없는 셈이었다. 심지어 이모는 옷가방을 들고 오는 것이 귀찮아서 하이디에게 옷을 껴입혀 데려온다. 하이디는 옷을 잔뜩 껴입은 채 땀을 뻘뻘 흘리면서 산으로 올라간다. 이러한 작품의 첫 장면은 전원의 목가적인 풍경에 대해 품고 있는 우리의 로망을 산산조각 내버린다.

하지만 하이디는 산에 오르자마자 겹겹이 껴입은 옷을 하나씩 벗어던지고 이곳저곳을 살피다가 힘차게 달리기 시작한다. 할아버지는 그런 하이디를 바라보기만 하다가 한 마디 던진다.

> 네가 자고 싶은 데서 자려무나. (요한나 슈피리, 《하이디》, 김영진, 시공주니어, 2006, 37쪽.)

하이디는 오두막집 곳곳을 돌아보다가 마음에 드는 잠자리를 고른다. 직접 고른 잠자리는 별이 가득한 밤하늘이 보이는 다락이었다. 하이디는 자기 손으로 마른 짚을 가져다 깔고 베개를 직접 가져와 잠자리를 꾸민다. 하이디가 들지 못하는 무거운 이불만 할아버지가 대신 옮겨 준다.

잠자리를 꾸미는 일이 끝나자 할아버지는 하이디가 하루 종일 바깥에서 마음껏 뛰놀게 내버려 둔다. 자연의 아름다움을 만끽하던 하이디는 염소젖으로 만든 치즈와 빵으로 식사를 하고 잠이 든다. 밤하늘의 찬란한 별들이 잠든 하이디를 내려다본다. 이날 밤이 알프스에 온 하이디의 첫 번째 밤이었다. 이러한 하이디에게 할아버지는 이렇게 말한다.

> 넌 문제가 있을 때 스스로 해결할 줄 아는 아이로구나. (요한나 슈피리, 같은 책, 42쪽.)

할아버지의 말은 의미 있게 다가온다. 지금 대한민국에 살고 있는 다섯 살 배기 중 하이디처럼 자기가 잘 잠자리를 직접 제 손으로 골라 꾸미고 혼자 잠들 수 있는 아이가 몇 명이나 될까?

하이디는 불우한 아이일까

알프스에서 사는 하이디는 너무나 가난하다. 학교도 가지 못하고 시골의 할아버지와 사는 집은 벽에 구멍이 숭숭 뚫려 얼음 같은 찬바람이 새어 들어온다. 매일 먹는 음식은 빵과 치즈와 염소젖이 전부이다. 그러나 하이디는 알프스에 살면서 행복에 넘친다. 빛나는 태양, 깎아지른 듯한 아름다운 산줄기, 온 세상을 불태우는 석양빛, 꽃 한 송이 풀 한 포기 모두가 경이롭고 신비하다.[5]

겉으로 보면 하이디는 불우한 아이이다. 경제적 환경으로만 치면 국가의 긴급 구호가 필요한 조손가정 아이이다. 하지만 슈피리는 불우한 환경을 강조하는 대신 알프스에서 살아가는 하이디의 충만한 내면을 생생하게 묘사한다. 대자연의 품에 안겨 뛰노는 하이디는 행복하기 이를 데 없다. 하이디를 통해 슈피리는 정말 아이들에게 필요한 것은 무엇인지 질문을 던진다. 아이들에게 도시의 풍요로운 삶이란 어떤 것일까? 잘 먹이고 잘 입히고 열심히 공부시켜 돈 많이 벌게 하는 것만이 아이들의 유일한 행복일까.

제목에서 드러나듯이 슈피리는 이 작품을 교육의 본질에 대한 대답으로 쓰고자 했다. 당시 유럽의 교육은 암기 위주의 틀에 박힌 학습과 엄격한 규율을 강조했다. 심지어 체벌은 교육의 바람직한 수단으로 생각되기도 했다. 1906년 헤르만 헤세가 발표한 소설 《수레바퀴 밑에서》는 유럽의 억압적인 교육을 통렬하게 비판하고 있다. 이 소설에서 아버지와 교장의 욕심에 떠밀려 내키지 않는 공부에 시달리던 한스는 결국 학교를 그만두고 자살에 이른다.

이 작품에서 헤세는 아동의 자유로운 기질을 게으르고 사악하다고 왜곡하며 계도라는 명분으로 억누르는 교육을 깊숙이 비판했다. 슈피리도 당시 억압적인 교육 체계에 대안적인 교육관을 제시했다. 주변 사람들을 사랑하는 마음, 위협이 아닌 자연의 아름다움을 통해 자연스레 길러지는 신앙심, 매사 자신의 힘으로 해내려는 독립심 등등 내면의 힘을 길러주는 교육이 중요하다는 것이다.

자연 속에서 자라나던 하이디는 여덟 살이 되던 해부터 프랑크푸르트[6]에서 살게 된다. 부잣집 외동딸 클라라의 놀이 친구로 가게 되었던 것이다. 클라라의 집에서 일하던 이모는 클라라가 놀이 친구를 구한다는 말을 듣고 부리나케 알프스로 달려간다. 영문도 모르는 하이디는 할아버지와 페터네 할머니에게 선물을 사다주겠다는 꼬임에 빠져 도시로 향한다.

대도시에 살기 시작한 하이디는 오염된 도시 환경과 갑갑한 규율, 도시인들이 가진 편견에 부딪친다. 일단 하이디는 외모부터 달랐다. 게르만 민족이 많은 독일인들은 대부분 금발에 파란 눈동자였지만 하이디는 머리칼도, 눈동자도 새까맸기 때문이었다. 하이디를 처음 만난 클라라는 이렇게 말한다.

> 너처럼 생긴 아이도 처음 봤어. 넌 머리가 늘 그렇게 짧고
> 곱슬거렸니? (요한나 슈피리, 같은 책, 129쪽.)

클라라네의 하녀장 로텐하이머는 하이디를 처음 만나자 이
렇게 말한다.

> 그건 기독교식 이름이 아닌데? 그 이름으로 세례를 받지
> 는 않았을 거다. 세례 때 받은 이름이 뭐지? (요한나 슈피리,
> 같은 책, 124~126쪽.)[7]

친절한 클라라의 아버지 제제만 씨도 이름이 낯설다며 하이
디를 '스위스 아이'라고 부른다. 알프스에 살던 하이디는 한 번
도 외모나 이름이 특이하다는 지적을 받은 적이 없다. 알프스
의 대자연은 누구나 차별하지 않고 품어주었고, 하이디는 행복
할 수 있었다. 그러나 하이디는 도시에서 생전 처음으로 '시골
에 살던 너는 생긴 것도, 이름도 이상하니 천하고 낮은 존재'라
는 딱지가 붙여진다.

슈피리는 하이디의 대도시 생활을 통해 도시인들의 허위의
식을 강하게 비판한다. 제제만 씨 집을 꾸려가는 하녀장 로텐
하이머는 하이디가 책 속에 나오는 예쁘고 순수한 시골 아이
같지 않다며 구박한다. 시골에서 살다 왔기 때문에 도시 문화
에 무지한 것은 당연한데도, 로텐하이머는 하이디가 예의를 모
른다고 걸핏하면 꾸중을 한다.

그 뿐만이 아니다. 프랑크푸르트는 부유한 도시이지만 곳곳
에 위험이 깔려 있다. 거리에는 마차가 세차게 내달리고 먼지

와 오염 물질이 날아다닌다. 이러한 환경 때문에 클라라는 집 밖에 한 발짝도 나가지 못하고 방 안에만 갇혀 산다. 이러한 클라라의 모습은 아파트에 갇혀 살다가 야외로 나서면 반나절도 걷지 못하고 픽픽 쓰러지는 요즘 아이들을 연상시킨다. 신나게 뛰어 놀던 하이디도 하루 종일 방 안에만 갇혀 눈칫밥을 먹으며 야위어 간다. 답답한 규율에 얽매여 도시에서 사육되다시피 자라는 아이들이 얼마나 병약해지는지 잘 보여주는 대목이다.

다행히 하이디는 클라라의 아버지와 주치의의 도움으로 알프스로 돌아가게 된다. 하이디를 그리워하던 클라라도 알프스에서 건강을 회복한다. 특별한 명약을 먹고 건강해진 게 아니라 매일 맑은 공기를 쐬며 조금씩 움직인 결과 자연스럽게 체력이 붙게 된 것이다. 슈피리는 아이들의 성장에 가장 필요한 것은 바로 건강이며, 건강은 의학 기술이 아니라 깨끗한 환경과 자유로운 생활에서 온다는 평범한 진리를 역설한다.

《하이디는 배운 것을 쓸 줄 안다》

슈피리가 살던 시절은 여자가 글을 써서 출판하는 일이 극히 드물었다. 영화로도 유명한 《오만과 편견》을 쓴 제인 오스틴 Jane Austen, 1775~1817만 하더라도 가족들이 함께 사용하던 거실에서 책을 읽는 척하며 몰래 글을 써야 했다. 요한나 슈피리도 첫 번째 작품에 이름의 머리글자 J와 S만 써서 발표해야 했다. 《하이디의 수업 시대와 편력 시대》가 날개 돋친 듯 팔려나가면서 슈피리는 속편 집필에 들어갔다. 속편의 제목은 《하이디는 배운 것을 쓸 줄 안다》이며 지금 우리가 읽는 《하이디》는 이 두 책의 합본이다.

전편이 출판된 지 1년 후인 1881년, 슈피리는 속편을 발표한다. 속편은 알프스에 다시 살게 된 하이디가 행복한 시간을 보내는 것으로 시작한다. 하지만 걱정이 된 목사가 하이디 집을 찾아와 겨울 동안만이라도 마을에 내려와 살기를 권한다. 하이디도 마을에 살고 싶어 한다. 하이디의 소원에 따라 할아버지는 즉각 짐을 싸서 마을로 내려갈 차비를 한다.[8]

프랑크푸르트에서 하이디를 진료했던 친절한 의사 선생님은 최근 사랑하는 외동딸을 잃고 슬픔에 잠겨 있었다. 제제만 씨는 클라라를 알프스에 보내 주겠다는 약속을 지키고 싶어 했지만 의사 선생님은 반대하고 나섰다. 몸이 약한 클라라가 여행을 하게 되면 무슨 일이 일어날지도 모른다고 생각했기 때문이었다. 클라라가 체력을 회복하는 동안 의사 선생님은 하이디를 만나러 알프스로 향했다. 의사 선생님은 알프스에서 지내면서 사람의 몸과 마음을 치유시켜 주는 자연의 힘을 실감한다.

설레는 마음을 안고 알프스에 도착한 클라라는 하이디와 같이 살기 시작한다. 할아버지는 온 힘을 다해 클라라를 간호한다. 하이디는 이웃집 염소치기 페터와 글자를 배우기 시작한다. 눈이 먼 페터의 할머니에게 성경을 읽어주기 위해서였다.

알프스의 맑은 공기와 얽매임 없이 자유로운 시골에서 클라라는 조금씩 건강을 회복한다. 하이디는 할머니를 기쁘게 해 드릴 마음으로 열심히 공부한다. 그러나 염소치기 페터는 유일한 친구였던 하이디를 클라라에게 빼앗긴 듯한 기분이 들기 시작한다. 페터는 클라라를 프랑크푸르트에 돌려보낼 궁리를 하다가 휠체어를 산꼭대기에서 밀어버린다.

"클라라는 걷지 못하니까 저 휠체어만 없어지면 집에 돌아가지 않고는 못 배길 거야."

클라라는 당황하지만 하이디의 격려에 힘입어 걸을 수 있게 되었다. 한편 프랑크푸르트에서 하이디를 귀여워했던 클라라의 할머니가 알프스를 방문한다. 휠체어 없이 제 발로 걷게 된 클라라의 모습을 보고 할머니는 너무나 기쁜 나머지 눈물을 흘린다.

제제만 씨와 의사 선생님도 알프스를 방문한다. 의사 선생님은 자연의 힘으로 클라라의 건강이 회복되었다고 생각하고, 하이디도 대도시보다 계속 알프스에서 살아가는 게 좋다고 진단한다. 클라라의 할머니는 휠체어를 없애 결과적으로 클라라를 걷게 한 페터에게 평생 받을 연금을 주기로 한다. 할아버지는 제제만 씨에게 단 한 가지 소원을 말한다. 할아버지의 소원은 앞으로 무슨 일이 있더라도 하이디가 남의 집 하인이 되는 일이 없는 것이었다. 제제만 씨와 클라라는 건강해진 몸으로 여행을 떠나고, 의사 선생님은 하이디를 양녀로 들인 뒤 알프스로 이주하여 하이디와 할아버지와 같이 살기로 한다.

텅 빈 마을, 부서진 공동체

하이디는 프랑크푸르트를 떠나 알프스로 돌아간다. 그러나 알프스 마을에 살던 사람들은 점점 떠나고 있었다. 모두 도시로 가서 일자리를 얻고 돈을 벌어 화려한 옷이며 물건을 잔뜩 사고 싶어 하기 때문이었다. 마을에는 노인과 아이들만 남았다. 일자리는 도시에 얼마든지 있었다. 당시 유럽 도시에는 하인을 부리는 집이 아주 많았기 때문이었다. 극빈층이 아니라면 하인 한두 명은 꼭 데리고 있었다. 하인이 되려면 특별한 기술이 필요하지 않았기 때문에 가난한 시골 사람들은 저마다 도시로 몰려갔다. 1970년대 한국의 신문을 장식하던 '무작정 상경'과 비슷한 일이 당시 유럽을 휩쓸고 있었던 것이다.

텅 빈 알프스의 마을은 지금의 한국 농촌과 참으로 비슷하다. 입학할 아이들이 부족해 학교들이 없어지고 젊은이들이 떠나면서 마을이 사라지고 있었기 때문이다. 이민으로 인해 사람들이 떠나고 공동체가 쪼그라드는 것은 비단 한국만의 문제가 아니다. 동남아의 저개발 국가들과 중국의 연변 조선족 자치주도 인구 유출의 고통을 받고 있다.

어른들에게 이민은 이중적인 의미를 지닌다. 이민을 떠나면 모든 것이 정든 고향과 달라 고생하기 마련이다. 하지만 동시에 새로운 삶의 가능성이 열리는 기회를 잡을 수도 있다. 그래서 이민은 고난이자, 희망을 의미한다. 하지만 아이들에게 이민이란 완전히 다른 사건이다. 일단 아이들 스스로 이민을 선택하는 일은 극히 드물다. 어른들이 이민을 일방적으로 결정하고 아이들은 따라야만 하는 경우가 대부분이다. 누구나 자신이 선택하지 않은 장소에 가서 살기란 괴로운 법이다. 하지만 고향을 떠나는 슬픔과 새로운 환경에 적응하는 괴로움에 묻혀 아이들의 사정은 종종 잊히고 만다.

하이디는 대량 이주로 인한 인구 유출의 사회적 영향으로 인해 도시와 시골을 오가면서 자신이 원하는 곳에 정착하여 살아갈 권리를 빼앗기고 말았다. 알프스와 프랑크푸르트 중 어떤 곳도 하이디가 스스로 선택한 고향이 아니었다. 인생의 중요한 시기인 성장기에 한 곳에 정착하여 언어와 문화를 배울 안정적인 환경을 제공받는 것은 아이들의 마땅한 권리임에도 불구하고, 당시에는 그런 생각을 갖지 못한 탓이다. 물론 지금도 크게 다르지 않다.

아이들의 환경이 바뀌는 것은 언어 학습에도 영향을 준다. 말을 한참 배울 시기에 언어가 다른 지역으로 이동하는 것은 언어 습득에 지장을 주기 때문이다. 조기유학의 주된 실패도 이중 언어 환경에 대한 부적응인 경우가 많다. 또 불안정한 이민 생활에서 아이들이 마음 놓고 공부할 환경을 빼앗기기도 한다. 유엔 보고서에 의하면 이중 언어 환경에서 자라는 아이들은 단일 언어 사용 아동들보다 언어 발달이 늦어진다고 한다. 동일한 수준으로 끌어올리기 위해서는 약 7년 동안 꾸준한 학습이 필요하다. 실제로 다문화 가정 아이들의 학습을 도와주는 한국어 교사들에 따르면 초등학교 3~4학년에 이르면 언어 발달이 몰라보게 좋아지는 경우가 제법 있다고 한다. 하지만 떠듬거리나마 말을 배우고 나서 또다시 낯선 곳으로 떠나야 한다면 제대로 읽고 쓰기를 배우기란 기대하기 힘들 것이다.

언제 읽고 써야 할까

많은 부모와 선생들이 고민한다. 언제 아이에게 공부를 시켜야 할까? 싫어하는 아이에게 억지로 시키는 공부가 과연 효과가 있을까? 아이가 공부를 하고 싶어 할 때까지 기다리면 너무 늦어지지 않을까? 수많은 사교육 광고들은 이러한 고민에 불을 댕긴다. 일단 시작하세요. 내 아이는 특별하니까!

할아버지는 하이디에게 공부를 하라거나 학교에 다니라는 말을 한 마디도 하지 않는다. 대신 하이디가 학교에 가고 싶어 하자 소원을 들어준다. 마을로 내려간 하이디는 글자를 배우기 시작한다. 하이디가 글자를 배우는 이유는 간단하다. 눈이 멀어가는 이웃집 할머니에게 성경을 읽어주기 위해서다. 염소치기 페터와 하이디는 본격적으로 글을 배우기 시작한다. 그런데 교재의 내용은 마치 아이들을 협박하는 듯한 내용으로 채워져 있다.

> 오늘도 ABC를 모르면
> 내일은 교장실에 불려가리.
>
> DEFG가 술술 안 나오면
> 불행이 뒤따르리.
>
> HIJK를 잊어버리는 날엔
> 재난을 맞으리.

아직도 JLM을 더듬거리면
벌금도 내고, 창피도 당하리.

그 다음에 무엇이 나오는지 알면
NOPQ는 금방 배우리.

RST에서 꾸물거리면
귀신이 쫓아와서 널 아프게 하리.

U자와 V자를 아직도 헷갈려하면
절대 가고 싶지 않은 곳에 가게 되리.

아직도 W를 모르면
벽에 걸린 회초리를 맛보리.

X를 잊어버리면
오늘은 아무것도 못 먹으리.

Y에서 멈추면
조롱과 업신여김을 당하리.

Z에서 꾸물거리면
아프리카 호텐토트족한테 보내 버리리.
(요한나 슈피리, 같은 책, 377~382쪽.)[9]

교재를 본 페터는 깜짝 놀라 겁을 집어먹는다. 반면 하이디
는 눈먼 할머니에게 성경을 읽어주기 위해 열심히 공부한다.
구체적인 동기가 있기에 하이디의 공부는 진도가 빠르다. 하이
디가 성경을 읽어줄 때마다 할머니는 기뻐한다. 기뻐하는 할머
니의 모습에 하이디는 더욱 공부를 좋아하게 된다.

슈피리는 속편에서 공부란 대체 무엇인가라는 질문을 던진
다. 왜 사람은 공부를 해야 하는 것일까. 출세하기 위해서인가,
아니면 진리를 탐구하기 위해서인가? 이 문제는 여러 교육자
들을 오랫동안 고민하도록 해왔다.

이 질문의 해답은 간단하다. 출세와 진리, 둘 다 공부의 목적
이다. 그러나 출세만이 공부의 목적이 된다면 억압적인 교육
방식이 힘을 얻게 된다. 당시 유럽에서는 주입식 교육과 암기
식 학습이 강요되었다. 아이들은 당연히 공부에 싫증을 느꼈고
이러한 아이들을 책상 앞에 붙잡아놓기 위해 엄격한 규율이 시
행되었다. 마치 현대 한국의 교육이 연상되는데, 한편으로 이
러한 교육 방식에 의문을 품고 새로운 교육을 시험하는 선구자
들이 등장하고 있었다. 요한나 슈피리가 태어났던 해에 세상을
떠난 스위스의 교육자 요한 하인리히 페스탈로치Johann Heinrich
Pestalozzi, 1745~1827가 그러한 선구자들 중 하나였다.

페스탈로치와 슈피리는 아이들을 어른과 다른 특별한 존재
라고 생각했다. 모든 아이들은 마음속에 진리에 대한 열망을
갖고 있으며, 교사는 그 열망을 자연스럽게 펼치도록 돕기만
하면 된다. 이러한 믿음에는 인간은 태어날 때부터 선량하며
진리를 깨칠 능력을 품고 있다는 생각이 깔려 있다. 이러한 생
각은 모든 인간은 죄인이라는 기독교의 인간관과 정면으로 배

치되는 것이었다. 물론 아이들이 타고난 가능성을 펼치도록 돕기만 하면 된다는 교육관이 힘을 얻기까지 수많은 교육자들과 아동 문학가들의 노력이 소요되었지만 말이다.

현재 한국 교육에 대해서도 수많은 논란이 일어나고 있다. 무상급식과 무상교육, 교육감 직선제 등 기본적인 제도에 대해 오늘도 소모적인 논쟁이 이어진다. 그러나 한국의 교육이 근본적인 전환을 이루기 위해서는 인간관 자체에 대한 고민이 선행되어야 한다. 인간이 태어날 때부터 게으르고 무능하다면 교육이 강압적이어야 할지도 모른다. 하지만 모든 사람이 선과 진리를 사랑하는 마음을 갖고 태어난다면 어떨까. 타고난 가능성을 꽃피워주는 교육이 더 효과적임이 분명하다.

이탈리아 이민의 시대, 《쿠오레》

하이디는 머리도 눈동자도 검은색이었다. 슈피리는 이를 통해 하이디가 알프스 산맥 남쪽의 혈통을 받았다고 암시한다. 알프스는 서유럽과 남유럽을 가르는 경계이고, 이 산맥을 넘으면 이탈리아가 펼쳐진다. 이탈리아의 수도는 로마. 예루살렘이 기독교인들의 마음의 고향이듯 로마는 유럽 문명의 고향이다.

이탈리아는 중세까지 유럽의 정신적 수도였지만 근세 이후 강대국 등쌀에 오랫동안 시달려야 했다. 그래서 비교적 통일이 늦게 이루어졌다. 유럽의 강대국과 왕가들이 이탈리아를 조각조각 찢어 소유하고 있었기 때문이었다. 이탈리아가 새롭게 건국되기 위해서는 이러한 주변의 강대국들 및 내부의 유력 가문들과 하나하나 싸움을 벌여야 했다. 그렇기에 이탈리아의 독립 전쟁은 통일 전쟁이기도 했다.

오랜 내전을 거치면서 이탈리아 독립투사들에게는 자신들이 다 같은 이탈리아 말을 쓰는 이탈리아 사람이라는 정체성이 생겨나기 시작했다. 밀라노 사람, 베네치아 사람이라는 지역 의식 대신 외세를 밀어내기 위해 똘똘 뭉쳐 싸워야 한다는 국민 의식nationalism이 자라나기 시작한 것이다. 《쿠오레》는 이러한 이탈리아의 국민 의식이 반영된 작품이다.

외세에 시달리던 이탈리아가 독립하기 위해서는 모든 국민이 동일한 국가 정체성을 가지고 똘똘 뭉쳐야 했다. 공부와 학습을 통해 자랑스러운 이탈리아 국민으로 거듭나고, 조국을 지키기 위해 총을 들고 나서야 했던 것이다. 이러한 통일 국가의 정체성은 어른보다 순수한 아이들이 잘 받아들인다. 그래서 《쿠오레》에는 소년병 이야기가 많다. 독립 전쟁에 참여한 소년병이 장렬하게 전사하면 어른 병사들이 애도하며 피눈물을 뿌리는 등의 이야기이다. 지금 읽으면 아프리카와 서남아시아의 소년병들이 떠올라 적잖이 무섭기도 하다. 소년들이여, 나라를 위해 죽어라, 그러면 영원히 기억될 것이다! 그래서인지 요즘 아이들에게 《쿠오레》는 별로 권하고 싶은 책이 아니다. 죽어서야 쓰겠는가, 이 좋은 세상을 행복하게 살아야지.

한편 오랜 전쟁에 시달린 수많은 이탈리아 사람들은 이민을 선택했다. 이탈리아 사람들이 주로 택한 이민지는 아르헨티나였다. 당시 아르헨티나 이민은 매우 성행해서 아르헨티나 인구 중 5분의 1이 이탈리아인이었다고 한다. 요즘 베트남이나 캄보디아 사람들이 한국에서 돈을 벌어 본국의 가족들에게 보내

주듯 이탈리아 사람들은 아르헨티나에서 돈을 벌어 가족들에게 송금했다. 《쿠오레》속 이야기인 〈엄마 찾아 삼만 리〉의 주인공 마르코의 어머니도 빚을 갚기 위해 아르헨티나로 떠난다. 가정부로 일하면서 일 년 동안 꼬박꼬박 돈을 보내오던 어머니는 불현듯 연락이 끊기고 만다. 연락이 끊긴 지 일 년이 넘자 열세 살 난 마르코는 어머니를 찾아 아르헨티나로 가기로 결심한다.

지금 이탈리아에서 아르헨티나까지 가려면 비행기 한 번 타는 것만으로 충분하다. 그러나 19세기에 살던 마르코는 제노바에서 부에노스아이레스까지 배를 한 달 동안 타야 했다. 부에노스아이레스에 도착한 마르코는 보까라는 마을까지 이틀 동안 걸어간다. 보까는 부에노스아이레스에서 아주 가까워서, 요즘 관광객들이 당일치기 코스로 다녀오는 여행지다. 하지만 교통수단이 발달하지 못한 당시 마르코는 이틀이나 걸어가야 했다.

여기가 끝이 아니다. 마르코는 보까에서 사흘 동안 배를 타고 강을 따라 로사리오라는 도시까지 간다. 로사리오에서도 어머니를 찾지 못한 마르코는 이틀 동안 기차를 타고 꼬르도바에 도착한다. 지칠 대로 지친 마르코는 고향 이탈리아 사람들의 도움을 받아 일주일 동안 마차를 타고, 다시 일주일을 더 걸어서 아르헨티나 내륙 깊숙이 들어간다. 어머니는 팜파스라는 초원 평야지대 속의 투쿠만이라는 도시에 살고 있었다. 알고 보니 어머니가 일하는 주인집이 계속 이사를 했는데, 편지를 전해주는 사람이 사업에 실패하고 죽어버리는 바람에 편지가 끊어진 것이었다.

마르코가 도착할 당시 어머니는 수술을 받지 않으면 죽음에 이르는 병을 앓고 있었다. 마취약이 없던 시절 어머니는 무서운 고통을 겪느니 차라리 죽겠다고 결심하고 있었다. 그러던 중 마르코와 재회한 어머니는 삶의 의지를 되찾고 고통스러운 수술을 받기로 마음을 바꾸어 먹게 된다.

〈엄마 찾아 삼만 리〉는 비록 동화지만 당시 수많은 사람들의 눈물을 자아냈다. 지금처럼 인터넷과 전화가 발달하지 못한 19세기의 이민자들은 편지 연락이 끊기면 그걸로 영영 이별이었다. 요즘도 열세 살 난 아이가 홀로 여행하는 일은 드물다. 사랑하는 가족이, 가는 데에만 두 달이 걸리는 먼 곳까지 가서 영상통화나 이메일은커녕 한 달에 한 번 편지만 보내온다면 현대의 부모와 아이들은 견딜 수 있을까? 그러다가 일 년 넘게 생사조차 모른다면 얼마나 고통이 클까.[10]

이주란 어른의 관점에서 보면 내가 지금 살고 있는 장소를 떠나는 것을 의미한다. 즉 내가 직접 선택하고 움직이는 것이다. 그런데 아이의 관점에서 이주란 남겨지는 것을 의미하기도 한다. 어른들이 돈을 벌기 위해 아이들을 두고 떠나는 경우도 있기 때문이다. 동화 속 마르코는 그리움을 이기지 못하고 엄마를 찾아 여행을 떠나지만 현실 속의 마르코는 떠나지 못하고 마음의 병을 앓는다.

이러한 현실 속의 마르코들은 멀리 있지 않다. 예를 들어, 연변의 조선족 아이들은 대부분 부모와 떨어져서 지내고 있다. 어른들이 한국에 일하러 갔기 때문이다. EBS 지식채널 〈가슴병〉 편을 보면 현재 조선족 전체 인구는 약 200만 명인데 이 중 47만 명이 한국에 와 있다. 그래서 지금 조선족 아이들 열

명 중 일곱 명은 부모님과 떨어져 살고 있다고 한다. 부모님의 보살핌이 한창 필요한 나이에 떨어져 사는 조선족 아이들은 다름 아닌 현실 속의 마르코들이다. 조선족 학교 교사는 이러한 상황을 "우리 아이들은 집단적 가슴병에 걸려 있다"고 표현하기도 했다. 몇 년에 한 번 간신히 비행기 표 값을 마련해 가족들이 모이기라도 하면 아이들은 부모와 떨어져 지낸 슬픔에, 부모들은 몰라보게 자란 아이들의 모습에 눈물을 흘린다.

대개 조선족 이민자들은 조부모나 친척에게 아이들을 맡기고 한국에 들어온다. 그런데 아이를 맡은 어른이 병이 나는 등 사정이 생기면 아이들은 한국 내 미등록 상태를 감수하고 부모 곁으로 들어와야 한다. 이 아이들은 한국 국적이 없기 때문에 교육과 건강 등 권리의 사각지대에서 살아가게 된다. 더구나 미등록을 들키기라도 하면 추방당하고 만다. 만약 〈엄마 찾아 삼만 리〉의 마르코가 불법 체류자로 붙들려 추방당하면 독자들이 얼마나 어리둥절할까.

한국의 하이디와 마르코를 위하여

실제로 한국에서 비슷한 사건이 일어난 적이 있다. 2012년 한국인과 몽골인의 싸움을 말리다가 경찰에 연행된 몽골 청소년 고1 학생 빌궁(한국이름 김민우) 군은 경찰서에 끌려갔다. 빌궁 군은 미등록 사실을 들킬까봐 경찰이 시키는 대로 해야 했다. 경찰은 빌궁 군이 갖고 있던 휴대폰을 빼앗고 '통역을 잘하면 집에 보내주겠다'고 구슬렸다고 한다. 빌궁 군은 아무데도 연락하지 못한 채 경찰이 시키는 대로 밤새워 통역을 하면서 식사도, 수면도 취하지 못했다.

빌궁 군은 통역을 잘하면 보내주겠다는 경찰의 말을 믿고 기다렸지만 다음날 아침이 되자마자 출입국관리사무소에 넘겨졌다. 이 과정에서 수갑이 채워졌고 낯선 어른들과 밤새도록 한 방에서 지내야 했다. 당장 추방당하지 않으려면 몇천 만 원에 이르는 보증금이 필요했다. 부모님께 폐를 끼치기 싫은 빌궁 군은 추방을 받아들였다고 한다. 빌궁 군은 인천 공항에서 비행기를 타기 직전에야 겨우 수갑에서 풀려날 수 있었다. 국가인권위원회와 인권단체들은 이 사건을 대표적인 이주 아동 인권 유린 사례로 판단했다. 추방 과정에서 나이 어린 청소년에 대한 인간적인 배려를 전혀 찾아볼 수가 없기 때문이었다.

여기저기 언어가 다른 나라들을 떠도는 아이들이 제대로 공부하기란 쉽지 않다. 한국에서 공부하던 이주 아동이 중도에 출국하면 그동안 기울인 공부는 헛고생이 되고 만다. 최근 이주 아동이 학업을 마칠 수 있도록 법제도가 정비되고 있으나 성년이 되면 추방될 가능성이 여전히 남아 있다. 학업이 끝나자마자 추방된다면 낯선 나라에 가서 처음부터 다시 공부를 시작해야만 한다. 한국 국민의 세금으로 가르쳤으면 취업 등 사회에 진출하여 활동할 수 있어야 교육의 결실을 볼 수 있지 않을까. 우리는 그들이 한류를, 한국의 역사와 문화를 세계에 소개할지도 모른다는 생각을 못한다. 아동들의 고통에 둔감한 사회, 바로 어른들이 만든 세상이다.

사람들은 언제나 새로운 삶을 꿈꾸고, 그 꿈을 위해 낯선 곳으로 여행을 떠나기를 주저하지 않는다. 그러므로 역사 속에서 이주란 신기하거나 낯선 일이 아니다. 이들 이주민을 공동체의 진취적인 일원으로 받아들이고 새로운 사회를 만들어 나가야 한다. 그럼으로써 이주민도, 선주민[11]도 더 나은 사회에서 살아 갈 수 있을 것이다.

이야기 속 이야기

1 스위스는 프랑스어와 독일어 둘 다 공용어로 사용하고 있으며 슈피리는 독일어로 작품을 썼다. 제목은 독일의 대문호 괴테의 대표작 《빌헬름 마이스터의 수업 시대》에서 따왔다. 이 작품은 대표적인 교양 교육 소설로 꼽히는데, 슈피리가 독문학 전통에 영향을 받았으며 작품을 통해 진정한 교육과 성장의 의미를 탐구했기 때문이다.

2 보불전쟁으로 인해 쓰인 유명한 문학작품이 한 편 더 있다. 바로 알퐁스 도데(Alphonse Daudet, 1840~1897)의 〈마지막 수업〉이다. 보불전쟁은 오스트리아를 제외한 게르만족의 통일을 추구한 프로이센과 그에 반대하는 프랑스와의 전쟁이었다. 이 전쟁에서 패배한 프랑스는 알자스와 로렌 지방을 독일에게 넘겨주게 된다. 〈마지막 수업〉은 보불전쟁이 끝난 뒤 알자스의 프랑스어 수업이 사라지게 된 학교 풍경을 서정적으로 그린 작품이다. 그런데 알자스와 로렌 지방은 당시 프랑스와 독일 사이에 위치하고 있어 주민 대부분은 독일어와 프랑스어를 같이 사용했다. 그러나 〈마지막 수업〉에서 알자스 주민은 마치 프랑스어만 사용하는 것처럼 왜곡되어 묘사된다. 이름난 고전 작품도 계속해서 비판적 시각으로 보아야 하는 예다.

3 슈피리보다 50여 년 전에 거의 비슷한 내용으로 《알프스 소녀 아텔하이트》라는 동화책이 한 독일 작가에 의해 출판된 적이 있다는 것이 2010년에 밝혀졌다. 그녀의 표절 의혹은 전 세계 독자에게 큰 충격을 던졌다.

4 아뻬니니 산맥은 이탈리아 반도를 따라 내려가는 산맥이고 안데스 산맥은 남미 대륙의 서쪽을 남북으로 달리는 산맥이다. 〈엄마 찾아 삼만 리〉는 영어 번역 제목 《3,000 Leagues in search of Mother》를 일본어로 재번역한 것이다. 재미있게도 일본어로 번역하면서 삼천 리그가 삼만 리가 되어 미터법으로는 거리가 오히려 줄어들었다. 하지만 〈엄마 찾아 삼만 리〉가 아니라 《엄마 찾아 삼천 리》였다면 지금처럼 인기를 끌었을까.

5 이 작품이 쓰인 당시만 해도 스위스는 선진국이 아니었다. 국토의 대부분이 척박한 산악지대라 농업이 발달하지 못했기 때문이었다. 워낙 먹고 살기 힘들었던지라 많은 남성들이 용병으로 살아가야 했다. 현재 스위스는 금융과 하이테크 산업으로 유명하며 직접민주주의가 가장 잘 실천되고 있는 모범 국가로 꼽는다. 반면 1971년이 되어서야 여성 참정권이 완전히 실현되었고 전 세계의 검은 돈을 세탁해 주는 이면을 지녔다고 비판받기도 한다.

6 프랑크푸르트는 독일의 대도시이다. 유럽 중앙은행(ECB)이 이곳에 있으며 독일

의 경제적 수도로 알려져 있다. 유럽 연합에서 가장 부유한 도시 중 하나이기도 하다. 12세기에 이미 도시가 건설되어 있었으며 괴테도 이곳에서 주로 활동했다. 매년 10월 세계 최대 도서전인 프랑크푸르트 국제도서전으로도 유명하다. 이 작품에서 알프스와 프랑크푸르트는 시골과 도시, 궁핍과 번영을 상징하며 대조된다. 그러나 슈피리는 아이들의 성장을 위해서는 궁벽한 시골 알프스가 도리어 훌륭한 환경이 될 수 있다고 생각했다.

7 현재 서구권에서 하이디라는 이름은 아주 흔하게 쓰인다. 실제로 이 작품을 통해 하이디라는 이름이 널리 사용되었다고 한다.

8 할아버지가 마을 사람들을 피하며 교회에도 가지 않는 이유는 작품 속에 명확하게 나와 있지는 않다. 대신 할아버지가 젊었을 적 참전한 전쟁에서 큰 상처를 받았다는 과거가 암시된다. 다행히도 하이디와 클라라를 돌보면서 할아버지도 마음의 고통을 덜게 되었다. 작품이 보불 전쟁 난민을 돕기 위해 쓰였다는 사실과 연결되는 부분이다.

9 호텐토트족은 남아프리카 공화국 지역에 살던 코이코이족을 비하하는 이름이다. 19세기 초 코이코이족은 백인들의 공격을 받아 대부분 사망하고 그중 사라 바트만이라는 여성이 1810년 유럽으로 끌려온다. 유럽인들은 바트만을 '호텐토트 비너스'라고 부르며 광장이나 각종 전시회, 대학, 서커스에서 구경거리로 삼았다. 사람들의 호기심이 사그라들자 바트만은 알코올 중독에 빠져 성매매로 생계를 잇다가 26세에 죽었다. 그녀의 유해는 박제되어 1974년까지 프랑스 국립인류학박물관에 전시되었다가 인권 단체들의 항의로 2002년에야 고향으로 돌아갔다. 바트만의 장례식에는 넬슨 만델라 등 8천여 명이 참석하여 식민통치와 여성 학대, 인종차별의 비인간성을 고발했다. 2010년 바트만의 전기영화 〈검은 비너스〉가 공개되었다.

10 1993년 네팔 출신 이주 여성 노동자 찬드라 쿠마리 구룽 씨는 점심을 먹으러 공장 근처 식당에 들렀다. 식사를 하고 나자 찬드라 씨는 지갑을 깜빡 잊고 가지고 오지 않은 사실을 알았다. 찬드라 씨는 식당 주인에게 근처 공장에서 일하고 있으며 지갑을 가져와 돈을 치르겠다고 말했다. 하지만 찬드라 씨의 한국어는 거의 통하지 않았다. 식당 주인은 경찰에 연락했고 무전취식 혐의로 찬드라 씨는 연행되었다. 안타깝게도 경찰도 찬드라 씨의 한국어를 이해하지 못했다. 찬드라 씨는 "나는 네팔 사람이고 공장에 다니고 있으며 돈도 비자도 있다"고 열심히 말했지만 당시 한국에 네팔 사람이 살고 있다는 사실을 아는 사람은 거의 없었다. 경찰은 찬드라 씨를 행려병자로 생각하고 청량리 정신병원에 보냈다. 정신병원에서 찬드라 씨는 묶이거나 강제로 약을 먹어야 했다. 정신과 의사가 행려병자가 아니라 진짜 네팔 사람이라는 사실을 알아내기까지 7년이 걸렸다. 그동안 찬드라의 어머니는 충격을

받아 세상을 떠나고 말았다. 이 기이한 이야기는 박찬욱 감독이 영화로 만들기도
했다.

11 원주민이라는 용어 대신 사용된다. 원래부터 산 사람인지는 알 수 없지만 나중에
이주한 사람들보다는 먼저 살고 있던 사람들이라는 의미이다.

아홉 번째 이야기,

태도에 숨겨진 비밀

세라 이야기 왕자와 거지

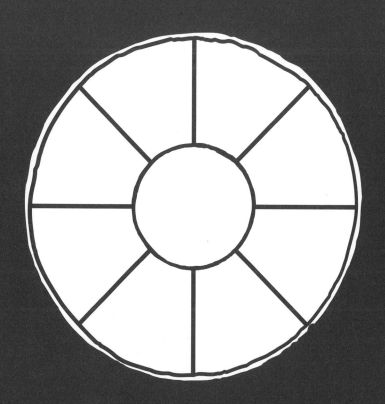

엄마, 우리집 가난해?

아이들은 의외로 자신의 계층을 예민하게 인식한다. 우리 집 부자야? 우리 집 가난해? 못 살아? 우리보다 잘 사는 사람들은 어떻게 살아? 이러한 질문을 받으면 대답하기 참 난감하다. 초등학생도 아파트 평수와 자동차 등급을 줄줄 꿴다던 뉴스에 놀란 것도 벌써 30년 전이다. 자본주의 사회에 사는 아이들은 돈이 자신의 미래를 좌우한다는 사실을 너무나 잘 알고 있다.

돈 이야기는 성에 대한 이야기 다음으로 아이들에게 꺼내기 힘든 주제이다. 여러 가지 이유가 있을 것이다. 우리 집에 돈이 많다고 하면 아이들이 펑펑 써댈까봐, 없다고 하면 기죽을까봐 걱정이다. 하지만 제일 이야기하기 힘든 부분은 따로 있다. 세상은 돈 없는 사람을 천대한다는 것이다. 돈이 없다는 사실만으로 무시당하고 밀려난다. 가난한 사람들은 불편한 생활보다는 멸시 때문에 상처를 받는다. 부모들이 자식들을 험한 입시 경쟁에 내모는 이유는 바로 이것 때문이다.

그런데 따지고 보면 돈이 있다고 손가락질 안 받는 것은 아니다. 반대로, 부자는 아니더라도 정직하고 품위 있으며 행실이 올바른 사람들을 우리는 존경한다. 대개의 사람들은 교양 없고 상스러운 졸부 보다는 가정교육 잘 받고 겸손하며 예절 바른 사람들과 교분을 맺으려고 할 것이다.

그 이유는 돈이 전부가 아니기 때문이다. 이 말을 뒤집으면, 사람과 사람 사이의 차별이 돈이나 권력 말고도 다른 것에 의해서도 좌우된다는 뜻이 된다. 사람과 사람을 구분 짓고 차별하도록 하는 조건들은 매우 다양하다. 연령이나 외모, 부모의 지위처럼 본인이 어찌 할 수 없는 부분도 있고, 종교나 교육 수준, 예절과 같이 의지로써 변화시킬 수 있는 것도 있다. 반면에 습관이나 말투, 억양, 몸짓, 좋아하는 음식 같은 것은 의지만으로는 쉽게 고쳐지지 않는 것들이기도 하다. 이 장에서는 이처럼 태도에서 우러나오는 교양과 품위에 대한 작품 두 편을 살펴보기로 하자.

자본주의의 시대를 열다

19세기 미국에서는 왕성한 창조력을 지닌 작가들이 많이 태어났다. 추리 소설의 개척자 에드거 앨런 포Edger Allan Poe, 1809~1849, 유럽과 다른 미국의 개성적인 문화를 문학예술의 경지에 끌어올린 헨리 제임스Henry James, 1843~1916 《오즈의 마법사》[1]로 미국 아동 문학의 전성기를 연 라이먼 프랭크 바움 Lyman Frank Baum, 1856~1919 등등이 그들이다.

이 시기 남북전쟁을 끝낸 미국은 공업화를 추진하여 경제를 급격히 성장시켰다. 그러나 정치는 부패하고 하층민은 가난에 허덕였다. 특히 기업의 담합과 자본의 시장 독점이 극심했다. 당시 미국은 풍요롭게 번영하는 듯 보였지만 대통령조차 뇌물을 받아먹는 등 추문이 끊이지 않았다. 겉보기는 화려했지만 예의도 도덕도 땅에 떨어진 시절이었다. 미국사에서 이 시기는 흔히 '도금 시대The Gilded Age'라고 불린다.

이 시기 미국은 경제가 빠른 속도로 성장하면서 평범한 사람들의 삶도 하루가 다르게 바뀌고 있었다. 사방에서 졸부와 빈민이 속출했다. 먹고 살기는 힘들었지만 맨주먹으로 공장을 일으켜 떼돈을 버는 일이 가능했다. 땡전 한 푼 없는 빈털터리가 해외로 나갔다가 거금을 쥐고 돌아오는 일이 비일비재했다. 옛날이야기에서나 나오던 벼락부자들이 이제 현실에 등장하기 시작했다.

이들은 기존 사회를 지배하던 귀족이나 성직자와 완전히 달랐다. 이들은 의사, 법률가, 공장주들로서 잘 봐주어야 고급 기술자 대접을 받던 사람들이었다. 그러나 이들은 강인한 체력과 불굴의 의지, 그리고 끝없는 탐욕을 지니고 있었다. 이들은 돈만 벌어들이는 데 그치지 않고 혁명을 일으켜 왕족을 죽이고 정치권력을 손에 쥐었다. 돈과 권력으로 세상을 정복하기에는 그다지 오랜 시간이 걸리지 않았다. 지금 이들은 지배층이자 유한계급을 이르는 그 유명한 단어, 즉 부르주아라 불린다.

부르주아라는 신인류

부르주아는 돈만 많이 번 것이 아니었다. 이들은 뭔가 달랐다. 이들은 교회를 다녀도 신을 두려워하지 않았다. 왕을 모셨지만 뒷구멍으로 그들에게 열심히 돈을 빌려주었다. 입으로는 도덕적 타락을 개탄하면서도 뒷골목 빈민들을 상대로 성매매를 즐겼다. 식민지에서는 한술 더 떴다. 선교사를 보내 기독교를 권하고 개종하지 않으면 군대를 보내 학살을 벌였다. 목적은 돈이었고 부르주아는 언제나 돈을 벌었다.

부르주아는 신을 믿지 않았으며, 세상의 지탄도 두려워하지 않았다. 불가능과 죽음은 부르주아의 사전에 없는 단어였다. 모든 것이 시장을 통해 해결되어야 하고 정부의 간섭은 극도로 축소되어야 했다. 빈자 구제는 동정심 많은 부인들 몫이었다. 합리적이고 효율적인 돈벌이만이 인생의 유일한 목적이었다. 기독교가 지배하던 전근대 사회에서 이들은 느닷없이 나타난 신인류였다.

부르주아라는 신인류는 작가들의 호기심을 자극했다. 이들은 대체 어떤 사람들인가? 이들이 가는 곳마다 산이 깎이고 숲이 사라졌다. 그 자리에는 철도가 깔리고 공장이 세워졌으며, 빈민들이 길바닥에 내던져졌다. 매일 아침 눈을 뜰 때마다 새로운 물건들이 쏟아져 나왔다. 이들은 지극히 개인주의적이었지만 시장 독점을 위해 담합할 때만큼은 군대 뺨치는 조직력을 보여주었다. 돈벌이에 관한 한 기상천외한 발상을 쉴새없이 쏟아내지만 학문이나 예술, 종교에 대해서는 백치에 가까웠던 이 이상한 사람들은 누구인가?

왕자와 공주는 만들어진다

부르주아에 대한 초기 견해는 그들의 선천적인 특성에 주목하자는 것이었다. 즉, 그들이 원래 돈을 벌어들이고 불리는 재능을 타고났다는 것이었다. 부르주아들은 태어날 때부터 근면과 인내, 실패를 두려워하지 않는 배짱과 용기를 갖고 있다. 물려받은 재능을 이용하여 막대한 부자가 되는 것은 어찌 보면 당연한 일이었다. 비슷한 시기 등장하기 시작한 신흥 학문도 부르주아의 우월성을 선전했다. 우수한 인간을 골라내려는 우생학, 두개골 모양으로 미래의 범죄자를 찾을 수 있다는 골상학이 대표적이다. 물론 이러한 학문은 오래 전에 비과학적인 편견 덩어리로 판명 났다.

부르주아가 이뤄낸 신화적인 성과에 사람들은 실로 감탄했다. 저만큼 고생해서 자수성가했다면 부자가 되어 거들먹거리는 모습도 참아줄 만했다. 게다가 학자들도 부르주아는 태어날 때부터 잘난 사람들이라고 말하고 있으니 교육을 덜 받은 대부분의 사람들은 이의를 제기할 수 없었다. 하지만 부르주아의 자식 세대는 좀 달랐다. 이들은 부모 잘 만난 것 말고는 별다른 고생을 한 적이 없기 때문이었다. 부모에게 돈과 자유를 물려받은 자식 세대들에게는 타도할 왕이나 개척해야 할 땅도 없었다. 부모가 겪은 고난을 굳이 반복할 필요 없이 물려받은 유산을 잘 유지하면 그만이었다. 일찍이 부르주아는 귀족을 가리켜 "태어나는 것 외에는 아무 수고도 하지 않은 자들"이라고 공격했다. 하지만 불과 몇 십 년 만에 자기 자식들이야말로 비슷한 말을 들을 처지가 되었던 것이다.

부르주아의 자식들은 왕족처럼 부귀영화를 누리며 자랐다. 하지만 이들이 부모와 같은 근면과 인내, 용기와 배짱이 없다면 물려받은 재산을 불리기는커녕 지키기도 힘들었을 것이다. 그렇다고 부모가 겪었던 혹독한 과정을 다시 반복할 수도 없다. 민중의 질시도 피하고 재산도 지킬 방법은 단 하나 뿐이었다. 바로 공부였다.

이 사실을 잘 아는 부르주아들은 자식들을 혹독하게 공부시켰다. 아낌없이 돈을 써서 케임브리지, 옥스퍼드 등 유명한 학교에 보내고 학문과 예술을 가르쳐 교양인으로 만들었다. 부르주아의 자식들은 오늘날의 한국 대학 입시 못지않은 피나는 교육 과정을 거쳐야 했다. 여기서 살아남아야만 재산을 상속받고 어울리는 가문의 상대를 만나 결혼할 수 있었다. 아마 이들도 한국 아이들이 듣는 똑같은 말을 수없이 들었을 것이다. "공부하기 싫어? 싫으면 나가서 돈을 벌던가!"

부르주아의 자식들이 대거 입학한 학교는 이제 특별한 장소가 되었다. 학벌을 통해 부를 대물림할 통로가 만들어졌다. 동문끼리 똘똘 뭉치고 거기에 혼인으로 혈연을 더하고 동업자가 되었다. 학교는 계급끼리 충돌하고 뭉치는 치열한 전투의 장이 되었다. 여기에 아파트 평수 나누기는 댈 것도 아니었을 것이다. 당시 부르주아 계급의 문화를 제대로 포착했다고 평가받는 《세라 이야기》는 바로 이러한 기숙학교를 배경으로 삼고 있다.

프랜시스 호지슨 버넷과《세라 이야기》

《세라 이야기》는 1887년 《민친 선생의 여학교에서 일어난 일: 세라 크루》라는 제목으로 처음 발표되었다. 1902년 〈소공녀A Little Princess〉 라는 연극으로 각색되어 성공을 거둔 다음, 1905년 동명 소설로 출간되어 역시 인기를 끌었다.[2]

이 책을 쓴 프랜시스 호지슨 버넷Frances Hodgson Burnett, 1849~1924은 영국 시함에서 태어났다. 아버지가 죽고 난 뒤 버넷은 할머니의 손에 자라면서 독서의 즐거움을 익혔다고 한다. 당시 버넷의 고향에서 가까운 맨체스터는 목화 산업이 경제의 주축이었는데, 미국의 남북 전쟁으로 인해 산업이 붕괴된 상태였다. 갈수록 생계가 어려워지자 버넷 가족은 미국의 테네시주 녹스빌로 이주하기로 결심했다. 버넷이 열여섯 살 때 일이었다.

버넷은 가족 생계를 돕기 위해 열아홉 살 때부터 이야기를 쓰기 시작했다. 생계로 시작한 일이기에 버넷은 글을 꼼꼼히 다듬을 시간도 없이 많은 양의 작품을 쏟아내야 했다. 버넷은 글쓰기로 돈을 벌어 가족을 위해 새집을 사고 형제들이 모두 결혼한 후에야 겨우 자기 가정을 가질 수 있었다.

첫아들 리오넬을 낳은 버넷은 두 번째 아이로 딸을 바랐지만 둘째 아이도 아들이었다. 한편 남편 스완은 의사 수업을 받느라 수입이 거의 없었다. 버넷은 글을 써서 가정 생계를 유지하면서 돈을 아끼느라 손수 아이들의 옷을 만들었다. 버넷의 어린 아들들은 프릴과 레이스 칼라가 달린 옷을 입고 단발머리를 둥글게 말아 예쁘장하게 치장했다. 버넷은 '소공자'라는 제목으로 알려진 대표작 《세드릭 이야기Little Lord Fauntleroy》을 쓰면서 이러한 자기 아이들의 모습을 주인공 세드릭의 모델로 삼았다. 금발 머리에 레이스 프릴 옷을 입은 세드릭은 이후 전형적인 서구 미소년의 아이콘이 된다.

남편이 전문의 과정을 밟는 동안 버넷은 워싱턴에서 시부모와 같이 살았다. 이 시기 버넷은 본격적으로 작가 커리어를 시작하는데, 첫 번째 책을 출간하고 희곡을 써서 연극 무대에 올리기도 했다. 이때 《작은 아씨들》의 작가 루이자 메이 올콧Louisa May Alcott, 1832~1888과 교류하기도 했다. 버넷의 명성은 올라가고 있었지만 남편과 떨어진 채 두 아들을 돌보며 글쓰기만으로 생계를 책임져야 했다. 이러한 상황은 버넷에게 피로와 우울을 가중시켰다.

1886년 발표된 《세드릭 이야기》는 베스트셀러가 되어 12개 언어로 번역되었다. 이 작품은 버넷에게 아동 문학 작가로 단단한 입지를 제공했다. 다음해 버넷은 두 아들과 함께 영국 여행을 떠났다. 버넷은 고향 맨체스터에 집을 구입하는 등 영국에 정착할 준비를 시작했다. 그러나 후속작 《필리파 페어펙스의 행운The Fortunes of Philippa Fairfax》이 실패하고 큰아들 리오넬이 세상을 떠나는 불운이 닥쳤다. 버넷은 큰아들의 죽음을 기리는 책을 썼지만 뒤이어 작은 아들 비비안마저 병으로 앓아누웠다.

비비안은 다행히 회복되었지만 버넷은 첫 번째 남편과 이혼했다. 1890년대 내내 버넷은 영국과 미국을 오가는 생활을 영위했다. 사교를 좋아하는 버넷의 집에는 늘 손님들이 넘쳤다고 한다. 1900년 버넷은 자기 집에 드나들었던 열 살 연하의 스테판 타운센드와 재혼했다. 버넷의 전기 작가들은 입을 모아 이 결혼을 "버넷 인생 최대의 실수"라고 불렀다. 배우였던 타운센드가 유명 작가 버넷을 이용하려 했다거나 심지어 버넷에게 돈을 요구하며 결혼을 협박했다는 설도 있었다.

사생활은 편치 않았지만 버넷의 작품은 대부분 좋은 반응을 얻었다. 타운센드와 이혼하고 2년 뒤 발표한 《세라 이야기》는 연극으로 만들어져 수익을 올리기도 했다. 말년의 버넷은 지병으로 미국에 돌아와 집을 짓고 아들 비비안 곁에서 살았다. 비비안은 어린이용 잡지의 편집자로 일하기도 했다. 1911년에는 대표작 《비밀의 화원The Secret Garden》이 출판되었고, 버넷은

1924년 74세에 죽으면서 아들 비비안 곁에 묻혔다.

생전 버넷은 사치스런 생활과 비싼 옷을 좋아했다. 이러한 취향은 때때로 버넷으로 하여금 부지런히 글을 써야만 하는 상황을 가져왔다. 도스토예프스키도 도박 빚을 막기 위해 다작을 했다고 하니, 가난이 창작의 불쏘시개가 된다는 말이 꼭 틀리는 것은 아닌가 보다.

《세라 이야기》는 전작 《세드릭 이야기》와 비슷하면서도 한결 탄탄한 스토리와 완성도를 지녔다. 영화와 애니메이션으로 여러 번 만들어졌고, 지금까지 세대를 초월한 인기를 누리는 비결이다. 《세라 이야기》를 간단히 요약하면 다음과 같다.

일곱 살 난 세라 크루는 검은 머리카락에 초록색이 감도는 잿빛 눈동자를 가진 예쁘고 똑똑한 아이였다. 어릴 적 어머니를 잃은 세라는 아버지 크루 대위와 인도에서 단 둘이 살아왔다. 크루 대위는 인도에서 엄청난 부를 쌓았고 그 덕분에 세라는 공주처럼 지낼 수 있었다.

학교에 입학할 나이가 된 세라는 영국의 민친 선생이 운영하는 명문 여학교의 특별 기숙생이 된다. 나이에 비해 매우 어른스러운 세라는 학교 학생들이 모두 어린아이 같다고 생각하고 자신이 잘 돌보아 주어야겠다고 생각한다. 민친 선생은 아이답지 않은 세라를 미워하지만 크루 대위의 재산 때문에 내색하지 않고 지낸다. 세라는 착하지만 머리가 좀 모자라는 아멘가드, 하녀 베키 등과 친하게 지낸다.

그러던 세라에게 불행이 닥쳐온다. 인도의 다이아몬드 광산에 투자한 돈을 모두 잃은 크루 대위가 열병에 걸려 갑자기 세상을 떠난 것이다. 세라가 가난뱅이가 되자 민친 선생은 돌변하여 세라의 물건을 모조리 빼앗고 다락방으로 내쫓는다. 공주같이 지내던 세라는 하루아침에 다락방에 사는 하녀가 되어야 했다. 태어나서 처음으로 세라는 누더기 옷을 입고 끼니도 제대로 얻어먹지 못하면서 하루 종일 몸이 부서지도록 일하게 되었다. 그러나 세라는 자신이 여전히 공주라고 생각하며 고난을 이겨낸다.

힘겨운 나날을 보내던 세라의 방에 어느 날 옆집 캐리스퍼드 씨가 키우는 원숭이가 들어온다. 세라는 인도에서 지내던 시절을 기억해 내고 캐리스퍼드 씨의 인도인 하인 람다스가 원숭이를 되찾도록 도와준다. 사실 크루 대위가 죽은 뒤 그의 친구 캐리스퍼드 씨는 애타게 세라를 찾고 있었다. 그런 줄도 모르는 세라는 길거리에 주운 돈으로 빵을 사서 거지 아이와 나누어 먹고 있었다. 세라는 자신이 진짜 공주라면, 아무리 배고파도 빵을 거지 아이와 나누어 먹어야 한다고 생각하며 마음을 다지고 있었다.

한편 캐리스퍼드 씨는 옆집 하녀 아이가 그토록 찾아 헤매던 세라 크루인 줄도 모르고 남몰래 도와주기 시작한다. 옷과 음식을 보내주고 다락방을 꾸며 주었다. 세라는 영문도 모르고 다락방에 도망쳐 온 원숭이를 데려다 주러 캐리스퍼드 씨 집을 방문한다. 그 자리에서 세라가 크루 대위의 딸이라는 사실이 극적으로 밝혀진다. 캐리스퍼드 씨는 민친 선생을 불러 세라가 크루 대위의 다이아몬드 광산을 물려받게 되었고 앞으로 자신이 보살피겠다고 말한다. 민친 선생은 분노에 떨며 돌아가고 여학교는 발칵 뒤집힌다.

다시 부자가 된 세라는 같이 고생하던 하녀 베키를 데려가 함께 살기로 한다. 마지막으로 세라는 빵을 사서 거지 아이와 나누어 먹던 빵집으로 찾아간다.

"거지 아이들에게 빵을 나누어 주시면 그 값은 이제부터 제가 치르겠어요."

감동한 빵집 아주머니는 세라가 빵을 나누어 주던 거지 아이를 불러들였다. 그 아이는 빵집 일을 도우면서 아주머니와 같이 살고 있었다. 그 아이의 이름은 앤이었다. 세라는 앤에게 말했다.

"배고픈 아이들에게 빵을 나누어 주는 일을 네가 해 주었으면 좋겠어. 너도 배고픈 게 무엇인지 아니까."

앤은 고개를 끄덕였고, 세라는 그 마음을 알 것 같았다.

신데렐라와 부르주아 세라

《세라 이야기》는 여러 모로 신데렐라와 비슷하다. 신데렐라처럼 세라도 일곱 살이고 어머니도 일찍 돌아가셨다. 세라는 아버지의 귀여움을 독차지하고 있지만 얼마 안 가 계모 격인 민친 선생의 구박을 받게 된다. 하지만 세라는 품위를 잃지 않고 꿋꿋이 버틴다. 그 보상은 새아버지와 다이아몬드 광산이다. 여기까지만 보면 《세라 이야기》는 신데렐라의 흔한 아류에 불과하다. 그러나 버넷의 천재성은 당시 사람들이 미처 생각하지 못한 사실에 주목했다. 거듭되는 고난, 꿋꿋한 주인공, 벼락 출세와 벼락 결혼 등 신데렐라 유형 이야기와 부르주아의 자수

성가 신화는 의외로 비슷한 구석이 많다는 것이었다.

신데렐라는 계모에게 구박을 받는데, 재미있게도 대부분의 사람들은 신데렐라가 구박을 받는 이유를 궁금해 하지 않는다. 물론 이야기는 '신데렐라가 유달리 예쁘기 때문'이라고 말한다. 하지만 현실 세계에서 예쁘다고 미움 받는 사람은 거의 없다. 그렇다면 신데렐라와 신데렐라의 변형 주인공인 세라는 대체 왜 구박을 받았을까? 세라가 예쁘기 때문일까?

세라가 민친 선생에게 구박받는 이유는 다름 아닌 가난이다. 독자들은 이미 알고 있다. 세라가 가난뱅이가 되지 않았다면 결코 푸대접을 받지 않았을 것이다. 버넷은 세라를 통해 가난이 무엇인지 제대로 보여준다. 가난은 그저 가난으로 끝나지 않는다. 가난하면 천대를 받기 때문이다. 천대받지 않으려면 돈이 많아야 하고 누구나 부자로 알아보도록 보석과 실크로 휘감아야 한다. 그런 모습으로 거리에 나서면 모두가 공주로 대접해 준다. 빚을 내어 명품을 사고 외제차를 빌리는 이유가 다 이것 때문이다.

신데렐라 이야기에서 신데렐라는 요정의 마법 덕분에 드레스와 마차를 얻어 무도회에 간다. 이 장면은 신데렐라 이야기의 절정이다. 《세라 이야기》의 절정은 추위와 배고픔에 지쳐 잠든 세라가 눈을 뜨는 장면이다. 세라가 자는 동안 람다스가 방을 몰라보게 꾸며 놓았던 것이다.

벽난로에는 불이 활활 타오르고 있었다. 벽난로 앞 시렁에는 작은 놋쇠 주전자가 쉭쉭 소리를 내며 끓고 있었다. 바닥에는 두텁고 따뜻한 진홍빛 깔개가 깔려 있고, 난롯가

앞에는 접는 의자가 놓여 있고 그 위에 쿠션이 놓여 있었다. 의자 옆에는 작은 접는 탁자가 있었는데, 하얀 탁자보가 씌워져 있고 뚜껑이 덮인 접시와 찻잔과 찻주전자가 놓여 있었다. 침대에는 따뜻한 새 이불들과 오리털 새틴 이불이 있었다. 발치에는 솜을 넣은 독특한 비단 겉옷과 누비 실내화와 책들이 놓여 있었다. 세라의 꿈 속 방은 요정 나라로 변한 것 같았다. 방 안에는 따스한 불빛이 가득 차 있었다. (중략)

세라가 큰 소리로 말했다.

"진짜야! 진짜라고! 내가 다 만져 봤어. 이것들은 다 진짜야. 우리가 자는 동안 마법이 찾아온 거야. 최악의 일은 절대로 일어나지 않게 해주는 마법 말야." (프랜시스 호지슨 버넷, 《세라 이야기》, 햇살과나무꾼, 시공주니어, 2004, 242~245쪽.)

일곱 살 난 세라는 "마법"이라고 말하지만 버넷은 알고 있었다. 이 마법의 진짜 이름은 '돈'이라는 것을. 돈이란 "최악의 일은 절대 일어나지 않게 해주는 마법"이다. 재투성이 하녀를 공주로 만드는 마법은 현실 속에 존재하는 것이다.

진짜 공주의 조건

그런데 돈만 있다면 누구나 신데렐라가 될 수 있을까? 다이아몬드 광산을 상속받으면 공주로 대접받을 수 있는 것일까?

많은 사람들이 신데렐라와 왕자의 결혼은 그녀의 미모와 화려한 의상 덕분이었다고 기억한다. 그러나 거의 모든 종류의 신데렐라 유형 이야기에는 다음 문장이 들어가 있다.

왕자는 신데렐라의 말솜씨와 마음씨에 매혹되었습니다.

왕자는 신데렐라가 입고 온 황금 드레스와 화려한 마차, 멋진 백마와 하인을 보고 일단 관심을 가진다. 그런데 막상 대화를 나눠보니 신데렐라는 지성과 선량한 마음씨를 갖춘 훌륭한 여성이었다. 만약 황금 드레스를 휘감은 신데렐라가 교양이라고는 털끝만치도 없는 천박한 여자라면 어땠을까. 처음 가졌던 호감은 얼마 안 가 마이너스로 떨어졌을 것이다.

세라의 지성도 신데렐라에 못지않다. 친구 아멘가드의 방에서 토마스 칼라일의 《프랑스 혁명사》를 발견하고 환호를 올릴 정도이다. "어머, 너무너무 읽고 싶었는데!" 사실 일곱 살짜리 여자아이가 프랑스 혁명에 대한 명저 《프랑스 혁명사》를 읽고 싶어 한다니 말이 되지 않는다. 세라의 어른스러움과 지성을 보여주려는 버넷의 '무리수'로 보고 넘어가야겠다.

세라는 배고픈 아이에게 자기 빵을 나눠주고, 어떤 경우에도 화내거나 눈물을 보이지 않는다. 이러한 꿋꿋한 기질은 민친 선생을 화나게 한다. 왜냐하면 민친 선생은 공주가 되기 위한 유일한 조건은 돈이라고 생각하기 때문이다. 지성이나 교양, 고운 마음씨는 돈에 따라다니는 부산물일 뿐이다. 민친 선생은 가난뱅이가 되면 지성도, 교양도, 고운 마음씨도 봄눈 녹듯 사라져 버린다고 생각한다. 그래서 민친 선생에게 세라는 매우 불편한 존재이다. 왜냐하면 세라는 가난뱅이가 되고 나서도 당당하게 고개를 들고 다니기 때문이다.

세라가 다시 부자가 되자 민친 선생은 이제 공주가 되려고 애쓸 필요가 없겠다며 빈정거리는 투로 말한다. 민친 선생같은 속물들에게 세상은 돈만 있으면 공주처럼 옷을 입고 으스댈 수 있는 곳이다. 가난한 사람을 밟고 올라설 수도 있다. 속물들은 돈이 있어야만 사람 대우를 받을 수 있다고 생각하고 가난한 사람은 사람 취급도 하지 않는다. 평범한 사람들은 돈과 친구가 되지만 속물들은 돈의 노예이다. 문제는 자기처럼 다른 사람들도 노예라고 착각한다는 것이다. 그래서 속물들은 눈에 안 띄게 따돌림을 당하기 마련이다. 본인들만 모를 뿐이다.

속물스러운 민친 선생과 세라가 밀고 당기는 모습을 보면 의문이 생겨난다. 도대체 세라가 되고자 하는 '공주'란 무엇일까? 무일푼 가난뱅이 공주라는 존재가 현실적으로 가능할까? 고운 마음씨만 갖고 있다면 누구나 공주가 될 수 있는 것일까?

신데렐라는 왕자와 결혼하면서 힘들었던 시절을 모두 잊어버린다. 앞장에서 설명했듯이 사랑하는 부모에게 혼나던 상처는 너무나 커서, 아이들은 스스로를 버려진 공주나 왕자라는 환상에 빠진다. 그러나 부모가 야단치는 의도를 이해할 만큼 성장하면 그렇게 상상하던 시절을 까맣게 잊어버리게 된다. 신데렐라 이야기의 환상과 망각은 아주 자연스럽게 이루어진다. 일정한 시기가 되면 신데렐라의 환상은 저절로 잊히거나, 더 고차원적인 환상으로 대치되기 때문이다.

그러나 세라는 힘든 시절을 잊지 않는다. 끔찍한 배고픔과 천대를 기억하고 같은 고통을 당하는 사람들을 돕기로 결심한다. 가난한 자들의 마음을 아는 부자. 세라가 진짜 공주가 되는 순간이었다.

> 앤은 아무 말 없이 세라를 바라보고만 있었지만, 세라는 그 마음을 알 것 같았다. (프랜시스 호지슨 버넷, 같은 책, 308쪽.)

그 마음은 대체 무엇이었을까. 아마도 직접 겪어봐야만 아는 것일 게다.

도금 시대와 마크 트웨인

미국 작가 마크 트웨인Mark Twain, 1835~1910도 버넷과 비슷한 시기에 활동했다. 널리 알려져 있듯이 마크 트웨인은 필명으로, 본명은 새뮤얼 랭혼 클레멘스Samuel Langhorn Clemens였다. 미국 미주리 주의 플로리다에서 태어나 미시시피 강변에서 자랐다. 당시 미주리는 노예 제도가 합법이었다.

트웨인은 열두 살에 아버지를 잃고 인쇄공, 식자공 등을 거치며 가족의 생계를 도왔다. 마지막으로 정착한 직업은 미시시피 강의 수로 안내인이었다. 마크 트웨인이란 '깊이가 두 길'이라는 뜻의 뱃사람들 은어였다. 물이 두 길보다 얕아지면 배가 위험하기 때문에 반드시 알려야 했던 것이다. 청년 트웨인은 항해를 천직으로 삼을 생각이었다. 그러나 트웨인의 권유로 같이 배를 타기 시작한 남동생 헨리가 폭발사고로 목숨을 잃고 말았다. 이 일로 인해 트웨인은 진로를 바꾸게 된다.

남북전쟁이 끝난 뒤 트웨인은 네바다 주지사 제임스 W. 네이James W. Nye의 비서가 되었다. 글을 쓰기 시작한 1863년부터 트웨인은 필명을 사용했는데, 첫 번째 소설 《카라베라스의 뜀 뛰는 개구리The Celebrated Jumping Frog of Calavers County》는 그에게 명성을 가져다주었다. 1876년 자신의 어린 시절에서 모티프를 얻은 《톰 소여의 모험The Adventures of Tom Sawyer》은 대성공이었다. 9년 후 발표한 《허클베리 핀의 모험The Adventures of Huckleberry Finn》은 미국 근대 문학의 시작을 알리는 작품으로 대접받고 있다. 트웨인은 미주리에서 살던 경험과 링컨 대통령의 젊은 시절을 모티프 삼아 이 작품을 썼다.[3] 1889년에 《아서 왕 궁정의 코네티컷 양키A Connecticut Yankee in King Arthur's Court》는 시간 여행과 가상 역사를 결합한 정치 소설이었다.

마크 트웨인은 과학에 관심이 많았고 타자기 같은 신기술에 투자하다가 상당한 돈을 날리기도 했다. 결국 빚을 갚기 위해 세계 투어 강연에 나서야 했는데, 하와이, 피지, 오스트레일리아, 뉴질랜드, 스리랑카, 인디아, 마우리투스, 남아프리카, 영국을 돌면서 강연을 했다. 이때 트웨인은 유럽의 잔인한 식민지 수탈을 생생히 목격하고 반제국주의 사상을 갖게 됐다.

시대가 변하면 중요한 작가들이 저평가되고 반대로 묻혀 있던 작가들이 떠오르는 경우가 많다. 마크 트웨인은 시간이 흐를수록 점점 각광받는 추세인데, 그 이유는 트웨인이 근대 사회가 한창 발전하던 시기에 살면서도 그 사회의 한계와 불합리성을 통찰하고 있었기 때문이었다. 그래서 그의 작품에는 당시 미국 사회의 한계를 지적하는 날카로운 풍자가 넘쳐난다. 트웨인은 기독교 근본주의에 비판적이었지만 그렇다고 과학기술을 맹신하지도 않았다. 트웨인은 남동생 헨리가 죽기 한 달 전에 사고를 예견하는 꿈을 꾸었다고 한다. 이 경험은 트웨인을 과학적 세계관이 만능이라는 어리석은 생각으로부터 거리를 두게 했을 것이다.

앞서 말했듯이 프랜시스 호지슨 버넷과 마크 트웨인이 살았던 시절의 미국은 '도금 시대'라고 불렸다. 도금 시대라는 말은 마크 트웨인과 찰스 두들리 워너가 쓴 소설 《도금 시대, 오늘날 이야기The Gilded Age: A Tale of Today》에서 유래했다. 빈부 격차가 크게 벌어지던 시대, 마크 트웨인도 버넷처럼 계급 문제에 관심을 갖게 되었다. 하지만 계급 불평등을 무작정 타도하자는 것은 아니었다. 대신 장난기 많은 트웨인은 이렇게 생각했다. 지금 떵떵거리는 부자들이 과연 정말로 잘난 작자들일까? 만약 그렇지 않다면, 이 부자놈들을 당장 빈민굴에 내던져 보면 어떨까?

마크 트웨인의 첫 번째 역사소설

트웨인의 발상은 중세 영국으로 날아갔다. 《왕자와 거지The Prince and the Pauper》는 1881년 마크 트웨인이 쓴 첫 번째 역사소설이다. 헨리 8세 치하를 배경으로 실제 인물 에드워드 6세와 빈민 소년 톰 캔티가 주인공이다. 에드워드 6세의 아버지 헨리 8세는 아들을 얻기 위해 왕비를 여섯 명이나 들인 유명한 군주였다. 그의 유일한 왕자 에드워드 6세의 시대는 영국 역사상 가장 살기 힘든 시절이었다고 한다. 실상 에드워드 6세는

284

별다른 치적을 남기지 못하고 열여섯 살에 세상을 떠났다. 그러나 《왕자와 거지》에서 트웨인은 별 주목받지 못하던 에드워드 6세를 주인공으로 삼아 비참한 모험 속으로 가차 없이 밀어넣었다. 왜 그랬을까.

왕자 에드워드는 헨리 8세가 둔 단 한 명의 후계자로 궁정에서 금이야 옥이야 떠받들어져 자라고 있었다. 그러나 빈민가의 소년 톰 캔티는 매일 얻어맞고 굶주리기를 반복하며 구걸을 일삼았다. 할머니와 아버지는 톰의 따귀를 후려갈기며 돈을 벌어오라고 학대하기가 일쑤였다. 그러나 톰은 친절한 신부님이 빌려준 책에 나오는 왕자와 공주, 임금님과 요정이 나오는 이야기에 깊이 빠져들었다. 책 속에 나오는 왕자의 생활을 꿈꾸던 톰은 교양 없고 더러운 빈민가 사람들과 달리 어느 정도 깨끗하고 의젓한 아이로 자란다. 그러면서 톰은 단 한 번만이라도 진짜 왕자 에드워드를 만나보기를 소망했다.

어느 날, 톰은 꿈에 그리던 에드워드 왕자의 행차를 드디어 목격하게 되었다. 보석이 주렁주렁 달린 비단옷을 입고 깃털모자를 쓰고 빛나는 단검을 찬 왕자를 보자, 톰은 가슴이 벅차올랐다. 톰은 왕자에게 저도 모르게 가까이 다가갔다가 병사들에게 내동댕이쳐지고 만다. 이 모습을 본 왕자는 다친 톰을 치료해 주기 위해 궁정에 데려갔다.

궁정 바깥 생활을 모르는 왕자는 좋은 기회다 싶어 톰에게 이것저것 물어 보았다. 톰은 궁핍하지만 마음 내키는 대로 자유롭게 살아가는 빈민들의 삶을 이야기해 준다. 답답한 궁정 예절에 얽매여 살던 왕자는 톰의 이야기에 빠져든다. 여름이 되면 진흙탕에 뒹굴고 강에서 헤엄친다는 이야기를 듣자 왕자는 왕이 되지 못해도 좋으니 마음껏 소리 지르고 놀아 보았으면 소원이 없겠다고 외친다.

톰은 에드워드에게 자신이야말로 잘 먹고 잘 입는 왕자 노릇을 하루만 해 봤으면 좋겠다고 털어놓는다. 둘은 서로의 생활을 부러워한 나머지 옷을 바꾸어 입어 보았다. 옷을 바꿔 입은 두 사람은 신기할 정도로 똑같이 닮아 있었다. 그러나 거울을 들여다보던 왕자는 무심코 궁 밖으로 나가자마자 거지 취급을 받고 쫓겨나고 만다.

한편 궁에 혼자 남은 톰은 왕자의 옷을 입은 채 공주 제인 그레이⁴의 방문을 받았다. 톰은 제인 그레이에게 무릎을 꿇고 집에 돌려보내 달라고 애원한다. 깜짝 놀란 제인 그레이는 도망치고 만다. 순식간에 궁 안에 에드워드 왕자가 미쳤다는 소문이 퍼져나갔다.

길바닥에 내던져진 에드워드 왕자는 빈민들에게 납치되어 유랑길에 오른다. 그러나 에드워드는 시궁창에 구르면서도 왕자로서의 품위를 잃지 않으려 안간힘을 쓴다. 빈민들은 무식하고 더러웠지만, 에드워드는 그 이면에 무자비한 정치가 이들을 길거리로 내몰고 있음을 깨닫는다.

같은 시간, 톰은 왕자로 대접받으며 지내지만 옷가지 하나를 갈아입는 데 무려 열다섯 명의 손을 거쳐야 하는 궁정 생활에 숨이 막히기 일보 직전이었다. 게다가 본래 신분이 탄로나면 즉각 목이 잘릴 판이었다. 톰은 매 맞는 아이 험프리를 통해 왕자 생활에 필요한 기본적인 정보를 알아낸다.

동화・영혼의 성장

갑자기 닥친 마녀사냥 재판에서 톰이 사리에 맞는 판결을 내리자 헨리 8세는 흡족하여 양위할 준비를 서두른다. 양위가 다가오자 톰은 공포에 질려 에드워드 왕자가 나타나기를 간절히 기다린다.

숲 속을 헤매던 에드워드는 아버지 헨리 8세에게 원한을 품은 노인에게 살해당할 뻔하지만 군인 마일스 핸든의 도움을 받아 목숨을 건졌다. 마일스 핸든은 자신이 왕자라고 주장하는 에드워드가 미쳤다고 생각하지만 가여운 나머지 고향으로 데려가기로 한다. 그런데 고향에 도착한 마일스 핸든은 뜻밖의 일을 당한다. 이미 고향에 자신의 전사통지서가 도착했고 재산은 분배되었으며 사랑하던 여자는 다른 남자와 결혼한 지 오래였다. 즉 핸든은 죽은 사람이 되어 있었던 것이다.

자신이 살아 있는 핸든이라고 주장하는 마일스 핸든과 자기가 합법적인 왕이라고 주장하는 에드워드는 사기꾼으로 몰려 나란히 감옥에 갇힌다. 고집을 피우는 에드워드 대신 핸든은 채찍을 맞기로 자청한다. 감동한 에드워드는 누더기를 찢기우고 채찍을 맞는 핸든의 귀에 속삭인다.

"그대를 백작에 봉하리라!"

핸든은 채찍을 맞으면서도 웃음이 터질 정도로 어이가 없었다. 그러나 어려운 상황에도 초지일관 고집을 피우는 에드워드에게 깊은 정을 느끼기 시작한다.

왕자 에드워드가 목숨을 건 모험을 하는 동안 갑자기 헨리 8세가 세상을 떠나버리고 만다. 이제 톰은 정말로 왕이 될 상황이었다. 톰이 귀족들과 함께 왕실 재정을 들춰보니

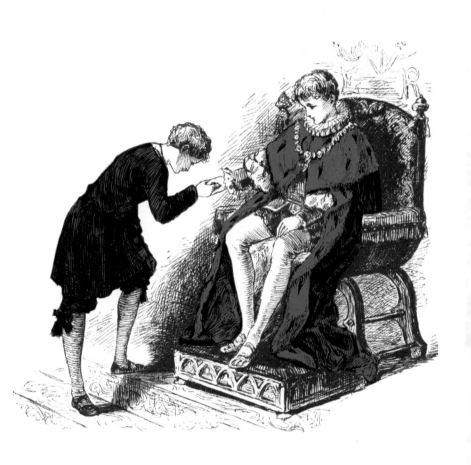

겉만 화려하지 속은 빚더미였다. 톰은 하루 종일 책상에 앉아 지루한 업무를 처리하면서 마음속으로 하나님에게 기도하기에 이른다.

'내가 얼마나 몹쓸 죄를 지었으면, 그 어진 하느님께서 들판에서 자유로운 대기와 햇빛을 누리며 살던 나를 왕으로 만들어 여기에 가두고 이토록 괴로움을 안겨 주시는 걸까.'

에드워드는 핸든과 함께 대관식이 거행되는 런던으로 직행한다. 대관식이 거행되는 자리에서 에드워드는 옥새가 숨겨진 장소를 밝혀 진짜 왕자 신분을 되찾는다. 에드워드 6세가 된 왕자는 약속대로 핸든을 백작에 봉하고 빈민 학교를 세워 톰에게 맡긴다. 비록 일찍 세상을 떴지만 에드워드 6세는 죽는 날까지 빈민이 되어 거리를 떠돌았던 시절을 잊지 않고 자비를 베풀었다.

포악한 정치

《왕자와 거지》는 발표되자마자 천재적인 발상이라는 찬사를 받았다. 왜냐하면 왕자와 빈민 소년의 신분이 바뀐다는 설정은 신생 국가 미국에서만 나올 수 있었기 때문이었다. 수백 년 동안 귀족과 왕이 지배하는 유럽에서는 상상조차 할 수 없는 일이었다. 그러나 왕도, 귀족도 없는 미국의 반골 작가 마크 트웨인은 이러한 도전적인 발상에 상세한 고증을 결합시켰다. 《왕자와 거지》의 설정은 권력을 소망하는 대중의 심리를 정확하게 꿰뚫고 있다. 엉망진창으로 돌아가는 정치, 차라리 밑바닥

거지 소년에게 맡기면 어떨까? 가난한 사람들의 사정을 잘 알 테니 지금보단 낫지 않을까? 이 생각은 지금도 매력적이다. 얼 마 전 흥행을 거둔 우리영화 〈광해〉도 이 작품의 설정을 가져 온 것이다.

트웨인은 《왕자와 거지》에서 당시 영국에 넘쳐나는 빈민들 의 참혹한 생활상을 상세히 묘사했다. 당시 영국 귀족들은 빈 민들이 게으르기 때문에 가난하게 산다고 생각했다. 그러니 국 가나 사회가 빈민들을 구제할 이유가 없었다. 트웨인은 소설을 통해 이러한 견해를 정면으로 반박했다. 가난의 원인은 게으름 이 아니라 무자비한 정치라고 말이다.

> "자투리만한 땅을 부쳐 먹고 살던 농부들이 그 땅에서 쫓 겨나서는, 주린 배를 움켜쥐고 구걸을 다니는 백수건달 신 세가 되었지. 그 땅은 양을 치는 목장으로 바뀌었다나? 구걸 하러 다니다가 걸리면 웃통을 드러낸 채 마차 꽁무니에 묶 여 채찍질을 당했지. 피가 나올 때까지 말이야. 구걸을 하다 세 번째로 걸리면, 시뻘겋게 달군 쇠로 뺨에 낙인이 찍히고 노예로 팔려 가지." (마크 트웨인, 《왕자와 거지》, 이희재, 시공주 니어, 2002, 195~196쪽.)

《왕자와 거지》의 배경이 된 16세기 중엽, 영국은 방적 산업 을 일으키기 시작했다. 농사짓는 대신 양털을 깎아 면을 만들 어 해외에 수출하면 큰돈을 벌 수 있었다. 귀족들은 소작농을 쫓아내고 목장을 지어 양을 키우기 시작했다. 하루아침에 쫓겨 난 농민들은 별수 없이 유랑민이 되어 떠돌아다녀야 했다. 《유토피아》로 유명한 사상가 토마스 모어는 이러한 상황을 가리켜 "양이 사람을 잡아먹는다"고 표현했다. 농민을 쫓아내고 그 자리에 목장 울타리가 둘러졌기에 이 상황은 인클로저Enclosure 라고 불렸다.

인클로저의 결과는 참담했다. 농사 말고는 아무것도 모르는 사람들이 하루아침에 실업자가 된 것이다. 이들은 도시 빈민이나 유랑민, 아니면 도적떼가 되었다. 이들이 가진 값싼 노동력은 공장으로 빨려 들어갔고 농민은 도시 노동자가 되었다. 본격적인 산업혁명의 시작이었다. 혁명이라고 하면 왠지 진보적인 느낌을 주지만, 그 결과는 참혹했다. 네 살배기 어린아이가 하루 열네 시간 면직공장에서 일하거나 스물이 채 안 된 청소년들이 탄광에서 일하기도 했다. 온 가족이 새벽부터 밤까지 공장에서 일하고 집에 돌아오면 쓰러져 잠들기 바빴다. 혹은 쓰러진 채 영원히 일어나지 못했다. 아동 노동자의 자살률도 높았다. 19세기 말 영국 노동자의 평균 수명은 28세였다.[5]

마크 트웨인이 살았던 미국 사회도 극심한 몸살을 앓았다. 도덕과 윤리가 땅에 떨어졌다. 미국은 대중 민주주의로 시작한 나라이다. 신흥 부자들이 잘 먹고 잘 사는 거야 능력껏 해낸 일이니 불만은 없었다. 하지만 정치권력까지 장악하는 것은 얘기가 달랐다. 재산과 상관없이 선거에서 엄연히 1인 1표제를 택한 나라에서 부자들이 정치마저 좌지우지 하는 것은 큰 모순이다.

트웨인은 이렇게 생각했다. 영국은 미국보다 산업혁명을 먼저 일으켰고 역사적 경험이 축적되어 있다. 근세 영국을 들여다보면 도금 시대의 현실이 보일 것이다. 결론은? 트웨인의 시대도, 근세 영국도, 현대 한국 사회도 문제는 하나로 집약된다. 바로 포악한 정치이다.

몸에 새겨진 습관

어두운 시대를 배경으로 삼았지만 《왕자와 거지》는 시종일관 유머가 넘친다. 에드워드는 빈민들 앞에서 국왕 행세를 하며 거들먹거리고 톰은 옥새를 호두까기 대신 쓴다. 신분은 바뀌었지만 왕자는 왕자처럼, 거지는 거지처럼 행동한다. 두 아이는 자신의 달라진 계급을 받아들이지 않고 고집스럽게 타고난 신분대로 행동한다.

톰과 에드워드는 환경과 계층이 바뀌어도 배워 익힌 태도와 평소 신념을 잃지 않는다. 톰은 귀족들의 반대를 무릅쓰고 빈민들에게 자비를 베푼다. 에드워드는 멸시를 당하면서도 오만한 태도로 일관한다. 왜 그랬을까? 입 다물고 다른 사람들이 하는 대로 따라했다면 에드워드는 매도 맞지 않고 목숨의 위협도 받지 않았을 것이다. 톰도 겉으로나마 교양을 익혔기에 모두를 속여 넘기고 왕이 될 수 있었을지도 모른다. 하지만 톰과 에드워드는 타고난 신분에 대한 의식을 끝내 떨치지 않는다. 환경이 바뀌어도 몸에 새겨진 습관은 바뀌지 않는 것이다.

당시 사람들은 이러한 습관을 가문이 물려준 혈통의 증거로 생각했다. 태어날 때 받은 귀하거나 천한 피는 변하지 않으니, 물려받은 신분과 환경에 순응하는 삶이 자연스럽게 여겨졌던 것이다. 이러한 생각은 근대 사회가 제법 발전한 후에도 오랫동안 유지되었다.

톰과 에드워드가 꼭 닮았다는 것은 트웨인이 당시 혈통 관념에 던지는 조롱이었다. 왕후장상의 씨가 엄연히 다른데 어찌 얼굴이 꼭 닮을 수가 있는가? 혈통이란 제일 먼저 얼굴에 나타나는 법이다. 그러한 왕자와 거지의 얼굴이 똑같다는 것은 귀하고 천한 피가 따로 없다는 뜻이다. 이것은 매우 혁명적인 메시지이다. 왕도, 귀족도, 부르주아도, 빈민도 태어날 때부터 똑같은 인간이다. 화려한 옷을 입히면 귀족이 되고 누더기를 입으면 거지 취급을 받으니, 대체 사람이 아닌 옷가지가 귀족 노릇을 하는 게 아니고 무엇인가.

빈민굴에 들어온 에드워드를 톰 캔티의 엄마는 긴가민가하면서도 잘 알아보지 못한다. 워낙 어둡고 침침한 골방 안이기도 하고 주변에서 끊임없이 소리를 지르고 싸워대기 때문이었다. 게다가 톰의 아버지가 새벽부터 에드워드를 끌고 나가는 바람에 톰의 엄마는 뒤바뀐 사실을 알아챌 기회를 놓치고 만다.

한편 궁정에 들어간 톰은 귀족들이 감히 고귀한 왕자의 얼굴을 똑바로 쳐다보지 않기 때문에 위기를 넘긴다. 톰의 얼굴을 똑바로 쳐다보고 구별해 낼 수 있는 사람은 세상에 단 한 명밖에 없었다. 바로 에드워드를 낳은 엄마였다. 그러나 왕비 제인 시무어는 애초에 에드워드를 낳고 바로 죽었다. 덕분에 궁정에서 왕자 행세를 하는 거지를 알아볼 수 있는 사람은 아무도 없었다. 실제 에드워드 6세는 생모를 일찍 여의었다. 바로 이러한 역사적 배경이 트웨인으로 하여금 신통찮은 평가를 받는 에드워드 6세를 주인공으로 내세우게끔 했던 것이다.

실제 에드워드 6세는 차갑고 도도한 성품이었다고 한다. 이러한 성격은 극중 에드워드의 모습과 비슷하다. 이러한 귀족적인 태도는 과연 혈통의 산물일까? 트웨인은 그렇지 않다고 생각했다. 그래서 귀하디귀한 왕세자와 빈민굴 소년이 똑같은 생겼다는 설정을 만들어 냈다. 얼굴이 똑같이 생겼다는 것은 왕후장상의 씨가 따로 없다는 의미이다. 그렇다면 그들이 지닌 한결같은 태도와 버릇, 행동거지는 어디서 오는 것일까? 해답은 비교적 늦게 제시되었다. 바로 문화자본cultural capital과 아비투스habitus라는 것이었다.

우아함과 천박함

앞서 5장의 〈장화 신은 고양이〉 이야기를 보면 "옷이 날개"라는 말이 떠오른다. 이 말은 반드시 좋은 옷을 입어야 한다는 의미만은 아니다. 물론 우리는 누군가가 입은 옷의 가격을 추정하여 그 사람의 경제적 여유를 가늠한다. 하지만 "옷이 날개"의 '옷'이 몸에 걸치는 옷만일까? 기품과 교양, 예절과 취향, 몸가짐과 말투는 옷처럼 사람을 감싸고 보호하며 꾸미고 숨기기도 한다. 이런 것들은 말로 표현하기 힘들지만 묘한 힘을 지니고 사람과 사람을 구분 짓는 잣대가 된다. 셜록 홈즈는 바로 이러한 세세한 것들만 가지고 얼굴도 보지 못한 범인을 소상히 파악해 낸다.

18세기에서 19세기에 걸쳐 살았던 프랑스의 법률가이자 유명한 미식가 장 앙텔므 브리야 사바랭은 "당신이 무엇을 먹는지 말해준다면, 당신이 어떤 사람인지 말해주겠다"라는 유명한 말을 남겼다. 일상적으로 먹는 음식에서 사회적 지위와 직업, 교육 정도와 계층을 알 수 있다는 것이다. 실제로 상류층과 중산층, 하층민과 극빈층이 먹는 음식 자체가 다르다. 경제력이 있다면 값비싼 유기농 식재료를 사서 정성 들여 요리해 먹을 수 있다. 허나 시간에 쫓기는 하층민은 아침도 제대로 못 먹고 중국산 식재료로 만든 식당 음식과 배달 야식으로 끼니를 때운다. 먹는 음식만 봐도 그 사람의 출신 계층이나 현재 상황을 짐작할 수 있다니 왠지 서늘하기까지 하다.

또 태어나서 처음 받는 예절 교육 중 하나가 바로 식사 예절이다. 아이들에게는 식탁도 학교와 같다. 흘리지 않고 깨끗이 먹어야 함은 물론이고 음식을 문 채 말하거나 돌아다니면서 먹지 않도록 쉴새없이 주의를 받기 때문이다. 혹자는 식사할 때 나는 소리만 들어도 어느 정도 교육을 받았는지 알 수 있다고 말하기도 한다. 그 말대로 아침 드라마에 나오는 재벌 3세들은 식사 중 숟가락 부딪치는 소리 하나 내지 않는다. 기침이나 콧물 같은 생리 현상도 없다. 학력도 높고 외국어에 능통하다. 서민들은 이들을 대하면서 "뭔가 달라도 다른 사람"이라고 느끼고 주눅 들기 마련이다. 먹는 것, 그리고 먹는 예절만 보아도 사람을 가늠할 수 있는데 하물며 교양을 드러내는 다른 것들은 어떻겠는가!

돈이면 다 되는 세상인데 왜 그런 점잔을 빼는 것일까? 부르주아는 자기는 남들과 다르고 뭔가 특별하다는 것을 다양한 방식으로 끊임없이 강조한다. 단지 돈을 펑펑 써대기만 한다면 천박한 졸부 이상 대접을 받지 못하기 때문이다. 부동산 거품으로 순식간에 벼락부자가 된 중국인들이 얼마나 엉뚱한 행동을 해대는지 보면 안다. 슬리퍼를 찍찍 끌고 샤넬 매장에 들어와 손으로 발바닥을 긁어대면서 매장 안에 있는 물건을 죄다 포장해 달라는 것을 보며 품위를 느끼기란 쉽지 않다.

프랑스의 인류학자 피에르 부르디외Pierre Bourdieu, 1930~2002는 사람들이 보이는 행동이나 취향, 말투를 통해 그 사람의 계층이 드러난다고 보았다. 가령 와인 하나를 놓고 연도와 상표를 까다롭게 따지는 사람이 있는가 하면 무조건 소주를 고집하는 사람도 있다. 댄스 음악 대신 클래식 음악을 듣고 길거리 공연 대신 발레를 선호하기도 한다. 책과 그림으로 고급스러운 취향을 과시하는 사람도 있다. 하다못해 커피 원산지를 따지기도 한다. 이러한 고급스런 취향을 가지려면 충분한 시간적, 경제적 여유를 지녀야 한다. 그러므로 비슷한 취향을 가졌다는 것은 비슷한 사회적 지위와 경제적 사정에 놓여 있을 가능성이 크다는 의미가 된다. 각종 취미 동호회에서 만나는 사람들은 자기들이 취향을 기준으로 뭉쳤다고 생각하지만 실은 다들 비슷비슷한 계층에 속해 있기에 만나게 된 것이다.

문화자본과 아비투스

부르주아들이 지닌 우아한 태도, 세련된 말투와 교양, 보통 사람들은 들어보지도 못한 고급스러운 취미 활동 등은 단번에 생기지 않는다. 어렸을 때부터 꾸준히 학습된 자연스러운 결과이다. "취미가 뭔가요?", "승마요. 집에서 몇 마리 기르거든

요." 이런 말을 들으면 대부분의 사람들은 우와, 잘 사는 집이구나 하고 바로 알아챈다. 승마에는 시간과 돈이 적잖이 들어가기 때문이다. 이러한 고급스런 취향과 우아한 태도 등이 경제력 못지않게 사람들을 구분 짓는데, 그것을 문화자본이라고 부른다. 문화자본이란 문화 사업에 쓰이는 목돈이 아니라 몸에 배인 취향과 태도, 교양 등을 통틀어 말한다. 몸에 배인 태도는 단번에 형성되지 않기 때문에 적어도 2, 3대에 걸쳐 생활양식을 축적했다는 의미이다.

문화자본은 주로 언어와 에티켓을 통해 드러난다. 우아한 격식을 갖춘 품위 있는 말투는 그 사람의 계층을 드러낸다. 반대로 무식한 말투는 그대로 낮은 계층임을 드러낸다. 《왕자와 거지》에서 빈민들은 그야말로 쌍욕을 퍼부어대며 자신들의 출신을 그대로 보여준다. 한국 사회는 주로 옷과 사는 집을 통해 계층을 감지하는데, 사실 이러한 방법보다 그 사람의 계층을 파악하는 더 좋은 방법은 취향과 말투, 구사하는 어휘, 에티켓 등을 관찰하는 것이다.

부르디외는 말투나 취향을 통해 드러나는 계층의 특성을 아비투스라고 불렀다. 예를 들자면 돈 많은 집 안이 갑자기 어려워져도 왠지 딱 집어 말하기 어려운 품위가 남아 있는 경우를 생각해 볼 수 있다. 돈이 없어지더라도 잘 살던 시절 형성된 고급스러운 취향과 감각은 그대로 남아 있기 때문이다. 그래서 가난한 사람들은 비싼 물건보다 슬쩍 드러나는 고급스러운 취향에 도리어 기가 죽는 경우가 많다. 물건이야 하다못해 짝퉁이라도 사면 되지만 오랫동안 몸에 배인 고급스러운 취향은 하루이틀에 걸쳐 만들어지지 않기 때문이다.

이러한 아비투스는 그 사람의 계급과 문화자본을 지키기 위한 중요한 요소이다. 설령 상층 계급에서 굴러 떨어지더라도 아비투스를 유지한다면 다시 상승할 가능성이 있기 때문이다. 신분 상승을 이루는 주된 방법 중 하나는 바로 이미 신분 상승을 이룬 듯이 행동하는 것이다. 대표적으로 성춘향을 들 수 있다. 춘향과 그녀의 어머니 월매는 시, 서화, 유교적 교양 등 양반집 규수의 문화자본을 익히고 그에 맞는 아비투스를 철저하게 지킨다. 그 결과 비록 천민임에도 불구하고 춘향은 신분 상승에 성공한다.

  버넷과 트웨인의 어린 주인공들조차 이 사실을 잘 알고 있었다. 세라는 하루아침에 다락방의 하녀가 되었지만 그동안 몸에 배인 품위를 잃지 않는다. 만약 세라가 자포자기한 채 아비투스를 상실했다면 캐리스퍼드 씨의 눈에 띄지 못했을 것이다. 에드워드 왕자와 톰 캔티도 마찬가지였다. 에드워드 왕자가 도도한 태도를 잃어버리고 비굴하게 행동했다면 결코 왕궁으로 되돌아가지 못했을 것이다. 톰도 왕궁에서 지내는 동안 자기 몸에 배인 아비투스를 들킬까봐 정신병을 가장하고 전전긍긍해야 했다.

  두 작품이 쓰인 시기는 고도 성장기였다. 능력 있고 운만 좋다면 누구든 부자가 될 수 있었다. 하지만 오랫동안 몸에 배인 문화자본이 없다면 졸부라고 손가락질 받기 마련이었다. 누대에 걸쳐 부를 축적하고 과시하려면 문화자본이 반드시 필요했다. 교육은 문화자본을 취득하는 가장 좋은 방법이었다. 교육을 받으면 학위와 자격증은 물론, 배움을 통해 우아한 언어와 취향을 형성할 수 있었다. 문화자본을 통해서 비로소 초기 부

르주아는 졸부라는 손가락질에서 벗어나 부와 권력을 자식 대
에 물려주게 되었다.

천성과 교육

　다락방 신세에서 벗어난 세라는 배고픈 아이들을 도와주는
진정한 공주가 된다. 만약 배고픔을 겪지 않았다면 세라는 죽
을 때까지 가난한 아이들을 이해하지 못했을지도 모른다. 에드
워드와 톰도 모험을 겪으면서 자신이 타고난 신분대로 행동한
다. 그러나 모험이 끝난 뒤에는 완전히 다른 사람이 되어 있었
다. 에드워드는 빈민들의 삶을 이해하는 자비로운 왕이 되고,
톰은 귀족이 되어 자선을 베풀게 된다. 두 아이는 서로 다른 사
람들의 입장을 이해하고 더 나은 인격을 갖추게 된다.
　이 아이들의 모험은 중요한 문제를 제기한다. 사람은 본성이
먼저인가, 환경이 먼저인가? 흔히 말하는 천성이라는 것이 있
어서 우아함, 품위, 배려심, 또는 이기심 등등이 타고나는 것이
라면, 우리는 유전자 연구를 비롯한 생명공학과 의학의 힘을
빌려 약물로써 성격을 고쳐낼 수밖에 없다. 즉 과학기술로 그
릇된 인간을 고쳐내는 데 돈과 기술력을 집중해야 하는데, 성
공할 가능성은 둘째 치고 인간성을 마음대로 조작하는 것의 윤
리성을 생각해야 할 것이고, 누군가의 성격을 고쳐야 한다는
것을 누가 결정하는가라는 문제에 봉착하게 된다. 결국 인간과
인간성이란 약물로써 고칠 수 있는 물질들의 조합이라는 섬뜩
한 결론에 다다르게 될 것이다.

반면 타고난 천성이란 없고, 아이들의 성장에 환경이 결정적인 영향을 준다고 생각한다면, 교육 내용과 법제도, 부의 분배 등 사회 구조의 문제를 고쳐야 할 것이다. 맹모삼천지교라는 말에 담긴 속뜻은 사람이란 천성 보다는 교육에 의해 다듬어지는 존재임을 강조하는 것이다. 즉, 아이의 타고난 성품이 중요한 것이 아니라 아이를 어떻게 기를 것인가가 중요해진다. 따라서 아이의 성장은 바른 어른과 바른 사회의 몫이 된다. 이 문제는 결국 인간관과 교육관에 직접 연결되는 것이다.

현실에서 아이들은 변하지만, 사람은 보지 않고 걸친 옷가지만 바라보는 어른들의 태도는 변하지 않는다. 그런 세상에서 살려니 때로 어른들도 답답하다. 끊임없이 남의 눈을 신경 쓰고 원치 않는 물건도 체면 때문에 사들여야 하는 생활에 숨 막힌다. 그래서 어른들도 때로 아이 적으로 돌아가고 싶다. 어른이란 재미없고 지루하고 지긋지긋하기만 하다. 가능하다면 평생 아이가 되어 자라고 싶지 않다. 피터 팬처럼.

1 원제는 《The Wonderful Wizard of Oz》로서 '멋진 마법사 오즈' 정도로 번역되어야 옳다. 왜냐하면 오즈는 마법사의 이름이기 때문이다.

2 아동 문학 작품 중 상당수가 일본어 번역본을 다시 우리말로 번역한 것들이 많아 어색한 표현이 많다. 이 작품 역시 '소공녀'라는 제목보다 '어린 공주님' 정도가 매끄러운 번역이 될 것이다. 이 책에서는 최근 국내 번역본을 따라 《세라 이야기》로 표기했다.

3 마크 트웨인과 링컨의 일생은 묘하게 겹친다. 상원의원 네이는 링컨의 지명을 받아 네바다 주지사가 되었다. 트웨인이 태어나기 4년 전 링컨은 사업차 미시시피 강변을 따라 내려가는 여행을 했다. 이 여행에서 링컨은 노예 제도의 잔인함을 목격하고 그 폐지에 평생을 바칠 결심을 하게 된다. 《허클베리 핀의 모험》의 허클베리 핀은 흑인 노예와 함께 미시시피강을 따라 여행한다는 점에서 링컨과 트웨인을 합한 듯한 인물이다.

4 제인 그레이는 실존 인물로 에드워드 6세가 죽은 뒤 여왕으로 추대되었다. 아름답고 총명했으나 야심 많은 부모의 강압으로 억지로 왕위에 올랐다. 그러나 9일 만에 반란이 일어나 열여섯 살에 처형당했다. 당시 부모에게 이용당하고 버려진 제인을 동정하는 여론도 많았다고 한다. 그녀의 처형 장면을 그린 유명한 화가 폴 들라로슈의 작품이 남겨져 있다.

5 이 시기 민중의 비참한 현실을 다룬 작품이 영국의 《올리버 트위스트》와 프랑스의 《레 미제라블》이다. 역설적으로 이때 구빈법이 제정되는 등 복지에 대한 고민이 본격적으로 시작되었다. 현재 영국과 프랑스는 세계에서 복지 제도가 가장 탄탄하게 구축된 나라 중 하나이다.

열 번째 이야기,

아이가 되고픈 어른들

이상한 나라의 앨리스 피터 팬

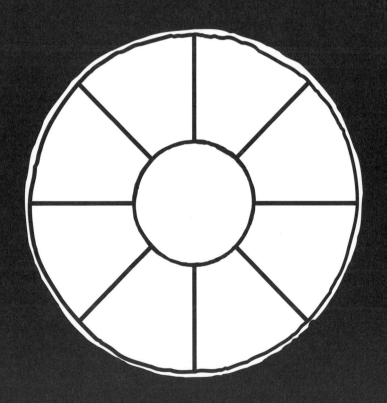

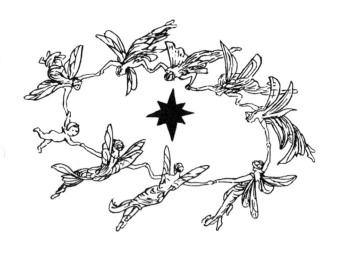

네 성적에 잠이 오냐?

한동안 인터넷에는 황당 급훈 사진이 유행한 적이 있다. '지켜보고 있다'는 글귀에 담임선생님 사진을 붙여놓은 급훈은 애교 수준이었다. 논란을 일으킨 급훈도 적지 않았다. '대학가서 미팅할래, 공장가서 미싱할래?', '삼십 분 더 공부하면 내 남편 직업이 바뀐다' 등등. 성적에 따라 인생이 달라진다는 노골적인 경고이다. '10분 더 공부하면 마누라 얼굴이 바뀐다', '그 얼굴에 공부까지 못하면 안습이다'와 같은 외모 비하도 있었다.

버젓이 걸린 급훈을 보면 요즘 한국 아이들에게 자존심이나 인권은 사치에 가까운 것 같다. 이런 신종 급훈의 메시지는 상당히 일관적이다. 지금은 하고 싶은 게 많아도 할 때가 아니며, 어른이 되면―대학 가면―뭐든지 할 수 있다. 자유도, 행복도 대학에 가야만 누릴 수 있다. 그러니 지금 힘들고 고되더라도 이 악물고 무조건 참아라!

이렇듯 아동과 청소년은 어른이 되기 위한 준비 외에는 할 수 있는 것이 거의 없다. 현재의 행복 추구는 늘 미뤄지고 장밋빛 미래는 멀게만 느껴진다. 하루하루가 지루하고 어른들 눈치만 봐야 한다. 그런데, 과연 아이들은 아무것도 하지 말고 어른이 되는 준비만 해야 하는 것일까? 어린 시절이란 과연 의미도 없는 시간일까?

한동안 청소년을 가리켜 '주변인'이라 부르기도 했다. 물론, 아동과 청소년은 차이가 있지만 자기 인생을 주체적으로 살지 못하고 주변에 머문다는 점에서는 비슷한 처지이다. 당연히 미래에 대한 준비는 해야 한다. 그렇지만 매일 거의 아무 기쁨도 느끼지 못하고 불확실한 미래에 모든 에너지를 쏟아 붓는 삶이 행복할 리가 없다. 다행히 이러한 노력이 결실을 맺더라도 의문은 그치지 않는다. 더 높은 지위와 더 많은 돈을 향해 내달리기만 하는 삶이 얼마나 행복할까?

위대한 아동 문학 작가들은 예술가이자, 아이들을 관찰하는 '인류학자'이다. 이들은 자신들의 어린 시절을 잘 기억하고 있다. 그렇기에 지루하기 짝이 없는 아이들의 삶에 활기를 불어넣어 주고 싶어 한다. 어린 시절이란 어른이 되는 준비 기간일 뿐만 아니라, 인생에서 진정한 행복을 마음껏 누릴 수 있는 유일한 기간이기도 하다. 그 귀한 시간을 다 흘려보내고 어른이 되어야만 겨우 행복을 누린다면 인생은 얼마나 서글픈 것인가? 아이들은 조그마한 것에도 기쁨을 찾아내는 훌륭한 능력을 갖추고 있다. 어른들도 이러한 능력을 되살려 영혼의 자양분으로 삼는다면 얼마나 좋을까. 어린 시절이야말로 진정한 인생의 전성기로 조명받아야 한다. 이 새로운 발상을 본격적으로 알린 사람은 《이상한 나라의 앨리스Alice's Adventuers in Wonderland》를 쓴 루이스 캐럴Lewis Carrol, 1832~1898이었다.

눈부신 황금빛 오후의 루이스 캐럴

1865년 영국에서 발간된 《이상한 나라의 앨리스》는 나오자마자 날개 돋친 듯 팔려나갔고 지금까지 전 세계에서 널리 읽히고 있다. 아동 문학에 관심이 없는 사람들도 이 작품의 대략적인 내용을 알고 있고, 영화와 애니메이션으로 만들어질 때마다 큰 인기를 모았다. 그럼에도 불구하고 《앨리스》[1]는 수많은 패러독스와 말놀이, 그리고 수수께끼로 가득 차 있으며, 포스트모더니즘postmodernism과 현대 문학의 효시로 꼽히는 난해하기 짝이 없는 작품이기도 하다. 이 작품을 쓴 루이스 캐럴은 옥스퍼드 대학의 수학 교수로 본명은 찰스 루트위지 도지슨 Charles Lutwidge Dodgson이었다. 필명 루이스 캐럴은 본명의 철자를 뒤섞어 만들어 낸 이름이다.

캐럴의 본업은 수학 교수였지만, 수학에 대한 업적 대신 《앨리스》로 아동 문학에 엄청난 영향을 끼쳤다. 당시 대부분의 아동 문학은 지루한 도덕적 훈계로 가득 채워진 나머지, 아이들은 억지로 책을 읽으면서 몰래 하품을 내뱉기 일쑤였다. 그러나 《앨리스》는 교훈으로부터 완전히 자유로우며 오로지 놀이와 상상력만으로 쓰였다. 지금도 많은 아동 문학 작가들이 작품을 통해 아이들을 '바르고 착하게' 가르치려는 유혹에 빠지곤 하는데, 캐럴은 그런 점에서 완전히 자유로웠다.

캐럴은 당시 최신 기술이었던 사진을 좋아했다. 캐럴이 가장 좋아하는 촬영 대상은 예닐곱 살 먹은 어린 소녀들이었다. 당시 사진 촬영에는 시간이 오래 걸렸다. 그래서 캐럴은 장난감과 마술 등으로 소녀들을 즐겁게 해주면서 자연스러운 모습을 촬영했다. 당시 캐럴의 사진은 획기적이었다. 왜냐하면 사진을 찍으려면 오랫동안 움직이지 않고 포즈를 취해야 했기에 딱딱하고 부자연스럽게 찍혔기 때문이었다. 개중에는 캐럴이 부모에게 허락을 받고 찍은 누드 사진들도 있었다. 죽기 전 캐럴은 소녀들의 누드 사진들을 모두 없앴지만 몇십 년 후 극히 일부가 발견되었다.

많은 사람들은 오랫동안 그가 소아성애자, 즉 성인 여자 대
신 어린 소녀들을 성적인 대상으로 삼는 범죄자로 생각하고 증
거를 찾아 헤맸다. 그러나 캐럴이 소아성애자라는 증거는 아무
데도 없다. 그와 교제했던 소녀들은 한결같이 캐럴은 친절하고
완벽한 매너를 지닌 신사였다고 회고했다. 굳이 따지자면 캐럴
은 어린 소녀들의 숭배자였다.[2] 그는 예닐곱 살 먹은 여자 아이
들이야말로 완벽한 아름다움의 표상이며, 그 아이들이 어린 시
절의 즐거움을 누릴 권리를 마땅히 가져야 한다고 생각했다.

호리호리한 체형의 미남이었던 캐럴은 수줍음이 많고 말을
더듬어서 사교 모임에 잘 어울리지 못했다. 그러나 어린 소녀
들을 만나면 캐럴은 완전히 다른 사람이 되었다. 여러 가지 게
임과 사진 찍기, 인형극과 마술, 종이와 손수건 접기 등 소녀들
을 재미있게 해줄 장난감을 갖고 다녔다. 해변에 가게 되면 소
녀들이 바닷물에 들어갈 때를 대비하여 치맛자락을 고정시켜
줄 옷핀을 챙길 정도였다.

그중 그가 가장 사랑했던 소녀는 앨리스 프레장스 리델이었
다. 작품의 모델이 된 앨리스는 옥스퍼드 대학의 학장 중 한 사
람이었던 헨리 조지 리델의 딸이었다. 인터넷에 올라온 캐럴이
직접 찍은 앨리스의 사진을 보면 지금도 매력이 풍겨난다. 미
술사학자 존 러스킨John Ruskin, 1819~1900[3]도 앨리스를 사모했다.
심지어 빅토리아 여왕의 둘째 왕자 레오폴드도 파티에서 앨리
스를 보고 호감을 가질 정도였다. 리델 집 안은 앨리스와 레오
폴드 왕자의 관계가 깊어지기 전에 서둘러 다른 집 안에 시집
을 보냈다.[4]

당시 영국의 관습상 대학 교수는 그다지 사회적으로 높은 직

업이 아니었기에 캐럴은 리델 집 안의 사위로는 부적절하게 여겨졌다. 그러나 캐럴은 앨리스의 사진을 수십 장이나 찍었고 리델의 집에 살다시피 하면서 앨리스를 쉴 새 없이 즐겁게 해 주었다. 앨리스가 캐럴이 들려주는 이야기를 책으로 읽고 싶다고 말하자 즉시 집필이 시작되었다. 그 결과물이 바로 《앨리스》였다.

캐럴의 일기를 상세하게 분석한 한 학자는 캐럴이 앨리스와 결혼하고 싶어 했고 우회적으로 청혼도 했을 것이라고 주장했다. 사실이야 어쨌든 캐럴이 앨리스에게 각별한 감정을 품었다는 것은 명백하다. 그러나 나이 차이도 컸고, 사회적 지위가 달랐던 루이스 캐럴과 앨리스는 맺어질 수 없었다. 더구나 사춘기를 맞게 된 앨리스는 더 이상 어린아이가 아니었다. 1863년 5월 6일 캐럴의 일기에는 앨리스 자매와 함께 강가에 놀러 가겠다고 제안했다가 거절당했다는 말이 나온다. 그 뒤 캐럴은 앨리스를 다시는 만날 수 없었다. 당시 영국의 사회 분위기는 혼기가 찬 딸들이 있는 집에 성인 남자가 드나드는 것을 허용하지 않았기 때문이었다.

그동안 《앨리스》는 대성공을 거두었다. 캐럴은 굉장히 유명해져서 심지어 빅토리아 여왕도 그의 이름을 알고 있었다. 답답한 규율에 갇혀 있던 영국 아이들은 이 요상하고 신비한 이야기에 열광했다. 캐럴은 이 작품을 통해 아동기에 새로운 의미를 부여했다. 아동기란 답답하고 지루한 시절이 아니라 그의 표현대로 "눈부신 황금빛 오후"였다. 이 영원한 시간 속에는 지겨운 암기식 공부도 미래에 대한 걱정도 없었다. 예의를 지키면서 지혜를 뽐내기만 하면 눈부신 황금빛 오후의 세계에 얼마든지 머물 수 있었다.

루이스 캐럴이 남긴 또 하나의 업적은 여자 아이의 성장에 관심을 기울였다는 것이다. 당시 여성 교육은 사회적으로 큰 관심을 받지 못했다. 수학과 과학은 여성이 공부할 학문이 아니었고, 합리적 지성보다 순종적인 심성이 강조되었다. 최고의 교육이란 엄격한 규율을 일방적으로 강요하는 것이었으며, 아이들의 인격을 무시하고 억압하는 것은 물론 체벌도 허용되었다. 《앨리스》에는 폭력적이고 가학적인 장면이 종종 등장하는데, 당시 아이들이 처한 억압적인 환경과 무관하지 않다. 원더랜드[5]에서 앨리스는 늘 혼자이다. 하트 여왕, 험프티 덤프티, 체셔 고양이 등은 앨리스를 구박하고 놀려대기 일쑤이다. 그럼에도 불구하고 앨리스는 항상 예의 바르게 행동한다. 이러한 앨리스의 처지는 어른 중심으로 돌아가는 세상에서 억압당하는 아이들과 다르지 않다

캐럴은 이러한 아이들의 처지에 깊은 동정심을 품었다. 특히 여자 아이들은 남자 아이들보다 훨씬 답답한 환경에 놓여 있었다. 그는 자신의 재능을 이용하여 소녀들에게 "눈부신 황금빛 오후"를 선사했다. 이 환상적인 세계는 아이들만의 것이며 어른들은 결코 들어갈 수 없었다. 이 세계를 이해하지 못하는 어른들은 아이들을 업신여겼고, 업신여김을 당하던 아이들도 성장하고 나면 또 다른 지루한 어른이 되고 말았다. 캐럴은 그러한 모습을 진심으로 아쉬워했다. 그리고 평생 결혼하지 않고 앨리스가 떠나버린 황금빛 오후를 지키며 그곳에 남았다.

캐럴은 소녀들에게는 상냥하기 그지없었지만 소년들은 별로 좋아하지 않았다고 한다. 일부 문학평론가들은 《앨리스》에 등

장하는 무식한 돼지들이 남자아이에 대한 캐럴의 혐오감을 반영한다고 생각한다. 그렇다면 원더랜드에서 캐럴 본인은 어디에 나오는 것일까? 수많은 캐릭터 중 앨리스에게 친절하게 대해주는 이는 찾아보기 힘들다. 단 한 명, 1871년에 나온 속편인 《거울 나라의 앨리스Through the Looking-Glass and What Alice Found There》에 등장하는 '하얀 군인'만 예외이다. 하얀 군인은 거울 나라를 여행하는 앨리스에게 친절하게 대해 주지만 곧바로 사라져 버린다. 일부 연구자들은 이 하얀 군인이 캐럴 자신을 반영했다고 본다.

어찌 보면 캐럴은 자신이 소녀들의 황금빛 오후에 들어갈 수 없다는 사실을 알고 있었던 것 같다. 순결하고 천진난만한 그 세계에는 아이들도 영원히 머물 수 없었다. 사춘기가 찾아오면 그 세계를 떠나야 했다. 이 완벽하지만 이상하고 신비한 세계에 머무는 시간은 전체 인생에서 오 년 남짓에 불과했다. 이걸 이해하면 캐럴이 왜 소녀들의 사진을 찍으려고 했는지 알게 된다. 한 번 지나가면 되돌릴 수 없는 순수한 시기를 영원히 남기고 싶어했기 때문이다.

캐럴은 일곱 살에서 열두 살에 이르는 나이가 가장 순수한 시절이라고 생각했다. 그는 소녀들의 손을 잡고 이 아름다운 세계의 문 앞까지 안내해 주었지만, 같이 들어가지는 않았다. 자신이 원더랜드에 들어가면 모든 것이 망가진다고 생각했기 때문이었다. 캐럴에게 어린 시절은 황금빛 꿈이자 완벽한 세계요, 다시는 되돌릴 수 없는 아름다운 시기였다. 그런 면에서 캐럴은 원더랜드의 문을 지키는 피터 팬이었다.

'이상하지 않은 나라'의 이상함

무더운 여름날 시냇가에 앉아 있던 앨리스는 조끼를 입고 회중시계를 든 하얀 토끼[6]가 들판을 뛰어가는 모습을 보았다. 앨리스는 태어나서 한 번도 조끼를 입거나 시계를 든 토끼를 본 적이 없었다. 그래서 앨리스는 일어나서 토끼를 쫓아 달려갔다.

토끼는 울타리를 뛰어넘어 사라졌고, 울타리 너머에는 토끼 굴 하나가 뻥 뚫려 있었다. 앨리스는 다시 빠져나올 생각도 하지 않고 굴 속으로 뛰어들었다. 굴은 매우 깊었고 앨리스는 곧바로 떨어지기 시작했다. 앨리스는 떨어지면서 중얼거렸다.

"굴이 얼마나 깊은 걸까? 이러다 지구를 뚫고 나가면 어쩌지? 여기가 어디일까? 뉴질랜드? 오스트레일리아?"

한참 시간이 흐른 뒤에야 마침내 앨리스는 바닥에 떨어졌다. 바닥에는 긴 복도가 이어졌고, 맨 끝에는 커튼에 가려진 조그마한 문이 있었다. 앨리스는 유리 탁자 위에 놓인 황금 열쇠로 문을 열었다. 바깥에는 아름다운 꽃밭과 분수가 펼쳐진 멋진 정원이 꾸며져 있었다. 앨리스는 컴컴한 통로를 빠져나가 정원에서 뛰어놀고 싶었다. 하지만 문이 너무 작아서 빠져나갈 수 없었다.

앨리스는 주변을 둘러보다가 유리 탁자 위에 놓인 약병을 발견했다. 앨리스는 조금 망설이다가 약을 마셨다. 그러자 몸이 작아지기 시작했다. 작아진 앨리스는 문을 열기 위해 황금 열쇠가 놓여 있는 탁자로 다가갔지만 몸이 너무 작아

져서 탁자에 손이 닿지 않았다. 앨리스는 다시 주변을 둘러보았다. 탁자 밑에는 조그마한 유리 상자가 놓여 있었다. 상자 안에는 케이크가 들어 있었다. 앨리스는 다시 용기를 내어 케이크를 먹었다. 그러자 앨리스의 몸이 커지기 시작했고 곧 천장에 머리가 쿵 하고 부딪쳤다.

몸이 너무 커져서 문을 빠져나갈 수 없자 낙심한 앨리스는 울기 시작했다. 커다란 눈물방울이 웅덩이를 만들고 방을 절반이나 채웠다. 그때 어두운 복도에서 토끼가 지나갔고, 앨리스는 말을 걸었다.

"실례합니다, 선생님…"

토끼는 기절할 듯 놀라며 장갑과 부채를 떨어뜨리고 어둠 속으로 달아나 버렸다. 아예 힘이 빠진 앨리스는 토끼가 떨어뜨린 장갑과 부채를 든 채 울음을 터뜨렸다.

"누구든지 나를 좀 봐주었으면 좋겠어! 계속 혼자 있는 건 싫어!"

앨리스는 울면서 두 손을 내려다보았다. 그런데 손에 토끼가 떨어뜨린 장갑이 끼워져 있었다. 몸이 줄어들고 있었던 것이다. 손에 들고 있던 부채를 떨어뜨리자 줄어드는 몸이 멈췄다. 앨리스는 다시 탁자로 달려갔다. 하지만 이번에도 열쇠를 집을 수가 없었다.

앨리스는 또 다시 몸이 너무 작아져서 방 안에 찬 물에 빠져 둥둥 뜰 지경이었다. 앨리스는 빠져 죽지 않으려고 천천히 헤엄쳤다. 물속에는 생쥐, 도도새, 로리, 이글렛 등 동물들이 같이 헤엄치고 있었다. 생쥐가 앨리스에게 말했다.

"기슭으로 나가자. 그런 다음 내 기구한 운명을 말해 줄게. 그러면 내가 왜 고양이와 개를 싫어하는지 이해할 수 있을 거야."

앨리스와 동물들은 헤엄쳐 나가서 드디어 기슭에 도착했다. 모두들 흠뻑 젖어 있었다.

원더랜드에 떨어진 앨리스는 가짜 거북이, 쐐기벌레, 체셔 고양이, 미친 모자 장수, 하트 여왕, 트위들덤과 트위들디, 험프티 덤프티 등등을 만난다.[7] 이들과 함께 펼쳐지는 이야기는 인과 관계도 없고, 시간과 공간도 앞뒤가 맞지 않는다. 황당한 패러독스가 넘쳐나는 원더랜드를 여행하는 앨리스는 마주치는 모든 상황을 이해할 수 없지만 최대한 예의 바르게 행동하려고 애쓴다. 하지만 되돌아오는 것은 "저 멍청한 괴물의 목을 쳐라!"라는 일갈뿐이다.

《앨리스》를 놓고 수천 수만 가지 해석이 나왔으며, 루이스 캐럴만 다루는 학회와 학회지가 지금도 번성하고 있다. 위에 요약한 작품 도입부만 해도 수십 가지의 해석이 가능하다. 그중 인기 있는 해석은 앨리스가 토끼굴에 들어가 빠져나오는 과정이 인간의 탄생 과정을 닮아 있다는 것이다. 좁고 기다란 토끼굴은 자궁을 의미하고, 정원으로 나가는 문은 자궁의 입구이다. 앨리스는 마치 수정란처럼 작아졌다가 아기가 엄마 뱃속에서 성장하듯 커다랗게 자라난다. 흘린 눈물이 차고 넘쳐흐를 지경이 돼서야 겨우 앨리스는 토끼굴에서 동물들과 함께 빠져나오게 된다. 마치 양수가 터지면 자궁 문이 열리면서 온갖 부산물과 함께 아기가 미끄러져 나오는 것과 비슷하다.

이렇게 해석하면 무척 그럴듯해 보이지만 사실 《앨리스》를 완전무결하게 독해하기란 불가능에 가깝다. 수학자 마틴 가드너Martin Gardner, 1914~2010[8]는 이 작품의 최종적인 메시지란 "어떠한 환상도 없이 이성적인 눈으로만 바라본 인생이란 멍청한 수학자가 떠들어대는 황당한 이야기"[9]라고 말했다. 나는 가드너의 이 말이야말로 《앨리스》에 대한 가장 완벽한 해석으로 생각한다. 궁극적으로 과학은 아무것도 발견하지 못한다. 완벽하게 객관적인 관찰이란 원천적으로 불가능하다. 우리는 가드너의 말대로 "태어나자마자 이유 없는 사형 선고를 받은 채 한바탕 익살극 같은 인생"[10]을 살아간다. 역사를 통틀어 우주와 인생의 진정한 의미를 찾아내려는 시도는 수도 없이 이루어졌지만 발견된 것은 아무것도 없는 텅 빈 허공뿐이다. 그렇다면 인생의 의미를 찾아내려고 머리를 싸쥐는 대신 서로 위트를 뽐내며 미친 티 파티를 즐기는 게 백번 재미있지 않을까?

부조리와 쓸데없는 절차가 지배한다는 면에서 원더랜드는 의외로 현실 세계를 닮아 있다. 원더랜드의 캐릭터들은 기괴하지만 많은 연구자들은 당시 영국의 실존 인물을 연상시키는 단서를 찾아냈다. 가령 하얀 기사와 붉은 기사의 결투는 생물학자 토마스 헉슬리와 성공회 주교 새뮤얼 윌버포스의 진화론 논쟁을 의미했다고 보는 식이다.[11] 시간이 지나면서 진화론은 과학적 진리로 공인받았다. 그렇지만 당대인들에게 국가 최고 엘리트들이 마주 앉아 인간의 조상이 원숭이냐, 아니냐를 놓고 격돌하는 모습은 초현실적으로 느껴졌을 것이다. 아이들의 눈에 비친 어른들의 세계도 그와 비슷하다. 게다가 아이들이 어른들에게 받는 대접은 앨리스가 원더랜드에서 당하는 취급과 너무나 비슷하다.

다행스럽게도 마음씨 고운 캐럴은 언제나 아이들 편이었다. 오직 아이들만이 이 정신 나간 세상에서 만사를 웃음거리로 넘기고 데이지 꽃을 따 모으며 금빛 석양을 마음껏 바라볼 수 있었기 때문이었다. 캐럴은 이 소녀들을 존중하고 언제까지나 보호하고 싶어 했다. 캐럴 그 자신은 아무것도 바라지 않았다. 이 소녀들의 황금빛 오후를 멀찍이서 바라보는 것으로 평생 만족하며 지냈고, 충분히 행복해 했다.

그러나 비슷한 시기 같은 나라에 살면서 캐럴과 똑같은 문제로 고민했지만 전혀 다른 결론에 다다른 사람이 있었다. 바로 《피터 팬Peter Pan》을 쓴 J.M. 배리Sir James Matthew Barrie, 1860~1937였다.

원더랜드와 네버랜드의 동상이몽

《피터 팬》은 가장 유명한 아동 문학 작품 중 하나이다. 그러나 이 작품이 오랜 시간에 걸쳐 쓰인 사실은 잘 알려져 있지 않다. 《피터 팬》의 작가 배리는 가장 명성을 누리던 십여 년의 전성기에 걸쳐 이 작품을 썼다. 이 작품을 쓰면서 배리는 자신이 고민하는 성장과 사랑, 상실에 대한 문제를 하나씩 풀어나갔다. 이러한 문제는 배리뿐만이 아니라 빅토리아 시대의 어른들이 대부분 품고 있는 고민이었다. 어린 시절에 겪었던 그 충만한 행복을 왜 어른들은 다시 맛볼 수 없는 것일까? 왜 가장 소중한 가족 관계마저도 권리와 의무로 꽁꽁 묶여 있어야만 하는 것일까? 적어도 사랑하는 사람끼리만이라도 어린 시절 부모에게 받았던 사랑을 주고받을 수는 없을까?

이러한 종류의 의문은 개인적이기도 하지만 동시에 사회적이고 제도적인 문제가 함께 얽혀 있었다. 그렇기에 한두 작품을 쓰는 것으로 해결될 수는 없었다. 배리는 희곡, 단편 소설, 장편 소설 등 피터 팬이 등장하는 여러 작품을 쓰면서 이 의문에 대답하려 애썼다. 1901년 《블랙 레이크 섬의 소년 표류자들 The Boy Castaways of Blacklake Island》은 그 시발점이 되었다. 뒤이어 발표된 1904년 희곡 〈피터 팬〉은 대성공을 거두었다. 첫 번째 공연을 앞둔 〈피터 팬〉의 연출자는 피터 팬이 객석을 향해 "요정을 믿니? 요정을 믿는다면 박수를 쳐 봐!"하고 외치는 그유명한 장면에서 관객들이 반응하지 않을까봐 매우 걱정했다고 한다. 결과는 피터 팬 역을 맡은 주연 배우가 감동해 눈물을 흘릴 정도로 열광적이었다. 관객들은 요정을 믿느냐는 어린애 같은 물음에 우레 같은 박수갈채로 응답했던 것이다.

연극 〈피터 팬〉은 점점 유명해져서 이미 유명 작가인 배리의 명성을 한결 드높였다. 배리는 이 성공에 만족하지 않고 이야기를 추가하거나 다듬으면서 피터 팬의 세계를 완성시켜 나갔다. 이러한 집필 과정은 처음부터 끝까지 《피터 팬》의 실제 모델인 피터 데이비스 집 안의 다섯 형제와 그들의 어머니 실비아 루엘린 데이비스와의 교류 속에서 이루어졌다.[12] 오형제 중 셋째 피터와 그의 어머니 실비아는 피터와 웬디의 모델이 되었다. 배리는 이들과 교류하면서 이상적인 가정과 사랑이 넘치는 가족 관계에 대한 영감을 얻었다. 하지만 데이비스 집안은 배리의 관심이 달갑지는 않았다. 어디까지나 배리는 손님일 뿐 가족이 아니었기 때문이었다.

하지만 배리는 이러한 냉대에 개의치 않았다. 그는 데이비스 형제의 부모가 죽고 오형제 중 세 명이 세상을 떠날 때까지이 집 안을 보살피고 경제적인 후견인 노릇을 했다. 또 죽기 전《피터 팬》의 저작권을 런던의 그레이트 오몬드 스트리트 아동병원에 맡기면서 어린이에 대한 애정을 끝까지 표현했다.

왜 배리는 본인의 결혼 생활보다 데이비스 집 안에 관심을 기울였을까? 이걸 이해하기 위해서는 우선 배리가 살고 있던 영국 사회의 성 관념에 대해 알아야 한다. 당시 영국은 성에 대해 억압적인 분위기가 팽배했다. 섹스에 대해 입밖에 내는 것은 물론이고 신체에 대해 머릿속으로 생각하는 것조차 죄악으로 여길 정도였다. 심지어 탁자나 의자의 다리조차 보기에 자극적이라며 커버로 덮어둘 정도였다. 성행위는 부득이하게 자식을 낳기 위해 필요하지만 목적을 성취하고 나면 자제해야 할지저분한 행위로 여겨졌다.

이러한 사회에서 사랑에서 비롯된 자연스러운 관계는 결코쉬운 일이 아니었다. 엄격하며 이중적인 풍조가 지배하는 세상에서 살아가는 사람들은 여지없이 섹스에 대해 뒤틀린 강박관념을 가지지 않을 수가 없었다.[13] 루이스 캐럴은 평생 독신으로살았고, 배리는 결혼은 했지만 자녀 없이 이혼했다. 두 작가 모두 사회가 요구하는 가족 질서에 겉으로는 순응했지만 내면 깊이 받아들이지는 않았던 것으로 보인다. 결혼을 통해 아이를 낳아야 한다는 생각이 사랑에 대한 낭만적 관념을 억눌렀던 시기였기에 이들의 관심은 어린이에게로 향했을지도 모른다.

캐럴과 배리는 인생에서 가장 행복한 시간은 어린 시절이라는 주장에 강력하게 동의했다. 하지만 어린 시절에 대한 두 작가의 생각은 좀 달랐다. 캐럴에게 어린 시절은 지극히 아름답고 순수하지만 한 번 지나가면 다시는 돌아오지 않는 시간이었다. 이러한 캐럴의 생각을 이해하면 왜 그가 소녀들의 사진, 특히 누드 사진을 찍으려 했는지 이유가 명백해진다. 사진을 통해 어린 소녀들의 순수한 아름다움을 영원히 남기고 싶어 했던 것이다.

한편, 배리는 어린 시절이 반드시 행복하지만은 않다고 보았다. 부모의 보호 아래 편안하게 산다 해도 늘 공포와 나쁜 생각과 위협이 아이들의 마음속을 활개치고 다녔다. 겉으로 보기에 평온해 보이지만 사실 아이들은 언제나 겁에 질려 있다. 따라서 공포에 맞서기 위해 우리의 주인공인 피터 팬은 강해야 했다. 이러한 개성을 드러내기 위해 배리는 피터 팬을 건방진 성격으로 묘사했는데, 사실 건방짐이야말로 아이가 어른에게 미움 사기 딱 좋은 특징이다.

배리에게 어린 시절이란 벽장에 넣어둔 오래된 장난감이나 사진 같은 것이었다. 평소에는 이러한 물건들을 까맣게 잊고 살다가 우연히 꺼내볼 때마다 사람들은 예전에 느꼈던 기쁨을 다시 떠올릴 수 있다. 오랫동안 들여다보고 귀에 대고 흔들어보다가 미소 지으며 다시 소중히 넣어두는 것이다. 어린 시절이란 그런 물건들과 비슷하다. 어른이 된 후에도 어린 시절의 기억은 수시로 되돌아온다. 특히 사랑에 빠지거나 부모가 되면 자신의 어린 시절과 마주해야 한다. 그 어린 시절은 아름다울 수도, 끔찍할 수도 있다. 배리는 그것을 네버랜드라고 이름 붙였다.

앨리스의 원더랜드와 피터 팬의 네버랜드는 이름은 비슷하지만 완전히 다른 세계이다. 앨리스의 원더랜드는 어른들의 세상이다. 아이들 눈에 비친 어른들의 세상은 엉뚱한 것들 투성이다. 처음 보는 상대에게 다짜고짜 훈계부터 늘어놓고 무의미한 절차에 집착하고 눈앞에서 벌어지는 끔찍한 고통에는 눈을 감아버린다. 항의를 할라치면 목을 치라는 일갈이 날아온다. 앨리스 같은 어린 아이는 입 꼭 다물고 시키는 대로 하는 수밖에 없다. 인습과 규율에 얽매이고 허세와 위선에 푹 절은 어른들의 세계가 바로 원더랜드이다.

네버랜드는 이러한 원더랜드를 거부하고 반역아로 살아가는 피터 팬의 세상이다. 네버랜드는 모든 아이들의 마음속에 하나씩 있다. 그곳에는 갓난아기가 처음 터뜨린 웃음소리에서 태어난 요정과 해적과 인디언이 산다. 해적과 인디언은 둘 다 인습을 거부하고 자신들만의 규칙대로 살아가는 집단이다. 피터 팬과 피터를 따르는 소년들은 네버랜드의 땅속에 집을 짓고 텅빈 나무줄기를 통해 오르내린다. 소년들이 몸에 꼭 맞는 나무줄기를 통해 땅속을 오가는 모습은 마치 자궁에 연결된 산도를 통과하는 태아를 떠올리게 한다. 만약 네버랜드에 사는 아이가 덩치가 커져서 나무줄기 속에 들어가지 못하면 피터 팬에게 즉시 쫓겨나고 만다.

맨 처음 배리가 생각해 낸 피터 팬의 모습은 켄싱턴 공원에 혼자 사는 아기였다. 그는 1902년에 발표한 소설 《작은 하얀 새The Little White Bird》의 한 챕터인 〈켄싱턴 공원의 피터 팬Peter Pan in Kensington Park〉에서 요정과 새에 둘러싸여 사는 아기 피터 팬을 처음 등장시켰다. 이후의 작품에서 켄싱턴 공원은 네버랜드로 바뀌게 된다. 네버랜드는 아이들을 위한 공간이지만 아이들만 사는 곳은 아니다. 해적 후크 선장과 문명을 거부하는 인디언, 새들, 그리고 요정들이 산다. 하지만 이들은 아이들을 위협하는 존재가 아니다. 이들은 아이들이 상상하는 어른들의 현실과 문명사회, 그리고 환상과 신비이다. 무엇보다도 중요한 것은 네버랜드의 주인은 피터 팬이며, 피터 팬이 없으면 네버랜드도 존재할 수가 없다는 점이다.

《피터 팬》은 배리에 의해 오랜 시간에 걸쳐 고쳐 쓰여지고 다듬어지면서 자이프스가 그의 책에서 밝힌 것처럼 "어린 시절을 되찾으려는 어른들을 위한 학습서"로 완성됐다. 아이들은 순수하지만은 않다. 종종 세상에 대한 공포에 질리고 자신감을 잃는다. 어른들도 비슷한 감정을 자주 느낀다. 다만 교육과 경험에 힘입어 이겨내는 것에 불과하다. 대신 아이들은 어른들이 갖지 못한 힘을 갖고 있다. 아이들은 호기심과 이끌림을 거리낌 없이 표현하며, 죄의식 없이 사랑에 빠진다. 배리는 아이들의 이런 특성이야말로 어른들이 되찾아야 할 미덕이라고 보았다.

슬프게도 대부분의 어른들은 네버랜드 자체를 송두리째 잊어버린다. 그런 어른들은 아이들을 종종 무시한다. 자신이 한때 어린애였다는 사실을 잊은 어른들은 지루하고 답답하며, 권위적이다. 안타깝게도 피터 팬조차 네버랜드와 비슷한 처지에 놓였다. 요즘 피터 팬 같다는 말은 성장을 거부하고 유아적인 즐거움에 안주한다는 의미로 쓰인다. 이건 억울한 평가이다. 작품 속에서 피터 팬은 웬디와 소년들을 지키기 위해 안간힘을 다하고 심지어 목숨까지 건다. 웬디는 피터 팬과 소년들을 온 힘을 다해 보살피고 애정을 쏟아준다. 네버랜드에서 피터와 웬디는 어른의 진짜 의미를 배운다. 진정한 어른은 자기보다 어리거나 약한 존재를 생명을 걸고 보살핀다. 이러한 감정이야말로 진정한 사랑이고, 부모가 자식에게 주어야 마땅한 것이다.

배리는 어릴 적 어머니를 무척 사랑했다고 한다. 그는 어릴 적 형을 잃었고 그로 인해 어머니는 우울증에 빠졌다고 한다. 그래서 배리는 형의 옷을 입고 형의 흉내를 내며 어머니를 기쁘게 해주려 애썼다고 한다. 이런 경험으로 인해 그는 어린이와 꿈과 사랑에 깊이 관심을 갖게 되었다. 그는 사랑이란 어렸을 때만 누릴 게 아니라 성숙한 어른이라면 누구나 주고받을 수 있는 것이어야 한다고 생각했다. 배리는 그 가능성을 데이비스 집 안과의 교류와 자신의 작품을 통해 실험했다. 이 과정에 배리는 인간의 어린 시절이 지닌 가치에 대한 연구를 남김없이 녹여 넣었다. 그 최종적인 결과는 《피터와 웬디Peter And Wendy》(1911)라는 제목의 작품으로 완성되었다.[14]

자라지 않는 아이

모든 아이들의 마음속에는 네버랜드가 있고, 네버랜드에는 영원히 자라지 않는 아이 피터 팬이 살고 있었다. 달링 씨 삼남매 웬디, 존, 마이클은 한 번도 만난 적이 없었지만 피터 팬을 잘 알고 있었다. 달링 부부가 파티에 간 날 밤 피터 팬은 세 아이들의 방에 몰래 들어갔다. 왜냐하면 깜박 잊고 그림자를 두고 갔기 때문이었다. 피터 팬은 찾아낸 그림자가 몸에 붙지 않자 바닥에 앉아 엉엉 울었다. 울음 소리를 듣고 깨어난 웬디는 물었다.

"얘, 너 왜 울고 있니?"

자초지종을 들은 웬디는 그림자를 피터 팬의 발에다 꿰매
주었다. 피터는 웬디에게 네버랜드로 같이 가서 엄마가 되
어달라고 부탁한다. 웬디는 동생 존과 마이클을 깨워 함께
네버랜드로 날아갔다. 뒤늦게 도착한 달링 부부는 가슴을
치며 후회했지만 아이들은 이미 사라진 지 오래였다.

네버랜드에는 피터 팬과 피터 팬을 숭배하는 소년들이 살
고 있었다. 그리고 요정과 인디언과 해적들이 살고 있었다.
요정들은 피터 팬을 사랑했고 인디언들은 자기들의 생활에
만 관심이 있었다. 그리고 해적은 피터 팬의 적이었다. 해적
선장 후크는 피터 팬에 대한 증오를 불태웠다. 왜냐하면 피
터 팬이 후크의 팔을 잘라서 악어에게 던져주었기 때문이었
다. 악어는 팔에 달려 있던 회중시계까지 냉큼 먹어치웠고
후크는 악어 배 속에서 나는 시계 소리를 들을 때마다 공포
에 질려 줄행랑을 쳐야 했다.

밤새 날아가던 웬디는 소년들이 쏜 화살에 맞아 땅에 떨
어졌고, 소년들은 웬디를 엄마라고 부르며 예쁜 집을 지어
준다. 웬디는 소년들의 바지를 꿰매주고 가짜 약을 먹이고
이불을 덮어주며 즐거운 시간을 보낸다. 하지만 후크의 위
협은 계속되었고, 급기야 해적들의 손에 웬디와 아이들이
모조리 잡혀간다. 요정 팅커 벨은 피터 대신 후크가 탄 독약
을 먹고 쓰러진다. 분노한 피터 팬은 "요정을 믿는다면 박수
를 쳐 줘!"라고 아이들에게 외치고, 요정을 믿는 아이들에
힘입어 팅커 벨은 되살아난다.

피터는 후크와 결전을 벌이기 위해 해적선에 잠입한다. 해적들은 아이들을 모조리 바다에 빠뜨린 다음 웬디를 자기들의 엄마로 만들 궁리를 하고 있었다. 한때 귀족 교육을 받았던 후크도 웬디가 엄마가 되어주면 좋겠다고 생각하고 있었다. 그러나 피터가 꾀를 내어 해적들을 하나씩 죽이자 후크는 분노하여 갈고리를 휘두른다. 피터는 겁내지 않고 명랑하게 맞선다. 싸우던 후크는 불현듯 의문을 품고 피터에게 물었다.

"팬, 넌 도대체 무엇이며 무엇이냐?"

정신없이 싸우던 피터는 아무 생각 없이 대답했다.

"난 젊음이자 기쁨이지. 난 알에서 깨어난 작은 새야."

후크는 피터의 말에 절망했고, 패배를 인정했다. 피터는 그를 발로 차서 악어의 입 속으로 떨어뜨렸다. 악어 뱃속의 시계는 이제 울리지 않았다. 그것은 후크의 죽음을 의미했다.

달링 부인이 자기들을 잊어버릴까 겁이 난 웬디는 집에 돌아가기로 결정한다. 피터와 함께 살던 소년들도 달링 씨 집에 머무르기로 한다. 그러나 피터 팬은 네버랜드에 계속 살기로 한다.

"전 학교에 가서 심각한 것 따윈 배우고 싶지 않아요. 전 어른이 되고 싶지 않아요. 어느 날 아침 잠에서 깼는데 수염이 나 있으면 어떡해요! 아무도 날 잡아서 어른으로 만들지 못해요."

웬디가 피터에게 수염이 나도 좋아하겠다고 말하지만 피터는 뒷걸음질을 쳤다. 대신 달링 부인은 매년 한 번씩, 일

주일 동안 웬디가 네버랜드에 가서 봄맞이 대청소를 해 주
기로 약속한다. 약속을 받은 피터는 날아가 버린다.

다음 해 피터는 약속대로 웬디를 데리러 왔다. 웬디는 커
진 키를 들키지 않기 위해 조심했다. 그 다음 해에는 피터
가 오지 않았다. 웬디는 마음을 졸였지만 그 다음 해에는 피
터가 다시 왔다. 그 다음 해에 이미 웬디는 어른이 되어 있
었다. 웬디만이 아니라 존, 마이클, 네버랜드의 소년들 모두
자라서 어른이 되었다.

웬디는 결혼하여 딸을 낳았다. 딸의 이름은 제인이었다.
웬디는 제인에게 피터 팬 이야기를 들려주었다. 제인은 피
터 팬 이야기를 무척 좋아했다.

그러던 어느 날 밤 영문 모르는 피터가 다시 왔다. 피터는
여전히 젖니가 나 있었다. 웬디는 피터에게 자신의 모습을
들키지 않으려고 웅크렸다. 하지만 피터는 어른이 된 웬디
의 모습을 보고 바닥에 앉아 엉엉 울어댔다. 이 소리에 제인
이 깨어났다.

"얘, 너 왜 울고 있니?"

피터와 제인은 뒤도 돌아보지 않고 곧장 네버랜드로 날아
갔다. 세월이 흘러 제인도 어른이 되었고, 마거릿이라는 딸
을 낳았다. 마거릿도 피터와 네버랜드로 날아갔다. 마거릿
이 어른이 되어 딸을 낳으면, 그 딸도 피터와 네버랜드로 날
아갈 것이다. 아이들이 쾌활하고 순수하고 매정한 이상, 그
딸들의 딸들도 네버랜드로 향할 것이다.

왜 피터 팬과 후크는 서로 미워할까

대부분의 사람들은 어린 시절은 순수하고 행복으로 가득 차 있다고 생각한다. 정말 그럴까? 배리의 생각은 달랐다. 아이들의 내면은 어른들이 상상하지 못하는 것들로 가득 차 있다. 아이들의 마음을 이해하려면 논리보다는 상징과 의인화 등 문학적 사고방식이 적합하다. 배리는 그러한 문학적 장치를 통해 아이들의 마음을 구체적으로 그려냈다.

겉으로는 행복해 보이는 아이들도 속으로 고민이 많다는 사실을 이해하면 피터 팬의 네버랜드가 왜 그렇게 복잡한지 알 수 있다. 해적들은 언제나 피터 팬과 소년들의 목숨을 노리고 새들과 동물들은 골치 아픈 일에 말려들기 싫어한다. 피터 팬은 한없이 자유로운 대신 혼자 힘으로 살아가야만 한다. 피터는 사실 무척 외로운 아이이고 따뜻한 애정이 필요하다고 느낀다. 하지만 피터는 엄마에게 돌아가는 대신 자신을 사랑해줄 사람을 찾아낸다. 바로 웬디이다. 그러나 배리는 피터와 웬디를 마냥 사랑에 빠지게 놔두지 않았다. 네버랜드에서 두 아이는 어른의 역할을 부지런히 학습한다. 어린 소년들을 보살피고 적과 싸울 준비를 하며, 몇 번이고 죽을 고비를 넘긴다.

해적 후크 선장은 피터 다음으로 네버랜드에서 가장 인상적인 인물이다. 몰락한 귀족의 풍모를 지닌 후크는 꽃을 좋아하는 섬세한 심성을 지녔지만 피터를 죽이고 싶어 한다. 후크가 보기에 한낱 어린애인 피터는 너무 건방졌기 때문이었다. 피터도 언젠가 후크와 대결할 결심을 늘 하고 있다. 왜냐하면 후크는 피터가 싫어하는 어른의 특징을 모두 갖추고 있기 때문이

다. 후크는 자신의 죽음이 언제든 닥쳐온다는 사실을 잘 알고
있다. 영원한 젊음, 즉 영생을 누리는 피터와 달리 후크는 필멸
의 존재인 것이다.

> "다행히도 악어가 시계를 집어삼키는 바람에 배 속에서
> 째깍째깍 소리가 나. 그래서 난 악어가 날 덮치기 전에 그
> 소리를 듣고 도망칠 수 있지."
> "하지만 언젠가 시계가 멈추면 악어는 선장님을 잡아먹
> 을 겁니다." (제임스 매튜 배리, 《피터 팬》, 이은경, 웅진씽크빅,
> 2008, 112~113쪽.)

후크의 팔이 무척 맛이 있었는지 악어는 후크를 잡아먹으
러 쫓아다닌다. 후크는 악어의 배 속에서 나는 시계 소리를
들을 때마다 줄행랑을 친다. 하지만 언젠가 시계가 고장 나서
멈추어 버리면 악어는 소리없이 다가가 후크를 잡아먹을 것
이다.

시계는 근대적 시간 관념을 상징한다. 농경 사회와 달리 시
간에 맞추어 정확히 생활하는 습관은 도시 사회의 특징이다.
시간을 분초 단위로 나누고 효율적으로 관리하는 방법은 불과
몇백 년 사이에 자리 잡았다. 현대 사회의 아이들은 글자를 익
히자마자 시계 보는 법부터 배운다. 시간을 정확히 지키고 아
껴 쓰는 습관을 익힌다. 시간은 돈이기 때문이다.

아이들에게 효율적 시간 관리 개념을 학습시켜야 한다는 사
실을 뒤집으면, 분초 단위로 관리되는 시간 관념이란 선천적
능력이 아니라는 의미가 된다. 인간이 태어날 때 타고난 시간

관념은 그다지 정확하지 않다. 어릴 적부터 꼼꼼한 훈련을 받아야만 시간을 분초 단위로 다루는 능력을 갖추게 된다. 곧, 시간을 자유자재로 다루는 능력은 어른이 되기 위한 주요한 요건이다. 후크가 악어 배 속에서 째깍거리는 시계 소리에 신경을 곤두세우듯이 어른들도 분초를 다투는 시간을 최대한 효율적으로 이용하기 위해 온갖 방법을 사용한다. 시간은 돈이자 삶이고, 인생이다.

시계는 이렇듯 중요한 시간을 상징한다. 악어 시계가 멈추어 버리자 후크는 죽음을 맞이한다. 치밀하게 활동하던 어른들도 어느 순간 시간 관리에 둔감해지면서 비로소 자신의 늙음을 깨닫는다. 아이들은 다르다. 정확한 시간에 맞추어 움직여야 한다거나 한정된 시간 안에 작업을 끝내야 한다는 강박관념이 없다. 즐거움은 끝없이 이어질 것 같고, 사랑하는 부모와 친구는 영원히 곁에 있을 것만 같다. 아이들에게 죽음이란 없다. 아이들은 시간이 흐르지 않는 네버랜드의 주민이기 때문이다.

네버랜드를 떠나며

배리의 작품을 읽어보면 그가 아이들을 예리하게 관찰했고 그들이 사회화하는 근본적인 원리에 대한 이론을 세웠다는 사실을 알 수 있다. 아이들은 그냥 어른이 되지 않는다. 아이들은 태어나서 한참을 지나야 진짜 인간이 된다. 어른이 되기까지 아이들은 인간도, 동물도 아닌 중간적인 존재이다.

"그럼 전 완전한 인간이 아닌가요?" 피터가 물었다.

"그렇지."

"그럼 완전한 새도 아니고요?"

"그래."

"그럼 전 뭔가요?"

"넌 그냥 이도 저도 아닌 얼치기라 할 수 있지." (제임스 매튜 배리, 같은 책, 286쪽.)

배리에 따르면 모든 아기들은 새였다. 그래서 갓 태어난 아기는 자기가 원래 새였다는 사실을 기억한다. 요정들과 같이 지냈기 때문에 요정들의 언어도 기억한다. 그래서 갓난아기는 어른들에게 요정 언어로 열심히 말을 걸지만 아무도 알아듣지 못해 결국 울음을 터뜨리고 만다. 그러던 아기들이 인간의 생활 방식에 익숙해지려면 이 년 정도 걸린다. 대신 엄마나 보모들은 아기들과 오랫동안 시간을 보내다 보니 요정의 언어를 조금은 알아들을 수 있다. 요정 나라에서는 제일 어린 아기를 왕자나 공주로 삼기 때문에, 요정 나라를 기억하는 아이들은 엄마가 동생을 낳을 준비를 하면 불안해 한다. 배리는 여기에다 자기 자신에 대한 유머를 덧붙였다. 아이가 어른이 아니듯이 실은 글을 쓰는 작가들도 진짜 어른이 아니다. 작가들은 그날 그날 필요한 이상의 돈을 싫어하기 때문이다.[15]

가난한 집 안에 태어난 배리는 아픈 어머니를 돌보며 어린 시절을 보냈다. 배리의 어머니는 기대를 걸었던 배리의 형이 일찍 죽고 나서 병을 얻었다. 어린 배리는 어머니가 죽은 형만큼 자기를 사랑해주지 않는다는 사실을 알고 있었다. 열 손가

락 깨물어 안 아픈 손가락이 없다는 말은 진실이다. 하지만 조
금 더 아픈 손가락은 분명 있다. 편애야말로 어른들이 아이들
에게 숨기고 싶은 불편한 진실이다.

"엄마들은 다 똑같아. 내가 장담하는데, 너희 엄만 이미
다른 아기를 원하고 있을 거야."

마이미는 깜짝 놀랐다. "말도 안 돼. 너도 알다시피 네가
가버렸을 땐 너희 엄마에게 아무도 없었어. 하지만 우리 엄
마에겐 토니 오빠가 있고, 우리 부모님은 오빠 한 명으로 만
족하실 거야."

그러자 피터가 씁쓸하게 대꾸했다. "아이를 여섯이나 둔
엄마들이 솔로몬(아이를 낳게 해 주는 새―인용자 주)에게 보
낸 편지를 네가 봐야 하는데." (제임스 매튜 배리, 같은 책,
354쪽.)

피터 팬이 어른이 되길 거부하게 된 계기는 엄마 때문이었
다. 네버랜드에 살던 피터 팬은 엄마가 그리워진 나머지 착한
아들이 되겠다고 마음먹고 집으로 돌아간다. 하지만 피터를 기
다리면서 항상 창문을 열어 놓던 엄마는 이미 새로운 아이를
얻어 행복을 누리고 있었다. 피터는 새 아기를 얻은 엄마에게
상처받고 다시는 집에 돌아가지 않겠다고 다짐한다. 피터가 엄
마에게 받은 상처에는 어린 배리가 겪은 편애의 기억이 깔려
있다. 언제나 어른들은 입으로는 평등하게 대한다고 말하면서
도 아이들을 은근히 차별한다. 아이들도 이 사실을 알고 있지
만 겉으로는 모른 척한다. 그래도 아이들이 밝게 웃는 이유는

어른들을 사랑하기 때문이다. 아이들은 어른들을 사랑하고 그들에게 인정받고 싶어 한다. 이러한 마음은 미처 어른들이 짐작할 수 없을 정도로 절박하다.

　피터와 웬디가 네버랜드를 떠난 가장 큰 이유는 엄마를 사랑했기 때문이었다. 어른들에 대한 아이들의 사랑은 아이들이 현실에 적응하는 가장 큰 이유이다. 이제까지 받은 사랑에 보답하고 더 많은 사랑과 관심을 받기 위해 아이들은 아픈 성장의 과정을 기꺼이 받아들인다. 그 과정은 너무나 고통스러운 나머지 도중에 죽음을 맞는 아이들도 있다. 하지만 아이들은 어른들을 너무나 사랑하기에 그 힘든 도정을 마다하지 않는다.

　《피터와 웬디》의 결말은 어른이 된 웬디가 다시 만난 피터에게 사랑하는 딸 제인을 보내주는 것이었다. 웬디 자신은 이제 하늘을 날 수 없지만 딸에게 그 경험을 선사할 수는 있었다. 만약 웬디가 피터를 까맣게 잊어버렸다면 그 결말이 얼마나 비통했을까? 어쩌면 피터는 마음이 아파 죽어버렸을지도 모른다. 웬디의 딸 제인도, 제인의 딸 마거릿도 하늘을 나는 황홀감을 절대 맛보지 못했을 것이다.

　말년의 배리는 귀족 작위까지 받았지만 개인적으로 썩 행복한 삶을 누리지는 못했다. 그러나 배리는 네버랜드라는 세상을 통해 아이들을 아이들답게 사랑하는 법을 찾아냈다. 피터와 제인을 떠나보내는 웬디는 황홀함과 아쉬움을 동시에 느끼는 성숙한 어른이다. 어른들은 아이들의 성장통을 대신해 줄 수 없지만, 자신의 어린 시절을 기억함으로써 아이들을 환상의 세계로 안내해 줄 수 있다. 물론 어린 시절을 행복하게 보낸 어른이라야 아이들에게 행복한 어린 시절을 선사할 수 있다. 조용하고 소심하지만 결코 행복을 향한 노력을 포기하지 않았던 배리를 통해 피터와 웬디의 모험은 어린 시절을 기억하는 진정한 어른들의 것으로 남게 되었다.[16]

이야기 속 이야기

1 이하 《이상한 나라의 앨리스》와 그 속편 격인 《거울 나라의 앨리스》를 한데 묶어
《앨리스》라고 부르기로 한다.

2 최근 사회적으로 존재를 드러내기 시작한 무성애자 그룹에서는 루이스 캐럴이 무
성애자였을 가능성을 제기하기도 한다. 무성애자란 일반인과 똑같은 정신적인 사
랑을 느끼지만 육체적 성욕은 없는 사람을 의미한다. 2004년 연구 결과 무성애자
는 영국의 전체 인구 중 1% 정도라고 한다.

3 러스킨은 당시 미술사학이라는 새로운 학문 영역을 개척한 선구적인 학자였다. 당
시 러스킨은 앨리스의 미술 선생이었다. 러스킨의 전기에는 앨리스의 부모가 외출
한 날 밤 앨리스가 러스킨에게 차를 마시러 오라고 초대한 이야기가 나온다. 러스
킨은 이날 밤을 "마치 꿈과 같다"라고 기록했다. 한낱 어린애에 불과했던 앨리스의
매력이 어떠했는지 보여주는 대목이다.

4 앨리스는 둘째 아들을 레오폴드, 셋째 아들은 캐릴(Caryl)이라고 이름 붙였다. 레
오폴드 왕자는 첫딸의 이름을 앨리스라고 지었다고 한다.

5 '원더랜드(Wonderland)'는 한국어로 '이상한 나라'로 번역되었다. 적절한 번역
이지만 이 책에서 원더랜드를 이야기할 때에 '이상한 나라'라고 쓰면 아무래도 독
자 입장에서는 혼란스러울 것 같다. 여기에서는 책 제목을 언급할 때를 제외하고는
'이상한 나라' 대신 '원더랜드'라고 하겠다.

6 조끼를 입고 회중시계를 든 하얀 토끼는 원더랜드의 수많은 캐릭터 중 제일 먼저
등장한다. 앨리스는 이 토끼를 뒤따라 원더랜드에 들어간다. 영화 〈매트릭스〉의 주
인공 네오도 하얀 토끼 문신을 한 여자를 따라가서 매트릭스에 들어가게 된다. 하
얀 토끼는 이해 불가능한 질서가 지배하는 세계로 들어가는 길잡이이다.

7 이들 캐릭터는 각기 문학 작품과 영화, 드라마 등에 수시로 등장하며 독자적인 의
미를 얻었다. 가령 누군가를 가리키면서 "하트 여왕 같아"라고 말한다면 대부분의
교육받은 서구인들은 무시무시하고 독단적인 사람이라고 이해할 것이다.

8 《이야기 파라독스》(사계절, 2013)라는 책으로 유명한 마틴 가드너는 《앨리스》에 자
세한 주석을 달아 발표한 바 있다. 《앨리스》에 숨어 있는 수수께끼를 풀고 싶다면
그의 책 《이상한 나라의 앨리스 거울 나라의 앨리스》(북폴리오, 2005)를 추천한다.

9 루이스 캐럴 글, 마틴 가드너 주석, 《이상한 나라의 앨리스 거울 나라의 앨리스》,
최인자, 북폴리오, 2005, 22쪽.

10 위의 책, 같은 쪽.

11 토마스 헉슬리는 다윈의 영향을 받은 생물학자로 그의 손자 올더스 헉슬리(Aldous
L. Huxley, 1894~1963)는 유명한 SF 고전 《멋진 신세계》를 썼다. 한편 새뮤얼 윌
버포스는 미국의 링컨처럼 칭송받는 정치가 윌리엄 윌버포스의 아들이었다. 그 논
쟁은 명문가 출신 종교인과 엘리트 정치인의 격돌이었다. 당시 윌버포스 주교가 헉
슬리에게 질문했다. "인간이 원숭이의 자손이라면 당신의 할아버지와 할머니 중
어느 쪽이 원숭이입니까?" 헉슬리는 다음과 같이 대답했다. "원숭이를 조상으로 두
기보다 진실을 덮는 당신 같은 사람을 조상으로 두기가 훨씬 부끄러운 일입니다."

12 배리는 켄싱턴 공원을 산책하던 데이비스 형제를 만나 처음으로 피터 팬을 생각해
냈다. 이들 집 안과의 교류는 배리에게 엄청난 영감을 가져다주었다. 피터 팬의 모
델이 된 피터 루엘린 데이비스는 1932년, 여든 살이 된 앨리스 리델과 만남을 가졌
다고 한다. 두 사람이 만날 당시 이미 캐럴과 배리는 전설적인 명성을 얻은 뒤였다.

13 당시 영국은 이중적인 성 관념이 건전한 부부 생활까지 방해할 정도였다. 영국의
상류층 딸들은 시집가기 전 어머니에게 "남편이 무슨 짓을 하건 눈을 감고 가만히
누워서 조국의 미래를 생각하라"는 말 외엔 아무런 성교육도 받지 못했다고 한다.
부부간의 자연스러운 스킨십이나 관계도 죄짓는 일이 아닐까 의심되었다. 한편 도
시의 뒷골목에서는 남성만을 위한 성매가 창궐했다. 심지어 처녀와 관계를 맺으
면 성병이 낫는다는 속설까지 떠돌았다. 영국 역사상 성에 대해 가장 강박적이고
무지하며, 억압적인 시대였다.

14 원래 1904년 연극으로 첫 공연을 할 때는 〈피터 팬—자라지 않는 아이(Peter Pan,
The boy Who Wouldn't Grow Up)〉이라는 제목이었다.

15 〈켄싱턴 공원의 피터 팬〉에서 시인 셸리는 남아도는 돈 오 파운드 지폐로 종이배를
접어 호수에 띄워 보낸다. 호수에 살던 아기 피터 팬은 그 종이배를 타고 켄싱턴 공
원으로 들어간다. 인간도, 동물도 아닌 피터 팬이 인간들의 공간인 켄싱턴 공원으
로 들어가는 방법은 다름 아닌 돈으로 만든 종이배였다. 돈으로 움직이는 인간 사
회에 대한 배리의 풍자인 것이다.

16 배리는 자신이 창조한 피터 팬을 통해 엄격하게 분리되어 있던 아이들과 어른들의
세계를 연결시키려 애를 썼다. 먼저 발표된 희곡 《피터 팬》은 웬디가 집으로 돌아
가는 것으로 끝났다. 그러나 배리는 이 결말에 만족하지 못하고 끊임없이 추가 작
업을 벌였다. 웬디가 딸 제인을 피터에게 보내주는 결말도 소설 《피터와 웬디》에서
만 볼 수 있다. 이처럼 작품에 지속적인 수정과 퇴고를 한 것으로 보아 배리가 피터
팬의 세계에 얼마나 집중했는지 알 수 있다.

다 큰 아이들과
어린 어른들에게

아이들은 세상살이가 어려운 일투성이라서 겁이 난다. 어른들의 보호 아래 아무 탈 없이 자라는 것처럼 보이지만 온갖 어려움을 이겨내기 위해 애를 쓰다가 그만 지쳐 버리기 일쑤이다. 최근 논란이 된 '잔혹동시' 사건에서 보듯이 아이들은 아이들대로 녹록치 않은 현실을 마주하고 있다. 그러나 이것이 어찌 오늘만의 일이랴. 옛날에도, 또 멀고도 낯선 나라에서도 아이들은 성장하기 위해 세상과 부딪치며 배워나가야 했다. 그렇게 아이들은 자라는 것이다.

사실 어른들도 늘 자라지만 그들은 그 사실을 감추고 싶어한다. 대신 어른들은 자신들이 늙어가는 중이라고 눙친다. 계속해서 자란다는 말은 다 자라지 못한, 곧 '미숙한 존재'임을 인정하는 셈이어서일까. 따지고 보면 어른들도 아이들과 다를 바 없는 실수를 저질러 본 경험을 누구나 가지고 있다. 그럴 때 보면 어른들의 마음속에 숨어 있던 어린 아이가 튀어나오는 것 같다. 마음 한켠에 꼭꼭 담아둔 세상살이의 고단함과 서로에 대한 불신으로 인해 불현듯 길 잃은 아이가 되어 버리는 것이다. 그럴 때 어른들은 어린 시절을 떠올리며 세월을 돌이키고 싶어한다.

어른들이 아이들과 다른 점은 오랫동안 세상을 살아오면서 두려움에 익숙해졌다는 점일 게다. 그런 면에서 어른들은 경험 많은 아이들에 불과하다. 하지만 세상의 어느 누가 어른을 그저 경험이 조금 더 많은 아이들이라고 본단 말인가? 프랑스의 역사학자 필립 아리에스Philippe Ariès, 1914~1984에 따르면 중세까지만 해도 아이들은 그저 덩치 작은 사람에 불과했다. 그러다가 근세에 들어오면서 어른과 확실히 다른 존재로 구분되기 시작했다. 근세 초입에 생겨난 관념에 따라 아이들에게 어울리는 교육을 하게 되면서 아이와 어른이 인격적으로 분리된 오늘날의 사회가 만들어졌다는 것이다.

이 책에서 다루는 전래 동화들은 거의 대부분 근세 이전에 사람들 사이에서 자연스럽게 생겨났다. 어른과 아이 구분 없이 함께 즐기던 이야기였다는 사실을 뒤집으면 전래 동화에는 인간이면 누구나 주의 깊게 받아들여야 할 메시지가 담겨 있다는 뜻이다. 우리가 전래 동화라고 부르는 것은 아이들을 위한 아이들의 이야기가 아니라 사람이라면 누구나 알아야 할 교훈을 상상력이라는 그릇에 담아 놓은 조상들의 선물인 것이다. 물론 그 그릇은 지역마다 조금씩 다르지만 말이다.

우리가 사는 오늘날의 사회에서는 아이와 어른을 구분한다. 더 나아가 유년기·아동기·청소년기·청년기를 세분하고, 이제는 노년층에서도 55세에서 75세까지를 영 올드young old, 75세부터 85세까지를 올드 올드old old, 85세 이상을 올디스트oldest로 나누기까지 한다. 그리고 각 연령대에 따라 도달해야 할 성취 목표와 역할이 요구된다. 그러다 보니 자연스레 일종의 선입견 같은 게 생겨버렸다. 우리는 초등학생은 초등학생다워야 하고, 어른은 어른다워야 한다고 생각한다. 그리고 어른이 아이들같은 모습을 보이거나 아이들이 어른들의 세계를 흉내내면 부자연스럽다고 느낀다. 아이들은 어른들보다 열등하고 미숙한 존재이고, 그들이 어른을 일방적으로 공경하는 것을 당연하게 여기는 것이다.

그러다 보니 밥 먹고 옷 입을 때에도 아이와 어른을 구분하고, TV나 책을 보더라도 아이의 세계와 어른의 세계를 구분한다. 어른들은 자신들이 마주한 온갖 복잡한 세상 문제를 아이들이 모르길 바란다. 아이들이 세상의 일들에 대해 물어보기라도 하면 "너희들은 몰라도 돼, 어른 되면 다 알게 돼"라거나 "몰라도 되니까 어서 네 방 가서 공부하렴"이라고 대답하기 일쑤이다. 이런 생각은 자연스럽게 나이에 따라 사람을 다르게 대하는 차별 의식과 연결되어 아이들에게 고스란히 상처로 남는다. 어른들의 세계는 온갖 비밀에 둘러싸여 있고 자신들의 접근이 차단당한다고 느낀다. 자신들도 어른들과 담을 쌓기 시작한다. 그리고 사춘기가 되면 자신의 방문을 닫고 또래들 하고만 어울리게 된다. 자연히 주위 어른들을 봐도 서먹해지며 인사도 거르게 되는 것이다.

그런데, 세상을 마주하면서 느끼는 그런 당혹감은 아이들만의 것일까? 어른들도 낯선 일을 겪게 되면 우왕좌왕하며 떠들고 갈팡질팡하게 마련이다. 어른들이 네것내것 따지며 다투는 모습도 아이들과 다를 바 없다. 맘에 드는 사람에게 잘 해주려 애쓰는 것도 다르지 않고, 낯선 사람의 말을 믿었다가 봉변을 당하는 것도 아이 어른이 따로 없다. 이런저런 일들에서 아이들이 어른보다 오히려 의젓하게, 문제의 핵심을 잘 짚어내는 경우도 있지 않은가. 우리는 아이들의 통찰과 직관을 너무 가볍게 본다. 어른과 아이가 함께 앉아 삶의 근본적인 이치를 담아 인류의 조상들이 우리에게 물려준 이야기를 통해 서로에게 배우며 함께 성장해 나가야 하는 이유가 바로 여기에 있다. 아이들이 주인공인 이야기로부터 우리는 잊고 있던 삶의 지혜를 다시 배울 수 있는 것이다.

이 책을 쓰는 동안 아이들은 어리니까 세상을 잘 모를 것이라는 편견을 주지 않기 위해 내내 고심했다. 그 노력이 독자의 눈에도 보이기를 바란다. 어른도 한때 아이였고, 지금도 경험이 조금 더 많은 덩치 큰 아이에 불과하다는 사실이 잊혀질수록 나이에 따른 구분과 편견, 그리고 차별은 심해질 것이다. 같은 말을 하더라도 나이 많고 권력 있는 사람의 말이 더 잘 받아들여지는 경험을 한 사람이라면 누구라도 자신이 나이를 먹었지만 여전히 아이 같은 느낌이 들고, 인정 대신 차별을 받는다고 생각한 적이 있을 것이다.

잘 배우고 권세 있고 유명한 사람이 아니더라도 세상의 이치를 모르지 않는 것처럼 아이들도 세상살이의 고단함을 일찍이 눈치 채고 있다. 아이들은 아이들의 눈으로 그 대답을 찾아왔고 가슴에 새긴 그 대답을 여러 세대에 걸쳐 아이들이 주인공인 이야기로 다듬어 다음 세대에 전달해 온 것이다. 그렇다면 우리가 아이들로부터, 그리고 그들이 주인공인 이야기로부터 배우지 못할 이유가 도대체 무엇인가.

메마른 어른들은 종종 이야기와 정보를 혼동한다. 동화는 어렸을 때 읽어서 다 아는 이야기니까 두 번 다시 볼 필요가 없다고 생각한다. 그러나 이야기는 정보가 아니다. 동화에는 거의 정보가 없다. 그럼에도 불구하고 다 큰 어른들이 동화를 다시 읽어야 하는 이유는 세상에 대한 두려움에 떨던 자신의 어린 시절을 떠올리며 용기와 지혜를 얻고자 함이다. 동화 속에는 먹고 살기 바빠 우리가 잊고 있었던 것들이 주인을 기다리며 가라앉아 있다. 그게 무엇인지 알아내는 데에 이 책이 조금이나마 도움이 되었다면 기쁘겠다.

찾아 읽기

빨간 모자, 신데렐라, 장화 신은 고양이, 푸른 수염

샤를 페로, 《페로 동화집Contes de ma Mere l'Oye》, 이경의, 지식을만드는지식,
2012.

할머니 이야기

로버트 단턴, 《고양이 대학살-프랑스 문화사 속의 다른 이야기들》, 조한욱, 문학과지성
사, 1996.

**백설공주, 아셴푸텔, 브레멘 음악대, 헨젤과 그레텔, 개구리 왕자, 하얀이와 붉은이,
엄지동자**

그림 형제 글, 박은지 그림, 《그림 형제 민담집-어린이와 가정을 위한 이야기》, 김경연,
현암사, 2012.

콩쥐팥쥐전, 장화홍련전

구인환 편, 《장화홍련전》, 신원문화사, 2003.

파인애플의 전설

바두아 로이다 글, 김민아 그림, 《파인애플의 전설》, 원진숙 감수, 정인출판사, 2012.

후아 로 푸우

무르티 부난타 글, 하르디 요노 그림, 《후아 로 푸우》, 정인출판사, 2013.

로빈슨 크루소

대니얼 디포, 《로빈슨 크루소》, 김영선, 시공주니어, 2007.

2년간의 휴가

쥘 베른, 《2년간의 휴가》, 김주경, 시공주니어, 2011.

하이디

요한나 슈피리, 《하이디》, 김영진, 시공주니어, 2006.

엄마 찾아 삼만 리

에드몬드 데 아미치스, 《사랑의 학교》, 이현경, 창작과비평사, 2009.

세라 이야기

프랜시스 호지슨 버넷, 《세라 이야기》, 햇살과나무꾼, 시공주니어, 2004.

왕자와 거지

마크 트웨인, 《왕자와 거지》, 이희재, 시공주니어, 2002.

앨리스

루이스 캐럴 글, 마틴 가드너 주석, 존 테니얼 그림, 《이상한 나라의 앨리스 거울 나라의 앨리스》, 최인자, 북폴리오, 2005.

피터와 웬디, 켄싱턴 공원의 피터 팬

제임스 매튜 배리, 《피터 팬》, 이은경, 웅진씽크빅, 2008.

참고문헌

마빈 해리스, 《문화의 수수께끼》, 박종렬, 한길사, 1994.

로버트 단턴, 《고양이 대학살-프랑스 문화사 속의 다른 이야기들》, 조한욱, 문학과지성사, 1996.

마리아 니콜라예바, 《용의 아이들-아동 문학 이론의 새로운 지평》, 김서정, 1998.

브루노 베텔하임, 《옛이야기의 매력》, 김옥순, 주옥, 시공주니어, 1998.

김서정, 《어린이 문학 만세》, 푸른책들, 2003.

필립 아리에스, 《아동의 탄생》, 문지영, 새물결, 2003.

김환희, 《옛이야기의 발견》, 우리교육, 2007.

니콜라우스 하이델바흐, 《그림 메르헨》, 김서정, 문학과지성사, 2007.

잭 자이프스, 《동화의 정체》, 김정아, 문학동네, 2008.

세스 레러, 《어린이 문학의 역사》, 강경이, 이론과실천, 2011.

최기숙, 《어린이 이야기, 그 거세된 꿈》, 책세상, 2011.

샤를 페로, 《페로 동화집》, 이경의, 지식을만드는지식, 2012.

이승욱 외, 《대한민국 부모》, 문학동네, 2012.

페기 오렌스타인, 《신데렐라가 내 딸을 잡아먹었다》, 김현정, 에쎄, 2013.

미셸 파스투로, 《곰, 몰락한 왕의 역사-동물 위계로 본 서양 문화사》, 주나미, 도서출판 오롯, 2014.

피에르 드 부르데유 브랑톰, 《프랑스 궁정 스캔들》, 임승신, 산수야, 2014.

인터넷 자료

www.grimstories.com/language

동화, 영혼의 성장

1판 1쇄 펴낸날 2016년 06월 20일

지은이 김혜연

펴낸이 서채윤
펴낸곳 채륜
책만듦이 오세진
책꾸밈이 이현진

등록 2007년 6월 25일(제2009-11호)
주소 서울시 광진구 자양로 214, 2층(구의동)
대표전화 02-465-4650 | **팩스** 02-6080-0707
E-mail book@chaeryun.com
Homepage www.chaeryun.com

책값은 뒤표지에 있습니다.
ISBN 979-11-85401-19-5 03800

이 도서의 국립중앙도서관 출판예정도서목록(CIP)은 서지정보유통지원시스템 홈페이지 (http://seoji.
nl.go.kr)와 국가자료공동목록시스템(http://www.nl.go.kr/kolisnet)에서 이용하실 수 있습니다. (CIP제
어번호 : CIP2016012901)